CLASSIQUES & CIE
LYCÉE

Victor Hugo

Ruy Blas (1838)

suivi d'une anthologie sur les maîtres et valets

Texte intégral suivi d'un dossier critique pour la préparation du bac français

Collection dirigée par
Johan Faerber

Édition annotée et commentée par
Célia Bohin-Cviklinski
agrégée de lettres modernes

Hatier

Ruy Blas

Anthologie sur les maîtres et valets

ISBN 978-2-218-97829-6

Conception graphique de la maquette : c-album, Jean-Baptiste Taisne, Rachel Pfleger (texte) ; Lauriane Tiberghien (dossier) • Mise en pages : Chesteroc Ltd • Suivi éditorial : Claire Dupuis • Correction : Danièle Bouilly

REPÈRES CLÉS

POUR SITUER L'ŒUVRE

FICHES DE LECTURE

POUR APPROFONDIR SA LECTURE

THÈME ET DOCUMENTS

POUR COMPARER

| THÈME | Déclarations d'amour au théâtre

OBJECTIF BAC

POUR S'ENTRAÎNER

| SUJETS D'ÉCRIT |

| SUJETS D'ORAL |

| LECTURE DE L'IMAGE |

Ruy Blas

Préface

Trois espèces de spectateurs composent ce qu'on est convenu d'appeler le public : premièrement, les femmes ; deuxièmement, les penseurs ; troisièmement, la foule proprement dite. Ce que la foule demande presque exclusivement à l'œuvre dramatique[1], c'est de l'action ; ce que les femmes y veulent avant tout, c'est de la passion ; ce qu'y cherchent plus spécialement les penseurs, ce sont des caractères[2]. Si l'on étudie attentivement ces trois classes de spectateurs, voici ce qu'on remarque : la foule est tellement amoureuse de l'action qu'au besoin elle fait bon marché des caractères et des passions[3]. Les femmes, que l'action intéresse d'ailleurs, sont si absorbées par les développements de la passion, qu'elles se préoccupent peu du dessin des caractères ; quant aux penseurs, ils ont un tel goût de voir des caractères, c'est-à-dire des hommes, vivre sur la scène, que, tout en accueillant volontiers la passion comme incident naturel dans l'œuvre dramatique, ils en viennent presque à y être importunés[4] par l'action. Cela tient à ce que la foule demande surtout au théâtre des sensations ; la femme,

1. Dramatique : théâtrale.

2. Caractères : personnages types.

3. C'est-à-dire du style. Car, si l'action peut, dans beaucoup de cas, s'exprimer par l'action même, les passions et les caractères, à très peu d'exceptions près, ne s'expriment que par la parole. Or la parole au théâtre, la parole fixée et non flottante, c'est le style. Que le personnage parle comme il doit parler, *sibi conslet*, dit Horace. Tout est là. (Note de Victor Hugo.) [*Sibi conslet* : « qu'il soit cohérent avec lui-même » (*Art poétique* [14 av. J.-C.], v. 125).]

4. Importunés : dérangés.

des émotions ; le penseur, des méditations : tous veulent un plaisir, mais ceux-ci, le plaisir des yeux ; celles-là, le plaisir du cœur ; les derniers, le plaisir de l'esprit. De là, sur notre scène, trois espèces d'œuvres bien distinctes, l'une vulgaire[1] et inférieure, les deux autres illustres et supérieures, mais qui toutes les trois satisfont un besoin : le mélodrame[2] pour la foule ; pour les femmes, la tragédie qui analyse la passion ; pour les penseurs, la comédie qui peint l'humanité.

Disons-le en passant, nous ne prétendons rien établir de rigoureux, et nous prions le lecteur d'introduire lui-même dans notre pensée les restrictions qu'elle peut contenir. Les généralités admettent toujours les exceptions ; nous savons fort bien que la foule est une grande chose dans laquelle on trouve tout, l'instinct du beau comme le goût du médiocre, l'amour de l'idéal comme l'appétit du commun ; nous savons également que tout penseur complet doit être femme par les côtés délicats du cœur ; et nous n'ignorons pas que, grâce à cette loi mystérieuse qui lie les sexes l'un à l'autre aussi bien par l'esprit que par le corps, bien souvent dans une femme il y a un penseur. Ceci posé, et après avoir prié de nouveau le lecteur de ne pas attacher un sens trop absolu aux quelques mots qui nous restent à dire, nous reprenons.

Pour tout homme qui fixe un regard sérieux sur les trois sortes de spectateurs dont nous venons de parler, il est évident qu'elles ont toutes les trois raison. Les femmes ont raison de vouloir être émues, les penseurs ont raison de vouloir être enseignés, la foule n'a pas tort de vouloir être amusée. De

1. Vulgaire : destinée au peuple.
2. Mélodrame : nouveau genre théâtral qui provoque de vives émotions chez le spectateur.

cette évidence se déduit la loi du drame. En effet, au-delà de cette barrière de feu qu'on appelle la rampe du théâtre[1] et qui sépare le monde réel du monde idéal, créer et faire vivre, dans les conditions combinées de l'art et de la nature, des caractères, c'est-à-dire, et nous le répétons, des hommes ; dans ces hommes, dans ces caractères, jeter des passions qui développent ceux-ci et modifient ceux-là ; et enfin, du choc de ces caractères et de ces passions avec les grandes lois providentielles[2], faire sortir de la vie humaine, c'est-à-dire des événements grands, petits, douloureux, comiques, terribles, qui contiennent pour le cœur ce plaisir qu'on appelle l'intérêt, et pour l'esprit cette leçon qu'on appelle la morale : tel est le but du drame. On le voit ; le drame tient de la tragédie par la peinture des passions, et de la comédie par la peinture des caractères. Le drame est la troisième grande forme de l'art, comprenant, enserrant et fécondant les deux premières. Corneille et Molière[3] existeraient indépendamment l'un de l'autre, si Shakespeare[4] n'était entre eux, donnant à Corneille la main gauche, à Molière la main droite. De cette façon les deux électricités opposées de la comédie et de la tragédie se rencontrent et l'étincelle qui en jaillit, c'est le drame.

En expliquant, comme il les entend et comme il les a déjà indiqués plusieurs fois, le principe, la loi et le but du drame, l'auteur est loin de se dissimuler l'exiguïté[5] de ses forces et la

---

1. Allusion aux bougies qui éclairent l'avant de la scène, la séparant du public.

2. Providentielles : dictées par une puissance divine (la Providence).

3. Corneille, Molière : grands auteurs dramatiques français (Corneille, 1606-1684 ; Molière, 1622-1673).

4. Shakespeare : grand auteur dramatique anglais (1564-1615).

5. Exiguïté : insuffisance.

brièveté[1] de son esprit. Il définit ici, qu'on ne s'y méprenne pas[2], non ce qu'il a fait, mais ce qu'il a voulu faire. Il montre ce qui a été pour lui le point de départ. Rien de plus.

Nous n'avons en tête de ce livre que peu de lignes à écrire et l'espace nous manque pour les développements nécessaires. Qu'on nous permette donc de passer, sans nous appesantir autrement sur la transition, des idées générales que nous venons de poser et qui, selon nous, toutes les conditions de l'idéal étant maintenues du reste, régissent l'art tout entier, à quelques-unes des idées particulières que ce drame, *Ruy Blas*, peut soulever dans les esprits attentifs.

Et premièrement, pour ne prendre qu'un des côtés de la question, au point de vue de la philosophie de l'histoire, quel est le sens de ce drame ? – Expliquons-nous.

Au moment où une monarchie va s'écrouler, plusieurs phénomènes peuvent être observés. Et d'abord la noblesse tend à se dissoudre. En se dissolvant, elle se divise, et voici de quelle façon :

Le royaume chancelle[3], la dynastie s'éteint, la loi tombe en ruine ; l'unité politique s'émiette aux tiraillements de l'intrigue[4] ; le haut de la société s'abâtardit[5] et dégénère ; un mortel affaiblissement se fait sentir à tous, au dehors comme au dedans ; les grandes choses de l'État sont tombées, les petites seules sont debout, triste spectacle public ; plus de police, plus d'armée, plus de finances ; chacun devine que la fin arrive. De

1. **La brièveté** : le caractère limité.
2. **Qu'on ne s'y méprenne pas** : qu'on ne s'y trompe pas.
3. **Chancelle** : menace de s'effondrer.
4. **Tiraillements de l'intrigue** : conflits résultant d'intérêts contradictoires.
5. **S'abâtardit** : perd sa noblesse, se dégrade.

là, dans tous les esprits, ennui de la veille, crainte du lendemain, défiance de tout homme, découragement de toute chose, dégoût profond. Comme la maladie de l'État est dans la tête, la noblesse, qui y touche, en est la première atteinte. Que devient-elle alors ? Une partie des gentilshommes[1], la moins honnête et la moins généreuse, reste à la cour. Tout va être englouti, le temps presse, il faut se hâter, il faut s'enrichir, s'agrandir, et profiter des circonstances. On ne songe plus qu'à soi. Chacun se fait, sans pitié pour le pays, une petite fortune particulière dans un coin de la grande infortune[2] publique. On est courtisan[3], on est ministre, on se dépêche d'être heureux et puissant. On a de l'esprit, on se déprave[4] et l'on réussit. Les ordres de l'État, les dignités, les places, l'argent, on prend tout, on veut tout, on pille tout. On ne vit plus que par l'ambition et la cupidité[5]. On cache les désordres secrets que peut engendrer l'infirmité humaine sous beaucoup de gravité extérieure. Et, comme cette vie acharnée aux vanités[6] et aux jouissances de l'orgueil a pour première condition l'oubli de tous les sentiments naturels, on y devient féroce. Quand le jour de la disgrâce[7] arrive, quelque chose de monstrueux se développe dans le courtisan tombé, et l'homme se change en démon.

L'état désespéré du royaume pousse l'autre moitié de la noblesse, la meilleure et la mieux née, dans une autre voie. Elle s'en va chez elle. Elle rentre dans ses palais, dans ses châteaux,

1. Gentilshommes : nobles.
2. Infortune : malheur.
3. Courtisan : personne qui fréquente la cour royale.
4. On se déprave : on se corrompt, on agit de façon immorale.
5. Cupidité : désir de posséder de l'argent.
6. Vanités : orgueil, prétention.
7. Disgrâce : perte des faveurs du roi.

dans ses seigneuries. Elle a horreur des affaires, elle n'y peut rien, la fin du monde approche ; qu'y faire et à quoi bon se désoler ? Il faut s'étourdir, fermer les yeux, vivre, boire, aimer, jouir[1]. Qui sait ? A-t-on même un an devant soi ? Cela dit, ou même simplement senti, le gentilhomme[2] prend la chose au vif[3], décuple sa livrée[4], achète des chevaux, enrichit des femmes, ordonne des fêtes, paie des orgies, jette, donne, vend, achète, hypothèque, compromet, dévore, se livre aux usuriers[5] et met le feu aux quatre coins de son bien. Un beau matin, il lui arrive un malheur. C'est que, quoique la monarchie aille grand train, il s'est ruiné avant elle. Tout est fini, tout est brûlé. De toute cette belle vie flamboyante, il ne reste pas même de la fumée ; elle s'est envolée. De la cendre, rien de plus. Oublié et abandonné de tous, excepté de ses créanciers[6], le pauvre gentilhomme devient alors ce qu'il peut, un peu aventurier, un peu spadassin[7], un peu bohémien[8]. Il s'enfonce et disparaît dans la foule, grande masse terne et noire que, jusqu'à ce jour, il a à peine entrevue de loin sous ses pieds. Il s'y plonge, il s'y réfugie. Il n'a plus d'or, mais il lui reste le soleil, cette richesse de ceux qui n'ont rien. Il a d'abord habité le haut de la société, voici maintenant qu'il vient se loger dans le bas, et qu'il s'en accommode ; il se moque de son parent l'ambitieux, qui est riche et qui est puissant ; il devient philosophe, et il compare

1. **Jouir** : profiter des plaisirs de la vie.
2. **Gentilhomme** : noble.
3. **Prend la chose au vif** : s'active avec beaucoup d'énergie.
4. **Sa livrée** : le groupe de ses valets, ici désignés par leur uniforme.
5. **Usuriers** : prêteurs qui pratiquent des taux d'intérêt abusifs.
6. **Créanciers** : personnes à qui on doit de l'argent.
7. **Spadassin** : homme armé. Par extension : tueur à gages.
8. **Bohémien** : vagabond.

les voleurs aux courtisans[1]. Du reste, bonne, brave, loyale[2] et intelligente nature ; mélange du poète, du gueux[3] et du prince ; riant de tout ; faisant aujourd'hui rosser[4] le guet[5] par ses camarades comme autrefois par ses gens, mais n'y touchant pas ; alliant dans sa manière, avec quelque grâce, l'impudence[6] du marquis à l'effronterie du zingaro[7] ; souillé au dehors, sain au dedans ; et n'ayant plus du gentilhomme[8] que son honneur qu'il garde, son nom qu'il cache, et son épée qu'il montre.

Si le double tableau que nous venons de tracer s'offre dans l'histoire de toutes les monarchies à un moment donné, il se présente particulièrement en Espagne d'une façon frappante à la fin du XVIIe siècle. Ainsi, si l'auteur avait réussi à exécuter cette partie de sa pensée, ce qu'il est loin de supposer, dans le drame qu'on va lire, la première moitié de la noblesse espagnole à cette époque se résumerait en don Salluste, et la seconde moitié en don César. Tous deux cousins, comme il convient.

Ici, comme partout, en esquissant ce croquis de la noblesse castillane vers 1695, nous réservons, bien entendu, les rares et vénérables exceptions. – Poursuivons.

En examinant toujours cette monarchie et cette époque, au-dessous de la noblesse ainsi partagée, et qui pourrait, jusqu'à un certain point, être personnifiée dans les deux hommes que

1. Courtisans : personnes qui fréquentent la cour royale.
2. Loyale : fidèle et droite.
3. Gueux : mendiant.
4. Rosser : battre.
5. Le guet : la police chargée de la surveillance nocturne.
6. Impudence : cynisme.
7. Zingaro : bohémien (vagabond), en italien.
8. Gentilhomme : noble.

nous venons de nommer, on voit remuer dans l'ombre quelque chose de grand, de sombre et d'inconnu. C'est le peuple. Le peuple, qui a l'avenir et qui n'a pas le présent; le peuple, orphelin, pauvre, intelligent et fort; placé très bas, et aspirant très haut; ayant sur le dos les marques de la servitude et dans le cœur les préméditations du génie; le peuple, valet des grands seigneurs, et amoureux, dans sa misère et dans son abjection[1], de la seule figure qui, au milieu de cette société écroulée, représente pour lui, dans un divin rayonnement, l'autorité, la charité et la fécondité. Le peuple, ce serait Ruy Blas.

Maintenant, au-dessus de ces trois hommes, qui, ainsi considérés, feraient vivre et marcher, aux yeux du spectateur, trois faits, et dans ces trois faits, toute la monarchie espagnole du XVIIe siècle; au-dessus de ces trois hommes, disons-nous, il y a une pure et lumineuse créature, une femme, une reine. Malheureuse comme femme, car elle est comme si elle n'avait pas de mari; malheureuse comme reine, car elle est comme si elle n'avait pas de roi; penchée vers ceux qui sont au-dessous d'elle par pitié royale et par instinct de femme aussi peut-être, et regardant en bas pendant que Ruy Blas, le peuple, regarde en haut.

Aux yeux de l'auteur, et sans préjudice de ce que[2] les personnages accessoires peuvent apporter à la vérité de l'ensemble, ces quatre têtes ainsi groupées résumeraient les principales saillies[3] qu'offrait au regard du philosophe historien la monarchie espagnole il y a cent quarante ans. À ces quatre têtes il semble qu'on pourrait en ajouter une cinquième, celle

1. Abjection : caractère odieux.
2. Sans préjudice de ce que : sans exclure ce que.
3. Saillies : caractéristiques.

du roi Charles II[1]. Mais, dans l'histoire comme dans le drame, Charles II d'Espagne n'est pas une figure, c'est une ombre.

À présent, hâtons-nous de le dire, ce qu'on vient de lire n'est point l'explication de *Ruy Blas*. C'en est simplement un des aspects. C'est l'impression particulière que pourrait laisser ce drame, s'il valait la peine d'être étudié, à l'esprit grave et consciencieux qui l'examinerait, par exemple, du point de vue de la philosophie de l'histoire.

Mais, si peu qu'il soit, ce drame, comme toutes les choses de ce monde, a beaucoup d'autres aspects et peut être envisagé de beaucoup d'autres manières. On peut prendre plusieurs vues d'une idée comme d'une montagne. Cela dépend du lieu où l'on se place. Qu'on nous passe, seulement pour rendre claire notre idée, une comparaison infiniment trop ambitieuse : le mont Blanc, vu de la Croix-de-Fléchères, ne ressemble pas au mont Blanc vu de Sallanches[2]. Pourtant c'est toujours le mont Blanc.

De même, pour tomber d'une très grande chose à une très petite, ce drame, dont nous venons d'indiquer le sens historique, offrirait une tout autre figure, si on le considérait d'un point de vue beaucoup plus élevé encore, du point de vue purement humain. Alors don Salluste serait l'égoïsme absolu, le souci sans repos ; don César, son contraire, serait le désintéressement et l'insouciance ; on verrait dans Ruy Blas le génie et la passion comprimés par la société et s'élançant d'autant plus haut que la compression est plus violente ; la reine enfin, ce serait la vertu[3] minée par l'ennui.

1. Charles II : roi d'Espagne de 1665 à 1700.

2. La Croix-de-Fléchères, Sallanches : localités de Haute-Savoie.

3. Vertu : bien, moralité.

Au point de vue uniquement littéraire, l'aspect de cette pensée telle quelle intitulée : *Ruy Blas*, changerait encore. Les trois formes souveraines de l'art pourraient y paraître personnifiées et résumées. Don Salluste serait le Drame, don César la Comédie, Ruy Blas la Tragédie. Le drame noue l'action, la comédie l'embrouille, la tragédie la tranche.

Tous ces aspects sont justes et vrais, mais aucun d'eux n'est complet. La vérité absolue n'est que dans l'ensemble de l'œuvre. Que chacun y trouve ce qu'il y cherche, et le poète, qui ne s'en flatte pas du reste, aura atteint son but. Le sujet philosophique de *Ruy Blas*, c'est le peuple aspirant aux régions élevées ; le sujet humain, c'est un homme qui aime une femme ; le sujet dramatique, c'est un laquais[1] qui aime une reine. La foule qui se presse chaque soir devant cette œuvre, parce qu'en France jamais l'attention publique n'a fait défaut aux tentatives de l'esprit, quelles qu'elles soient d'ailleurs, la foule, disons-nous, ne voit dans *Ruy Blas* que ce dernier sujet, le sujet dramatique, le laquais ; et elle a raison.

Et ce que nous venons de dire de *Ruy Blas* nous semble évident de tout autre ouvrage. Les œuvres vénérables des maîtres ont même cela de remarquable qu'elles offrent plus de faces à étudier que les autres. Tartuffe[2] fait rire ceux-ci et trembler ceux-là. Tartuffe, c'est le serpent domestique ; ou bien c'est l'hypocrite ; ou bien c'est l'hypocrisie. C'est tantôt un homme, tantôt une idée. Othello[3] pour les uns, c'est un

1. Laquais : domestique.

2. Tartuffe : personnage de la comédie éponyme de Molière (1622-1673). Il incarne l'hypocrisie religieuse, la fausse dévotion.

3. Othello : héros de la tragédie éponyme de Shakespeare (1564-1616). C'est une grande figure de la jalousie amoureuse.

noir qui aime une blanche ; pour les autres, c'est un parvenu qui a épousé une patricienne[1] ; pour ceux-là, c'est un jaloux ; pour ceux-ci, c'est la jalousie. Et cette diversité d'aspects n'ôte rien à l'unité fondamentale de la composition. Nous l'avons déjà dit ailleurs : mille rameaux et un tronc unique.

Si l'auteur de ce livre a particulièrement insisté sur la signification historique de *Ruy Blas*, c'est que dans sa pensée, par le sens historique, et, il est vrai, par le sens historique uniquement, *Ruy Blas* se rattache à *Hernani*[2]. Le grand fait de la noblesse se montre, dans *Hernani* comme dans *Ruy Blas*, à côté du grand fait de la royauté. Seulement, dans *Hernani*, comme la royauté absolue n'est pas faite, la noblesse lutte encore contre le roi, ici avec l'orgueil, là avec l'épée ; à demi féodale, à demi rebelle. En 1519, le seigneur vit loin de la cour dans la montagne, en bandit comme Hernani, ou en patriarche[3] comme Ruy Gomez[4]. Deux cents ans plus tard, la question est retournée. Les vassaux[5] sont devenus des courtisans[6]. Et si le seigneur sent encore d'aventure le besoin de cacher son nom, ce n'est pas pour échapper au roi, c'est pour échapper à ses créanciers[7]. Il ne se fait pas bandit, il se fait bohémien. – On sent que la royauté absolue a passé pendant de longues années sur ces nobles têtes, courbant l'une, brisant l'autre.

Et puis, qu'on nous permette ce dernier mot : entre *Hernani* et *Ruy Blas*, deux siècles de l'Espagne sont encadrés ; deux

1. **Patricienne** : noble.
2. ***Hernani*** : drame de Hugo (1830).
3. **Patriarche** : chef de famille, âgé et paisible.
4. **Ruy Gomez** : personnage d'*Hernani*.
5. **Vassaux** : chevaliers au service d'un seigneur.
6. **Courtisans** : personnes qui fréquentent la cour royale (péjoratif, ici).
7. **Créanciers** : personnes à qui on doit de l'argent.

grands siècles, pendant lesquels il a été donné à la descendance de Charles Quint[1] de dominer le monde; deux siècles que la Providence[2], chose remarquable, n'a pas voulu allonger d'une heure, car Charles Quint naît en 1500, et Charles II[3] meurt en 1700. En 1700, Louis XIV héritait de Charles Quint, comme en 1800 Napoléon héritait de Louis XIV. Ces grandes apparitions de dynasties qui illuminent par moments l'histoire sont pour l'auteur un beau et mélancolique spectacle sur lequel ses yeux se fixent souvent. Il essaie parfois d'en transporter quelque chose dans ses œuvres. Ainsi il a voulu remplir *Hernani* du rayonnement d'une aurore, et couvrir *Ruy Blas* des ténèbres d'un crépuscule. Dans *Hernani*, le soleil de la maison d'Autriche[4] se lève; dans *Ruy Blas*, il se couche.

Paris, 25 novembre 1838.

1. **Charles Quint**: empereur d'Allemagne, d'Autriche, des Pays-Bas, et roi d'Espagne au XVIe siècle.
2. **La Providence**: la puissance divine.
3. **Charles II**: roi d'Espagne de 1665 à 1700.
4. **Maison d'Autriche**: descendance de Charles Quint, empereur d'Autriche.

Personnages

RUY BLAS.

DON SALLUSTE.

DON CÉSAR DE BAZAN.

DON GURITAN.

LE COMTE DE CAMPOREAL.

LE MARQUIS DE SANTA-CRUZ.

LE MARQUIS DEL BASTO.

LE COMTE D'ALBE.

LE MARQUIS DE PRIEGO.

DON MANUEL ARIAS.

MONTAZGO.

DON ANTONIO UBILLA.

COVADENGA.

GUDIEL.

Un laquais[1].

Un alcade[2].

Un huissier[3].

Un alguazil[4].

DOÑA MARIA DE NEUBOURG, *reine d'Espagne.*

LA DUCHESSE D'ALBUQUERQUE.

CASILDA.

---

1. Laquais : domestique.

2. Alcade : magistrat (juge, par exemple).

3. Huissier : domestique qui ouvre et ferme les portes, alors appelées huis.

4. Alguazil : officier de police.

Une duègne[1].

Un page[2].

Dames, seigneurs, conseillers privés, pages, duègnes, alguazils, gardes, huissiers de chambre et de cour.

Madrid. 169[3].

1. **Duègne** : dame âgée chargée de veiller à la bonne conduite des jeunes femmes.
2. **Page** : jeune homme servant d'aide ou de messager.
3. L'intrigue se déroule durant les années 1690.

Acte premier

Don Salluste

Le salon de Danaé[1] *dans le palais du roi, à Madrid. Ameublement magnifique dans le goût demi-flamand*[2] *du temps de Philippe IV*[3]. *À gauche, une grande fenêtre à châssis*[4] *dorés et à petits carreaux. Des deux côtés, sur un pan*[5] *coupé, une porte basse donnant dans quelque appartement intérieur. Au fond, une grande cloison vitrée à châssis dorés s'ouvrant par une large porte également vitrée sur une longue galerie. Cette galerie, qui traverse tout le théâtre, est masquée par d'immenses rideaux qui tombent du haut en bas de la cloison vitrée. Une table, un fauteuil, et ce qu'il faut pour écrire.*

Don Salluste entre par la petite porte de gauche, suivi de Ruy Blas et de Gudiel, qui porte une cassette[6] *et divers paquets qu'on dirait disposés pour un voyage. Don Salluste est vêtu de velours noir, costume de cour du temps de Charles II*[7]. *La Toison d'or*[8] *au cou. Par-dessus l'habillement noir, un riche manteau*

---

1. Danaé : personnage de la mythologie grecque.
2. Le **goût demi-flamand** privilégie les formes massives et les bois sombres.
3. Philippe IV : père de Charles II et roi d'Espagne de 1621 à 1665.
4. Châssis : cadre d'une fenêtre.
5. Pan : morceau de mur.
6. Cassette : coffret.
7. Charles II : roi d'Espagne de 1665 à 1700.
8. Toison d'or : collier d'or avec un pendentif en forme de bélier, symbole de la dynastie des Habsbourg.

de velours vert clair, brodé d'or et doublé de satin noir. Épée à grande coquille[1]*. Chapeau à plumes blanches. Gudiel est en noir, épée au côté. Ruy Blas est en livrée*[2]*. Haut-de-chausses*[3] *et justaucorps*[4] *bruns. Surtout*[5] *galonné*[6]*, rouge et or. Tête nue. Sans épée.*

Scène 1

DON SALLUSTE DE BAZAN, GUDIEL,
par instants RUY BLAS.

DON SALLUSTE

Ruy Blas, fermez la porte, – ouvrez cette fenêtre.

Ruy Blas obéit, puis, sur un signe de don Salluste, il sort par la porte du fond ; don Salluste va à la fenêtre.

Ils dorment encor tous ici, – le jour va naître.

Il se tourne brusquement vers Gudiel.

Ah ! c'est un coup de foudre !... – oui, mon règne est passé,
Gudiel ! – renvoyé, disgracié, chassé ! –
Ah ! tout perdre en un jour ! – L'aventure est secrète
Encor, n'en parle pas. – Oui, pour une amourette,
– Chose, à mon âge, sotte et folle, j'en convien –
Avec une suivante[7], une fille de rien !

---

1. Coquille : zone de protection de la poignée.
2. Livrée : uniforme des domestiques d'une maison.
3. Haut-de-chausses : culotte qui va de la taille aux genoux.
4. Justaucorps : vêtement serré à la taille.
5. Surtout : veste ample portée par-dessus les habits.
6. Galonné : orné d'un galon, bande de tissu plus épaisse et plus étroite qu'un ruban.
7. Suivante : dame de compagnie.

Séduite, beau malheur ! parce que la donzelle[1]
Est à la reine, et vient de Neubourg[2] avec elle,
Que cette créature a pleuré contre moi
Et traîné son enfant dans les chambres du roi ;
Ordre de l'épouser. Je refuse. On m'exile[3] !
On m'exile ! Et vingt ans d'un labeur[4] difficile,
Vingt ans d'ambition, de travaux nuit et jour ;
Le président haï des alcades[5] de cour,
Dont nul ne prononçait le nom sans épouvante ;
Le chef de la maison de Bazan, qui s'en vante ;
Mon crédit[6], mon pouvoir, tout ce que je rêvais,
Tout ce que je faisais et tout ce que j'avais,
Charge[7], emplois, honneurs, tout en un instant s'écroule
Au milieu des éclats de rire de la foule !

GUDIEL

Nul ne le sait encor, monseigneur.

DON SALLUSTE

Mais demain !
Demain, on le saura ! – Nous serons en chemin !
Je ne veux pas tomber, non, je veux disparaître !

Il déboutonne violemment son pourpoint[8].

1. Donzelle : demoiselle (péjoratif).
2. Neubourg : ville de Bavière, dans le duché de Palatinat-Neubourg.
3. On m'exile : on me chasse hors du pays.
4. Labeur : travail.
5. Alcades : magistrats (juges, par exemple).
6. Crédit : influence.
7. Charge : fonction officielle.
8. Pourpoint : vêtement serré à la taille.

– Tu m'agrafes[1] toujours comme on agrafe un prêtre,
Tu serres mon pourpoint, et j'étouffe, mon cher !

Il s'assied.

Oh ! mais je vais construire, et sans en avoir l'air,
Une sape[2] profonde, obscure et souterraine !
– Chassé ! –

Il se lève.

GUDIEL

D'où vient le coup, monseigneur ?

DON SALLUSTE

De la reine.
Oh ! je me vengerai, Gudiel ! Tu m'entends !
Toi dont je suis l'élève, et qui depuis vingt ans
M'as aidé, m'as servi dans les choses passées,
Tu sais bien jusqu'où vont dans l'ombre mes pensées,
Comme un bon architecte au coup d'œil exercé
Connaît la profondeur du puits qu'il a creusé.
Je pars. Je vais aller à Finlas, en Castille,
Dans mes états[3], – et là, songer ! – Pour une fille !
– Toi, règle le départ, car nous sommes pressés.
Moi, je vais dire un mot au drôle[4] que tu sais.
À tout hasard. Peut-il me servir ? Je l'ignore.
Ici jusqu'à ce soir je suis le maître encore.
Je me vengerai, va ! Comment ? je ne sais pas ;
Mais je veux que ce soit effrayant ! – De ce pas

1. **Tu m'agrafes** : tu attaches mes vêtements.
2. **Sape** : fosse creusée sous un bâtiment pour qu'il s'écroule.
3. **Mes états** : les terres que je possède.
4. **Drôle** : homme de peu de valeur. Le terme désigne ici Ruy Blas.

Va faire nos apprêts[1], et hâte-toi. – Silence !
Tu pars avec moi. Va.

Gudiel salue et sort.

DON SALLUSTE, *appelant.*

– Ruy Blas !

RUY BLAS, *se présentant à la porte du fond.*

Votre excellence ?

DON SALLUSTE

Comme je ne dois plus coucher dans le palais,
Il faut laisser les clefs et clore[2] les volets.

RUY BLAS, *s'inclinant.*

Monseigneur, il suffit[3].

DON SALLUSTE

Écoutez, je vous prie.
La reine va passer, là, dans la galerie,
En allant de la messe à sa chambre d'honneur[4],
Dans deux heures. Ruy Blas, soyez là.

RUY BLAS

Monseigneur,
J'y serai.

1. Apprêts : bagages.
2. Clore : fermer.
3. Il suffit : cela suffit. L'expression signifie que Ruy Blas a compris l'ordre reçu.
4. Chambre d'honneur : pièce de réception.

DON SALLUSTE, *à la fenêtre.*

Voyez-vous cet homme dans la place[1]
Qui montre aux gens de garde un papier, et qui passe ?
Faites-lui, sans parler, signe qu'il peut monter.
Par l'escalier étroit.

Ruy Blas obéit. Don Salluste continue en lui montrant la petite porte à droite.

– Avant de nous quitter,
Dans cette chambre où sont les hommes de police,
Voyez donc si les trois alguazils[2] de service
Sont éveillés.

RUY BLAS

Il va à la porte, l'entrouvre et revient.

Seigneur, ils dorment.

DON SALLUSTE

Parlez bas.
J'aurai besoin de vous, ne vous éloignez pas.
Faites le guet afin que les fâcheux[3] nous laissent.

Entre don César de Bazan. Chapeau défoncé. Grande cape déguenillée qui ne laisse voir de sa toilette que des bas mal tirés et des souliers crevés. Épée de spadassin[4].

Au moment où il entre, lui et Ruy Blas se regardent et font en même temps, chacun de leur côté, un geste de surprise.

1. **Dans la place** : ici.
2. **Alguazils** : officiers de police.
3. **Fâcheux** : gêneurs.
4. **Spadassin** : homme armé. Par extension : tueur à gages.

DON SALLUSTE, *les observant, à part.*

Ils se sont regardés ! Est-ce qu'ils se connaissent ?

Ruy Blas sort.

Scène 2

DON SALLUSTE, DON CÉSAR.

DON SALLUSTE

Ah ! vous voilà, bandit !

DON CÉSAR

Oui, cousin, me voilà.

DON SALLUSTE

C'est grand plaisir de voir un gueux[1] comme cela !

DON CÉSAR, *saluant.*

Je suis charmé…

DON SALLUSTE

Monsieur, on sait de vos histoires.

DON CÉSAR, *gracieusement.*

Qui sont de votre goût ?

DON SALLUSTE

Oui, des plus méritoires.

Don Charles de Mira l'autre nuit fut volé.

1. Gueux : mendiant.

On lui prit son épée à fourreau ciselé
Et son buffle[1]. C'était la surveille[2] de Pâques.
Seulement, comme il est chevalier de Saint-Jacques[3],
La bande lui laissa son manteau.

Don César

Doux Jésus !
Pourquoi ?

Don Salluste

Parce que l'ordre[4] était brodé dessus.
Eh bien ! que dites-vous de l'algarade[5] ?

Don César

Ah ! Diable !
Je dis que nous vivons dans un siècle effroyable !
Qu'allons-nous devenir, bon Dieu ! si les voleurs
Vont courtiser saint Jacque et le mettre des leurs ?

Don Salluste

Vous en étiez !

Don César

Hé bien – oui ! s'il faut que je parle,
J'étais là. Je n'ai pas touché votre don Charle,
J'ai donné seulement des conseils.

1. **Buffle** : vêtement en peau de buffle.
2. **Surveille** : avant-veille.
3. **Chevalier de Saint-Jacques** : ordre de chevaliers prestigieux et respecté.
4. **L'ordre** : le groupe religieux auquel le chevalier appartient.
5. **Algarade** : attaque brutale.

DON SALLUSTE

Mieux encor.
La lune étant couchée, hier, Plaza Mayor[1],
Toutes sortes de gens, sans coiffe et sans semelle[2],
Qui hors d'un bouge[3] affreux se ruaient pêle-mêle
Ont attaqué le guet[4]. – Vous en étiez !

DON CÉSAR

Cousin.
J'ai toujours dédaigné de battre un argousin[5].
J'étais là. Rien de plus. Pendant les estocades[6],
Je marchais en faisant des vers sous les arcades.
On s'est fort assommé.

DON SALLUSTE

Ce n'est pas tout.

DON CÉSAR

Voyons.

DON SALLUSTE

En France, on vous accuse, entre autres actions,
Avec vos compagnons à toute loi rebelles,
D'avoir ouvert sans clef la caisse des gabelles[7].

---

1. Plaza Mayor : grande place madrilène.
2. Sans coiffe et sans semelle : sans chapeau ni chaussures.
3. Bouge : lieu mal fréquenté.
4. Le guet : équipe de police chargée des patrouilles de nuit.
5. Argousin : officier de police (péjoratif).
6. Estocades : coups d'épée.
7. Gabelles : impôts prélevés sur le sel.

DON CÉSAR

Je ne dis pas. – La France est pays ennemi.

DON SALLUSTE

En Flandre, rencontrant dom[1] Paul Barthélemy,
Lequel portait à Mons[2] le produit d'un vignoble
Qu'il venait de toucher pour le chapitre[3] noble,
Vous avez mis la main sur l'argent du clergé.

DON CÉSAR

En Flandre ? – il se peut bien. J'ai beaucoup voyagé.
– Est-ce tout ?

DON SALLUSTE

Don César, la sueur de la honte,
Lorsque je pense à vous, à la face me monte.

DON CÉSAR

Bon. Laissez-la monter.

DON SALLUSTE

Notre famille…

DON CÉSAR

Non.
Car vous seul à Madrid connaissez mon vrai nom.
Ainsi ne parlons pas famille !

1. **Dom** : titre religieux.
2. **Mons** : ville des Pays-Bas espagnols.
3. **Chapitre** : congrégation religieuse.

DON SALLUSTE

Une marquise
Me disait l'autre jour en sortant de l'église :
– Quel est donc ce brigand, qui, là-bas, nez au vent,
Se carre[1], l'œil au guet et la hanche en avant,
Plus délabré que Job[2] et plus fier que Bragance[3],
Drapant sa gueuserie[4] avec son arrogance,
Et qui, froissant du poing sous sa manche en haillons,
L'épée à lourd pommeau[5] qui lui bat les talons,
Promène, d'une mine altière[6] et magistrale,
Sa cape en dents de scie et ses bas en spirale ?

DON CÉSAR, *jetant un coup d'œil sur sa toilette.*

Vous avez répondu : C'est ce cher Zafari !

DON SALLUSTE

Non ; j'ai rougi, monsieur !

DON CÉSAR

Eh bien ! la dame a ri.
Voilà. J'aime beaucoup faire rire les femmes.

DON SALLUSTE

Vous n'allez fréquentant que spadassins[7] infâmes[8] !

---

1. Se carre : se poste.
2. Job : personnage biblique de l'Ancien Testament réduit par Dieu à la plus grande pauvreté.
3. Bragance : membre de la dynastie royale portugaise.
4. Gueuserie : extrême misère.
5. Pommeau : boule située au bout de l'épée.
6. Altière : fière.
7. Spadassins : tueurs à gages.
8. Infâmes : bas, méprisables.

Don César

Des clercs[1] ! des écoliers doux comme des moutons !

Don Salluste

Partout on vous rencontre avec des Jeannetons[2] !

Don César

Ô Lucindes d'amour ! ô douces Isabelles !
Hé bien ! sur votre compte on en entend de belles !
Quoi ! l'on vous traite ainsi, beautés à l'œil mutin,
À qui je dis le soir mes sonnets du matin !

Don Salluste

Enfin, Matalobos[3], ce voleur de Galice
Qui désole Madrid malgré notre police,
Il est de vos amis !

Don César

Raisonnons, s'il vous plaît.
Sans lui j'irais tout nu, ce qui serait fort laid.
Me voyant sans habit, dans la rue, en décembre,
La chose le toucha. – Ce fat[4] parfumé d'ambre[5],
Le comte d'Albe, à qui l'autre mois fut volé
Son beau pourpoint[6] de soie…

---

1. Clercs : étudiants en théologie.
2. Jeannetons : prostituées.
3. Matalobos : littéralement, « le tueur de loups ».
4. Fat : prétentieux.
5. Ambre : parfum précieux, issu d'une sécrétion de cachalot.
6. Pourpoint : vêtement serré à la taille.

DON SALLUSTE

Eh bien ?

DON CÉSAR

C'est moi qui l'ai.
Matalobos me l'a donné.

DON SALLUSTE

L'habit du comte !
Vous n'êtes pas honteux ?…

DON CÉSAR

Je n'aurai jamais honte
De mettre un bon pourpoint, brodé, passementé[1],
Qui me tient chaud l'hiver et me fait beau l'été.
– Voyez, il est tout neuf. –

Il entrouvre son manteau qui laisse voir un superbe pourpoint de satin rose brodé d'or.

Les poches en sont pleines
De billets doux au comte adressés par centaines.
Souvent, pauvre, amoureux, n'ayant rien sous la dent,
J'avise une cuisine au soupirail ardent[2]
D'où la vapeur des mets aux narines me monte ;
Je m'assieds là, j'y lis les billets doux du comte,
Et, trompant l'estomac et le cœur tour à tour,
J'ai l'odeur du festin et l'ombre de l'amour !

DON SALLUSTE

Don César…

1. Passementé : orné de galons et de franges.
2. Ardent : brûlant.

Don César

Mon cousin, tenez, trêve aux reproches.
Je suis un grand seigneur, c'est vrai, l'un de vos proches ;
Je m'appelle César, comte de Garofa ;
Mais le sort de folie en naissant me coiffa.
J'étais riche, j'avais des palais, des domaines,
Je pouvais largement renter[1] les Célimènes[2].
Bah ! mes vingt ans n'étaient pas encor révolus
Que j'avais mangé tout ! il ne me restait plus
De mes prospérités[3], ou réelles, ou fausses,
Qu'un tas de créanciers[4] hurlant après mes chausses[5].
Ma foi, j'ai pris la fuite et j'ai changé de nom.
À présent, je ne suis qu'un joyeux compagnon,
Zafari, que hors vous nul ne peut reconnaître.
Vous ne me donnez pas du tout d'argent, mon maître ;
Je m'en passe. Le soir, le front sur un pavé,
Devant l'ancien palais des comtes de Teve,
– C'est là, depuis neuf ans, que la nuit je m'arrête, –
Je vais dormir avec le ciel bleu sur ma tête.
Je suis heureux ainsi. Pardieu[6], c'est un beau sort !
Tout le monde me croit dans l'Inde[7], au diable, – mort.
La fontaine voisine a de l'eau, j'y vais boire,
Et puis je me promène avec un air de gloire.

1. **Renter** : entretenir en versant de l'argent.

2. **Célimènes** : coquettes de la bonne société, allusion à un personnage du *Misanthrope* (1666) de Molière (1622-1673).

3. **Prospérités** : richesses.

4. **Créanciers** : personnes à qui on doit de l'argent.

5. **Chausses** : bas et culotte. « **Après mes chausses** » : après moi.

6. **Pardieu** : juron (« pardi ! », « bien sûr ! »).

7. **Dans l'Inde** : en Amérique.

Mon palais, d'où jadis mon argent s'envola,
Appartient à cette heure au nonce[1] Espinola,
C'est bien. Quand par hasard jusque-là je m'enfonce,
Je donne des avis aux ouvriers du nonce
Occupés à sculpter sur la porte un Bacchus[2]. –
Maintenant, pouvez-vous me prêter dix écus ?

DON SALLUSTE

Écoutez-moi…

DON CÉSAR, *croisant les bras.*

Voyons à présent votre style.

DON SALLUSTE

Je vous ai fait venir, c'est pour vous être utile.
César, sans enfants, riche, et de plus votre aîné,
Je vous vois à regret vers l'abîme[3] entraîné,
Je veux vous en tirer. Bravache[4] que vous êtes,
Vous êtes malheureux. Je veux payer vos dettes,
Vous rendre vos palais, vous remettre à la cour,
Et refaire de vous un beau seigneur d'amour.
Que Zafari s'éteigne et que César renaisse.
Je veux qu'à votre gré vous puisiez dans ma caisse,
Sans crainte, à pleines mains, sans soin de l'avenir.
Quand on a des parents il faut les soutenir,
César, et pour les siens se montrer pitoyable[5]…

1. **Nonce** : ambassadeur du pape.
2. **Bacchus** : dieu du Vin dans la mythologie romaine.
3. **Abîme** : trou immense.
4. **Bravache** : fanfaron.
5. **Pitoyable** : enclin à la pitié.

Pendant que don Salluste parle, le visage de don César prend une expression de plus en plus étonnée, joyeuse et confiante ; enfin, il éclate.

DON CÉSAR

Vous avez toujours eu de l'esprit comme un diable,
Et c'est fort éloquent[1] ce que vous dites là.
Continuez !

DON SALLUSTE

César, je ne mets à cela
Qu'une condition. – Dans l'instant je m'explique.
Prenez d'abord ma bourse.

DON CÉSAR, *soupesant la bourse qui est pleine d'or.*

Ah ça ! c'est magnifique !

DON SALLUSTE

Et je vais vous donner cinq cents ducats[2]...

DON CÉSAR, *ébloui.*

Marquis !

DON SALLUSTE, *continuant.*

Dès aujourd'hui !

DON CÉSAR

Pardieu[3], je vous suis tout acquis.
Quant aux conditions, ordonnez. Foi de brave !

1. Éloquent : convaincant.
2. Ducats : pièces d'or.
3. Pardieu : juron (« pardi ! », « bien sûr ! »).

Mon épée est à vous. Je deviens votre esclave,
Et, si cela vous plaît, j'irai croiser le fer
Avec don Spavento[1], capitan de l'enfer.

DON SALLUSTE

Non, je n'accepte pas, don César, et pour cause,
Votre épée.

DON CÉSAR

Alors quoi ? je n'ai guère autre chose.

DON SALLUSTE, *se rapprochant de lui et baissant la voix.*

Vous connaissez – et c'est en ce cas un bonheur, –
Tous les gueux[2] de Madrid ?

DON CÉSAR

Vous me faites honneur.

DON SALLUSTE

Vous en traînez toujours après vous une meute ;
Vous pourriez, au besoin, soulever une émeute,
Je le sais. Tout cela peut-être servira.

DON CÉSAR, *éclatant de rire.*

D'honneur ! vous avez l'air de faire un opéra.
Quelle part donnez-vous dans l'œuvre à mon génie ?
Sera-ce le poème ou bien la symphonie ?
Commandez. Je suis fort pour le charivari[3].

---

1. Don Spavento : soldat fanfaron mais peureux de la *commedia dell'arte*.
2. Gueux : mendiants.
3. Charivari : chahut nocturne.

Don Salluste, *gravement.*

Je parle à don César et non à Zafari.

Baissant la voix de plus en plus.

Écoute. J'ai besoin, pour un résultat sombre,
De quelqu'un qui travaille à mon côté dans l'ombre
Et qui m'aide à bâtir un grand événement.
Je ne suis pas méchant, mais il est tel moment
Où le plus délicat, quittant toute vergogne[1],
Doit retrousser sa manche et faire la besogne.
Tu seras riche, mais il faut m'aider sans bruit
À dresser, comme font les oiseleurs la nuit,
Un bon filet caché sous un miroir qui brille,
Un piège d'alouette ou bien de jeune fille.
Il faut, par quelque plan terrible et merveilleux[2],
– Tu n'es pas, que je pense, un homme scrupuleux, –
Me venger !

Don César

Vous venger ?

Don Salluste

Oui.

Don César

De qui ?

Don Salluste

D'une femme.

1. **Vergogne** : honte.
2. **Merveilleux** : étonnant, extraordinaire.

DON CÉSAR

Il se redresse et regarde fièrement don Salluste.

Ne m'en dites pas plus. Halte-là ! – sur mon âme,
Mon cousin, en ceci voilà mon sentiment :
Celui qui, bassement et tortueusement[1],
Se venge, ayant le droit de porter une lame,
Noble, par une intrigue, homme, sur une femme,
Et qui, né gentilhomme[2], agit en alguazil[3],
Celui-là, – fût-il grand de Castille, fût-il
Suivi de cent clairons sonnant des tintamarres,
Fût-il tout harnaché d'ordres[4] et de chamarres[5],
Et marquis, et vicomte, et fils des anciens preux[6], –
N'est pour moi qu'un maraud[7] sinistre[8] et ténébreux[9]
Que je voudrais, pour prix de sa lâcheté vile[10],
Voir pendre à quatre clous au gibet[11] de la ville !

DON SALLUSTE

César !...

DON CÉSAR

N'ajoutez pas un mot, c'est outrageant.

Il jette la bourse aux pieds de don Salluste.

---

1. **Tortueusement** : hypocritement.
2. **Gentilhomme** : noble.
3. **Alguazil** : officier de police.
4. **Ordres** : décorations.
5. **Chamarres** : ornements dorés d'un costume.
6. **Preux** : chevaliers médiévaux, réputés pour leur courage.
7. **Maraud** : vaurien.
8. **Sinistre** : effrayant, qui évoque la mort.
9. **Ténébreux** : sombre, peu recommandable.
10. **Vile** : méprisable.
11. **Gibet** : armature en bois destinée à la pendaison.

Gardez votre secret, et gardez votre argent.
Oh ! je comprends qu'on vole, et qu'on tue, et qu'on pille ;
Que par une nuit noire on force une bastille[1],
D'assaut, la hache au poing, avec cent flibustiers[2] ;
Qu'on égorge estafiers[3], geôliers[4] et guichetiers[5],
Tous, taillant et hurlant, en bandits que nous sommes,
Œil pour œil, dent pour dent, c'est bien ! hommes contre
[hommes !
Mais doucement détruire une femme ! et creuser
Sous ses pieds une trappe ! et contre elle abuser,
Qui sait ? de son humeur peut-être hasardeuse[6] !
Prendre ce pauvre oiseau dans quelque glu hideuse !
Oh ! plutôt qu'arriver jusqu'à ce déshonneur,
Plutôt qu'être, à ce prix, un riche et haut seigneur,
– Et je le dis ici pour Dieu qui voit mon âme, –
J'aimerais mieux, plutôt qu'être à ce point infâme[7],
Vil[8], odieux, pervers, misérable et flétri[9],
Qu'un chien rongeât mon crâne au pied du pilori[10] !

DON SALLUSTE

Cousin !…

1. **Bastille** : place forte.
2. **Flibustiers** : pirates.
3. **Estafiers** : valets armés pouvant servir de gardes du corps.
4. **Geôliers** : gardiens de prison.
5. **Guichetiers** : soldats chargés d'ouvrir et de fermer les portes des prisons.
6. **Hasardeuse** : qui se met en danger.
7. **Infâme** : bas, méprisable.
8. **Vil** : méprisable.
9. **Flétri** : corrompu.
10. **Pilori** : armature de bois sur laquelle on exposait en place publique les condamnés à mort.

DON CÉSAR

De vos bienfaits je n'aurai nulle envie,
Tant que je trouverai, vivant ma libre vie,
Aux fontaines de l'eau, dans les champs le grand air,
À la ville un voleur qui m'habille l'hiver,
Dans mon âme l'oubli des prospérités[1] mortes,
Et devant vos palais, monsieur, de larges portes
Où je puis, à midi, sans souci du réveil,
Dormir, la tête à l'ombre et les pieds au soleil !
– Adieu donc. – De nous deux Dieu sait quel est le juste.
Avec les gens de cour, vos pareils, don Salluste,
Je vous laisse, et je reste avec mes chenapans.
Je vis avec les loups, non avec les serpents.

DON SALLUSTE

Un instant…

DON CÉSAR

Tenez, maître, abrégeons la visite.
Si c'est pour m'envoyer en prison, faites vite.

DON SALLUSTE

Allons, je vous croyais, César, plus endurci.
L'épreuve vous est bonne et vous a réussi ;
Je suis content de vous. Votre main, je vous prie.

DON CÉSAR

Comment !

1. **Prospérités** : richesses.

DON SALLUSTE

Je n'ai parlé que par plaisanterie.
Tout ce que j'ai dit là, c'est pour vous éprouver.
Rien de plus.

DON CÉSAR

Ça, debout vous me faites rêver.
La femme, le complot, cette vengeance…

DON SALLUSTE

Leurre[1] !
Imagination ! chimère[2] !

DON CÉSAR

À la bonne heure.
Et l'offre de payer mes dettes ! vision ?
Et les cinq cents ducats[3] ! imagination ?

DON SALLUSTE

Je vais vous les chercher.

Il se dirige vers la porte du fond, et fait signe à Ruy Blas de rentrer.

DON CÉSAR, *à part sur le devant du théâtre et regardant don Salluste de travers.*

Hum ! visage de traître !
Quand la bouche dit oui, le regard dit peut-être.

---

1. Leurre : tromperie.
2. Chimère : illusion.
3. Ducats : pièces d'or.

DON SALLUSTE, *à Ruy Blas.*

Ruy Blas, restez ici.

À don César.

Je reviens.

Il sort par la petite porte de gauche. Sitôt qu'il est sorti, don César et Ruy Blas vont vivement l'un à l'autre.

Scène 3

DON CÉSAR, RUY BLAS.

DON CÉSAR

Sur ma foi,
Je ne me trompais pas. C'est toi, Ruy Blas ?

RUY BLAS

C'est toi,
Zafari ! Que fais-tu dans ce palais ?

DON CÉSAR

J'y passe.
Mais je m'en vais. Je suis oiseau, j'aime l'espace.
Mais toi ! cette livrée[1] ? est-ce un déguisement ?

RUY BLAS, *avec amertume.*

Non, je suis déguisé quand je suis autrement.

DON CÉSAR

Que dis-tu ?

1. Livrée : uniforme des domestiques d'une maison.

Ruy Blas

Donne-moi ta main que je la serre,
Comme en cet heureux temps de joie et de misère
Où je vivais sans gîte, où le jour j'avais faim,
Où j'avais froid la nuit, où j'étais libre enfin !
– Quand tu me connaissais, j'étais un homme encore.
Tous deux nés dans le peuple, – hélas ! c'était l'aurore ! –
Nous nous ressemblions au point qu'on nous prenait
Pour frères ; nous chantions dès l'heure où l'aube naît,
Et le soir, devant Dieu, notre père et notre hôte,
Sous le ciel étoilé nous dormions côte à côte !
Oui, nous partagions tout. Puis enfin arriva
L'heure triste où chacun de son côté s'en va.
Je te retrouve, après quatre ans, toujours le même,
Joyeux comme un enfant, libre comme un bohème[1],
Toujours ce Zafari, riche en sa pauvreté,
Qui n'a rien eu jamais et n'a rien souhaité !
Mais moi, quel changement ! Frère, que te dirai-je ?
Orphelin, par pitié nourri dans un collège
De science et d'orgueil, de moi, triste faveur !
Au lieu d'un ouvrier[2] on a fait un rêveur.
Tu sais, tu m'as connu. Je jetais mes pensées
Et mes vœux vers le ciel en strophes insensées[3],
J'opposais cent raisons à ton rire moqueur.
J'avais je ne sais quelle ambition au cœur.
À quoi bon travailler ? Vers un but invisible
Je marchais, je croyais tout réel, tout possible,

1. **Bohème** : bohémien (vagabond).
2. **Ouvrier** : homme qui travaille de ses mains.
3. **Insensées** : étranges, dénuées de bon sens.

J'espérais tout du sort ! – Et puis je suis de ceux
Qui passent tout un jour, pensifs et paresseux,
Devant quelque palais regorgeant de richesses,
À regarder entrer et sortir des duchesses. –
Si bien qu'un jour, mourant de faim sur le pavé,
J'ai ramassé du pain, frère, où j'en ai trouvé :
Dans la fainéantise et dans l'ignominie.
Oh ! quand j'avais vingt ans, crédule à [1] mon génie,
Je me perdais, marchant pieds nus dans les chemins,
En méditations sur le sort des humains ;
J'avais bâti des plans sur tout, – une montagne
De projets ; – je plaignais le malheur de l'Espagne ;
Je croyais, pauvre esprit, qu'au monde je manquais… –
Ami, le résultat, tu le vois : – un laquais [2] !

DON CÉSAR

Oui, je le sais, la faim est une porte basse :
Et, par nécessité, lorsqu'il faut qu'il y passe,
Le plus grand est celui qui se courbe le plus.
Mais le sort a toujours son flux et son reflux.
Espère.

RUY BLAS, *secouant la tête.*

Le marquis de Finlas est mon maître.

DON CÉSAR

Je le connais. – Tu vis dans ce palais peut-être ?

---

1. Crédule à : croyant à.
2. Laquais : domestique.

RUY BLAS

Non, avant ce matin et jusqu'à ce moment,
Je n'en avais jamais passé le seuil.

DON CÉSAR

Vraiment ?
Ton maître cependant pour sa charge[1] y demeure ?

RUY BLAS

Oui, car la cour le fait demander à toute heure.
Mais il a quelque part un logis inconnu,
Où jamais en plein jour peut-être il n'est venu.
À cent pas du palais. Une maison discrète.
Frère, j'habite là. Par la porte secrète
Dont il a seul la clef, quelquefois, à la nuit,
Le marquis vient, suivi d'hommes qu'il introduit.
Ces hommes sont masqués et parlent à voix basse
Ils s'enferment, et nul ne sait ce qui se passe.
Là, de deux noirs muets je suis le compagnon.
Je suis pour eux le maître. Ils ignorent mon nom.

DON CÉSAR

Oui, c'est là qu'il reçoit, comme chef des alcades[2],
Ses espions ; c'est là qu'il tend ses embuscades.
C'est un homme profond qui tient tout dans sa main.

RUY BLAS

Hier, il m'a dit : – Il faut être au palais demain.
Avant l'aurore. Entrez par la grille dorée. –

1. **Pour sa charge** : pour pouvoir remplir sa fonction à la cour.
2. **Alcades** : magistrats (juges, par exemple).

En arrivant il m'a fait mettre la livrée[1],
Car l'habit odieux sous lequel tu me vois,
Je le porte aujourd'hui pour la première fois.

DON CÉSAR, *lui serrant la main.*

Espère !

RUY BLAS

Espérer ! Mais tu ne sais rien encore.
Vivre sous cet habit qui souille et déshonore,
Avoir perdu la joie et l'orgueil, ce n'est rien.
Être esclave, être vil[2] ; qu'importe ? – Écoute bien :
Frère ! je ne sens pas cette livrée infâme[3],
Car j'ai dans ma poitrine une hydre[4] aux dents de flamme
Qui me serre le cœur dans ses replis ardents[5].
Le dehors te fait peur ? Si tu voyais dedans !

DON CÉSAR

Que veux-tu dire ?

RUY BLAS

Invente, imagine, suppose.
Fouille dans ton esprit. Cherches-y quelque chose
D'étrange, d'insensé, d'horrible et d'inouï.
Une fatalité dont on soit ébloui !
Oui, compose un poison affreux, creuse un abîme[6]

1. **Livrée** : uniforme des domestiques d'une maison.
2. **Vil** : méprisable.
3. **Infâme** : méprisable.
4. **Hydre** : monstre à plusieurs têtes aux allures de dragon.
5. **Ardents** : brûlants.
6. **Abîme** : trou immense.

Plus sourd que la folie et plus noir que le crime,
Tu n'approcheras pas encor de mon secret.
– Tu ne devines pas ? – Hé ! qui devinerait ? –
Zafari ! dans le gouffre[1] où mon destin m'entraîne,
Plonge les yeux ! – je suis amoureux de la reine !

DON CÉSAR

Ciel !

RUY BLAS

Sous un dais[2] orné du globe impérial,
Il est, dans Aranjuez ou dans l'Escurial[3],
– Dans ce palais, parfois, – mon frère, il est un homme
Qu'à peine on voit d'en bas, qu'avec terreur on nomme ;
Pour qui, comme pour Dieu, nous sommes égaux tous ;
Qu'on regarde en tremblant et qu'on sert à genoux ;
Devant qui se couvrir[4] est un honneur insigne[5] ;
Qui peut faire tomber nos deux têtes d'un signe ;
Dont chaque fantaisie est un événement ;
Qui vit, seul et superbe[6], enfermé gravement
Dans une majesté redoutable et profonde,
Et dont on sent le poids dans la moitié du monde.
Eh bien ! – moi, le laquais[7], – tu m'entends, – eh bien ! oui,
Cet homme-là ! le roi ! je suis jaloux de lui !

---

1. **Gouffre** : trou profond et large.
2. **Dais** : baldaquin surmontant le trône du roi.
3. **Aranjuez, l'Escurial** : palais royaux.
4. **Se couvrir** : seuls les plus hauts dignitaires bénéficiaient du privilège de pouvoir garder leur chapeau en présence du roi.
5. **Insigne** : important.
6. **Superbe** : orgueilleux.
7. **Laquais** : domestique.

DON CÉSAR

Jaloux du roi !

RUY BLAS

Hé, oui ! jaloux du roi ! sans doute,
Puisque j'aime sa femme !

DON CÉSAR

Oh ! malheureux !

RUY BLAS

Écoute.
Je l'attends tous les jours au passage. Je suis
Comme un fou. Ho ! sa vie est un tissu d'ennuis,
À cette pauvre femme ! – Oui, chaque nuit j'y songe ! –
Vivre dans cette cour de haine et de mensonge,
Mariée à ce roi qui passe tout son temps
À chasser ! Imbécile ! – un sot ! vieux à trente ans !
Moins qu'un homme ! à régner comme à vivre inhabile[1].
– Famille qui s'en va ! – Le père était débile[2]
Au point qu'il ne pouvait tenir un parchemin.
– Oh ! si belle et si jeune, avoir donné sa main
À ce roi Charles deux[3] ! Elle ! Quelle misère !
– Elle va tous les soirs chez les sœurs du Rosaire[4],
Tu sais ? en remontant la rue Ortaleza.
Comment cette démence en mon cœur s'amassa,
Je l'ignore, mais juge ! elle aime une fleur bleue

1. Inhabile : peu doué, incapable.

2. Débile : affaibli.

3. Charles II : roi d'Espagne de 1665 à 1700.

4. Les sœurs du Rosaire : congrégation religieuse.

– D'Allemagne… – Je fais chaque jour une lieue[1]
Jusqu'à Caramanchel[2], pour avoir de ces fleurs.
J'en ai cherché partout sans en trouver ailleurs.
J'en compose un bouquet ; je prends les plus jolies…
– Oh ! mais je te dis là des choses, des folies ! –
Puis à minuit, au parc royal, comme un voleur,
Je me glisse et je vais déposer cette fleur
Sur son banc favori. Même, hier, j'osai mettre
Dans le bouquet, – vraiment, plains-moi, frère ! – une lettre !
La nuit, pour parvenir jusqu'à ce banc, il faut
Franchir les murs du parc, et je rencontre en haut
Ces broussailles de fer qu'on met sur les murailles.
Un jour j'y laisserai ma chair et mes entrailles.
Trouve-t-elle mes fleurs, ma lettre ? je ne sai.
Frère, tu le vois bien, je suis un insensé[3].

DON CÉSAR

Diable ! ton algarade[4] a son danger. Prends garde.
Le comte d'Oñate, qui l'aime aussi, la garde
Et comme un majordome[5] et comme un amoureux.
Quelque reître[6], une nuit, gardien peu langoureux[7],
Pourrait bien, frère, avant que ton bouquet se fane,
Te le clouer au cœur d'un coup de pertuisane[8]. –

---

1. Une lieue : environ 4 kilomètres.
2. Caramanchel : banlieue de Madrid.
3. Insensé : fou.
4. Algarade : expédition risquée.
5. Majordome : responsable de tous les domestiques.
6. Reître : soldat.
7. Langoureux : affaibli par l'amour ou la maladie.
8. Pertuisane : hallebarde.

Mais quelle idée ! aimer la reine ! ah ça, pourquoi ?
Comment diable as-tu fait ?

RUY BLAS, *avec emportement.*

Est-ce que je sais, moi !
– Oh ! mon âme au démon ! je la vendrais pour être
Un des jeunes seigneurs que, de cette fenêtre,
Je vois en ce moment, comme un vivant affront,
Entrer, la plume au feutre[1] et l'orgueil sur le front !
Oui, je me damnerais pour dépouiller ma chaîne,
Et pour pouvoir comme eux m'approcher de la reine
Avec un vêtement qui ne soit pas honteux !
Mais, ô rage ! être ainsi, près d'elle ! devant eux !
En livrée[2] ! un laquais[3] ! être un laquais pour elle.
Ayez pitié de moi, mon Dieu !

Se rapprochant de don César.

Je me rappelle.
Ne demandais-tu pas pourquoi je l'aime ainsi,
Et depuis quand ?... – Un jour... – Mais à quoi bon ceci ?
C'est vrai, je t'ai toujours connu cette manie !
Par mille questions vous mettre à l'agonie !
Demander où ? comment ? quand ? pourquoi ? Mon sang bout !
Je l'aime follement ! Je l'aime, voilà tout !

DON CÉSAR

Là ; ne te fâche pas.

1. Feutre : chapeau fait de cette matière.
2. Livrée : uniforme des domestiques d'une maison.
3. Laquais : domestique.

Ruy Blas, *tombant épuisé et pâle sur le fauteuil.*

Non. Je souffre. – Pardonne.
Ou plutôt, va, fuis-moi. Va-t'en, frère. Abandonne
Ce misérable fou qui porte avec effroi
Sous l'habit d'un valet les passions d'un roi !

Don César, *lui posant la main sur l'épaule.*

Te fuir ! – moi qui n'ai pas souffert, n'aimant personne,
Moi, pauvre grelot vide où manque ce qui sonne,
Gueux[1], qui vais mendiant l'amour je ne sais où,
À qui de temps en temps le destin jette un sou,
Moi, cœur éteint dont l'âme, hélas ! s'est retirée,
Du spectacle d'hier affiche déchirée,
Vois-tu, pour cet amour dont tes regards sont pleins,
Mon frère, je t'envie autant que je te plains !
– Ruy Blas ! –

Moment de silence. Ils se tiennent les mains serrées en se regardant tous les deux avec une expression de tristesse et d'amitié confiante.

Entre don Salluste. Il s'avance à pas lents, fixant un regard d'attention profonde sur don César et Ruy Blas, qui ne le voient pas. Il tient d'une main un chapeau et une épée qu'il dépose en entrant sur un fauteuil et de l'autre une bourse qu'il apporte sur la table.

Don Salluste, *à don César.*

Voici l'argent.

À la voix de don Salluste, Ruy Blas se lève comme réveillé en sursaut, et se tient debout, les yeux baissés, dans l'attitude du respect.

Don César, *à part, regardant don Salluste de travers.*

Hum ! le diable m'emporte !

---

1. **Gueux** : mendiant.

Cette sombre figure écoutait à la porte.
Bah ! qu'importe, après tout !

Haut à don Salluste.

Don Salluste, merci.

Il ouvre la bourse, la répand sur la table, et remue avec joie les ducats[1], qu'il range en piles sur le tapis de velours. Pendant qu'il les compte, don Salluste va au fond du théâtre, en regardant derrière lui s'il n'éveille pas l'attention de don César. Il ouvre la petite porte de droite. À un signe qu'il fait, trois alguazils[2] armés d'épées et vêtus de noir en sortent. Don Salluste leur montre mystérieusement don César. Ruy Blas se tient immobile et debout près de la table comme une statue, sans rien voir ni rien entendre.

DON SALLUSTE, *bas, aux alguazils.*

Vous allez suivre, alors qu'il sortira d'ici,
L'homme qui compte là de l'argent. – En silence,
Vous vous emparerez de lui. – Sans violence. –
Vous l'irez embarquer, par le plus court chemin,
À Denia[3]. –

Il leur remet un parchemin scellé.

Voici l'ordre écrit de ma main. –
Enfin, sans écouter sa plainte chimérique[4],
Vous le vendrez en mer aux corsaires d'Afrique.
Mille piastres[5] pour vous. Faites vite à présent.

Les trois alguazils s'inclinent et sortent.

1. **Ducats** : pièces d'or.
2. **Alguazils** : officiers de police.
3. **Denia** : port espagnol, situé près d'Alicante.
4. **Chimérique** : illusoire.
5. **Piastres** : pièces d'argent.

DON CÉSAR, *achevant de ranger ses ducats*[1].

Rien n'est plus gracieux et plus divertissant
Que des écus à soi qu'on met en équilibre.

Il fait deux parts égales et se tourne vers Ruy Blas.

Frère, voici ta part.

RUY BLAS

Comment !

DON CÉSAR, *lui montrant une des deux piles d'or.*

Prends ! viens ! sois libre !

DON SALLUSTE, *qui les observe au fond du théâtre, à part.*

Diable !

RUY BLAS, *secouant la tête en signe de refus.*

Non. C'est le cœur qu'il faudrait délivrer.
Non, mon sort est ici. Je dois y demeurer.

DON CÉSAR

Bien. Suis ta fantaisie. Es-tu fou ? Suis-je sage ?
Dieu le sait.

Il ramasse l'argent et le jette dans le sac qu'il empoche.

DON SALLUSTE, *au fond du théâtre, à part, et les observant toujours.*

À peu près même air, même visage.

DON CÉSAR, *à Ruy Blas.*

Adieu.

---

1. Ducats : pièces d'or.

RUY BLAS

Ta main !

Ils se serrent la main. Don César sort sans voir don Salluste qui se tient à l'écart.

Scène 4

RUY BLAS, DON SALLUSTE.

DON SALLUSTE

Ruy Blas ?

RUY BLAS, *se retournant vivement.*

Monseigneur ?

DON SALLUSTE

Ce matin,
Quand vous êtes venu, je ne suis pas certain
S'il faisait jour déjà ?

RUY BLAS

Pas encore, excellence.
J'ai remis au portier votre passe[1] en silence,
Et puis je suis monté.

DON SALLUSTE

Vous étiez en manteau ?

1. **Passe** : laissez-passer.

Ruy Blas

Oui, monseigneur.

Don Salluste

Personne, en ce cas, au château
Ne vous a vu porter cette livrée[1] encore ?

Ruy Blas

Ni personne à Madrid.

Don Salluste, *désignant du doigt la porte par où est sorti don César.*

C'est fort bien. Allez clore[2]
Cette porte. Quittez cet habit.

Ruy Blas dépouille[3] son surtout[4] de livrée et le jette sur un fauteuil.

Vous avez
Une belle écriture, il me semble. – Écrivez :

Il fait signe à Ruy Blas de s'asseoir à la table où sont les plumes et les écritoires[5]. Ruy Blas obéit.

Vous m'allez aujourd'hui servir de secrétaire.
D'abord, un billet doux, – je ne veux rien vous taire, –
Pour ma reine d'amour, pour doña Praxedis,
Ce démon que je crois venu du paradis.
– Là, je dicte : « Un danger terrible est sur ma tête.
Ma reine seule – peut conjurer la tempête,
En venant me trouver ce soir dans ma maison.

1. **Livrée** : uniforme des domestiques d'une maison.
2. **Clore** : fermer.
3. **Dépouille** : enlève.
4. **Surtout** : veste ample portée par-dessus les habits.
5. **Écritoires** : matériel pour écrire.

Sinon, je suis perdu. Ma vie et ma raison
Et mon cœur, je mets tout à ses pieds que je baise[1]. »

Il rit et s'interrompt.

Un danger ! la tournure[2], au fait, n'est pas mauvaise
Pour l'attirer chez moi. C'est que j'y suis expert.
Les femmes aiment fort à sauver qui les perd.
– Ajoutez : – « Par la porte au bas de l'avenue,
Vous entrerez la nuit sans être reconnue.
Quelqu'un de dévoué vous ouvrira. » – D'honneur,
C'est parfait. – Ah ! signez.

RUY BLAS

Votre nom, monseigneur ?

DON SALLUSTE

Non pas. Signez CÉSAR. C'est mon nom d'aventure[3].

RUY BLAS, *après avoir obéi.*

La dame ne pourra connaître l'écriture ?

DON SALLUSTE

Bah ! le cachet[4] suffit. J'écris souvent ainsi.
Ruy Blas, je pars ce soir, et je vous laisse ici.
J'ai sur vous les projets d'un ami très sincère.
Votre état[5] va changer, mais il est nécessaire
De m'obéir en tout. Comme en vous j'ai trouvé
Un serviteur discret, fidèle et réservé…

---

1. **Je baise** : j'embrasse.
2. **Tournure** : formulation, manière de parler.
3. **Nom d'aventure** : pseudonyme utilisé le temps d'une aventure amoureuse.
4. **Cachet** : tampon personnalisé appliqué sur la cire chaude qui ferme les lettres.
5. **Votre état** : votre condition de valet.

RUY BLAS, *s'inclinant.*

Monseigneur !

DON SALLUSTE, *continuant.*

Je vous veux faire un destin plus large[1].

RUY BLAS, *montrant le billet qu'il vient d'écrire.*

Où faut-il adresser la lettre ?

DON SALLUSTE

Je m'en charge.

S'approchant de Ruy Blas d'un air significatif[2].

Je veux votre bonheur.

Un silence. Il fait signe à Ruy Blas de se rasseoir à la table.

Écrivez : – « Moi, Ruy Blas,
Laquais[3] de monseigneur le marquis de Finlas,
En toute occasion, ou secrète ou publique,
M'engage à le servir comme un bon domestique. »

Ruy Blas obéit.

– Signez. De votre nom. La date. Bien. Donnez.

Il ploie[4] et serre dans son portefeuille la lettre et le papier que Ruy Blas vient d'écrire.

On vient de m'apporter une épée. Ah ! tenez,
Elle est sur ce fauteuil.

Il désigne le fauteuil sur lequel il a posé l'épée et le chapeau. Il y va et prend l'épée.

L'écharpe est d'une soie
Peinte et brodée au goût le plus nouveau qu'on voie.

1. **Je vous veux faire un destin plus large** : je veux vous offrir mieux.
2. **Significatif** : qui exprime clairement ce qu'il pense.
3. **Laquais** : domestique.
4. **Ploie** : plie.

Il lui fait admirer la souplesse du tissu.

Touchez. – Que dites-vous, Ruy Blas, de cette fleur ?
La poignée est de Gil, le fameux ciseleur[1],
Celui qui le mieux creuse, au gré des belles filles[2],
Dans un pommeau[3] d'épée une boîte à pastilles.

Il passe au cou de Ruy Blas l'écharpe, à laquelle est attachée l'épée.

Mettez-la donc. – Je veux en voir sur vous l'effet.
– Mais vous avez ainsi l'air d'un seigneur parfait !

Écoutant.

On vient… oui. C'est bientôt l'heure où la reine passe. –
– Le marquis del Basto ! –

La porte du fond sur la galerie s'ouvre. Don Salluste détache son manteau et le jette vivement sur les épaules de Ruy Blas, au moment où le marquis del Basto paraît ; puis il va droit au marquis, en entraînant avec lui Ruy Blas stupéfait.

Scène 5

DON SALLUSTE, RUY BLAS,
DON PAMFILO D'AVALOS, MARQUIS DEL BASTO.
Puis le MARQUIS DE SANTA-CRUZ. –
Puis le COMTE D'ALBE. – *Puis toute la cour.*

DON SALLUSTE, *au marquis del Basto.*

Souffrez[4] qu'à votre grâce[5]

1. Ciseleur : artiste qui sculpte des motifs très fins dans le métal.
2. Au gré des belles filles : pour faire plaisir aux belles filles.
3. Pommeau : boule située au bout de l'épée.
4. Souffrez : merci d'accepter.
5. Votre grâce : manière flatteuse de s'adresser à son supérieur.

Je présente, marquis, mon cousin don César,
Comte de Garofa près de Velalcazar[1].

RUY BLAS, *à part.*

Ciel !

DON SALLUSTE, *bas à Ruy Blas.*

Taisez-vous !

LE MARQUIS DEL BASTO, *saluant Ruy Blas.*

Monsieur… charmé…

Il lui prend la main, que Ruy Blas lui livre[2] avec embarras.

DON SALLUSTE, *bas, à Ruy Blas.*

Laissez-vous faire.
Saluez !

Ruy Blas salue le marquis.

LE MARQUIS DEL BASTO, *à Ruy Blas.*

J'aimais fort madame votre mère.

Bas, à don Salluste, en lui montrant Ruy Blas.

Bien changé ! Je l'aurais à peine reconnu.

DON SALLUSTE, *bas au marquis.*

Dix ans d'absence !

LE MARQUIS DEL BASTO, *de même.*

Au fait[3] !

1. **Velalcazar** : ville d'Andalousie.
2. **Livre** : donne.
3. **Au fait** : en effet, c'est vrai.

DON SALLUSTE, *frappant sur l'épaule de Ruy Blas.*

Le voilà revenu !
Vous souvient-il, marquis ? oh ! quel enfant prodigue[1] !
Comme il vous répandait les pistoles[2] sans digue[3] !
Tous les soirs danse et fête au vivier d'Apollo[4],
Et cent musiciens faisant rage sur l'eau !
À tous moments, galas, masques, concerts, fredaines[5],
Éblouissant Madrid de visions soudaines !
– En trois ans, ruiné ! – c'était un vrai lion.
– Il arrive de l'Inde[6] avec le galion[7].

RUY BLAS, *avec embarras.*

Seigneur…

DON SALLUSTE, *gaiement.*

Appelez-moi cousin, car nous le sommes.
Les Bazan sont, je crois, d'assez francs[8] gentilshommes[9].
Nous avons pour ancêtre Iniguez d'Iviza.
Son petit-fils, Pedro de Bazan, épousa
Marianne de Gor. Il eut de Marianne
Jean, qui fut général de la mer Océane[10]
Sous le roi don[11] Philippe, et Jean eut deux garçons

1. Prodigue : dépensier.
2. Pistoles : pièces d'or.
3. Sans digue : sans limite.
4. Vivier d'Apollo : étang orné de statues dans la résidence d'été du roi.
5. Fredaines : écarts de conduite.
6. L'Inde : l'Amérique.
7. Galion : bateau transportant de l'or.
8. Francs : purs, sans mélange avec des familles de rang social inférieur.
9. Gentilshommes : nobles.
10. Mer Océane : océan Atlantique.
11. Don : titre honorifique.

Qui sur notre arbre[1] antique[2] ont greffé deux blasons[3].
Moi, je suis le marquis de Finlas ; vous, le comte
De Garofa. Tous deux se valent si l'on compte.
Par les femmes, César, notre rang est égal.
Vous êtes Aragon, moi je suis Portugal.
Votre branche n'est pas moins haute que la nôtre :
Je suis le fruit de l'une, et vous la fleur de l'autre.

RUY BLAS, *à part.*

Où donc m'entraîne-t-il ?

Pendant que don Salluste a parlé, le marquis de Santa-Cruz, don Alvar de Bazan y Benavides, vieillard à moustache blanche et à grande perruque, s'est approché d'eux.

LE MARQUIS DE SANTA-CRUZ, *à don Salluste.*

Vous l'expliquez fort bien.
S'il est votre cousin, il est aussi le mien.

DON SALLUSTE

C'est vrai, car nous avons une même origine,
Monsieur de Santa-Cruz.

Il lui présente Ruy Blas.

Don César.

LE MARQUIS DE SANTA-CRUZ

J'imagine
Que ce n'est pas celui qu'on croyait mort.

---

1. Arbre : arbre généalogique.
2. Antique : très ancien.
3. Blasons : symboles imagés des familles nobles.

DON SALLUSTE

Si fait.

LE MARQUIS DE SANTA-CRUZ

Il est donc revenu ?

DON SALLUSTE

Des Indes[1].

LE MARQUIS DE SANTA-CRUZ, *examinant Ruy Blas.*

En effet !

DON SALLUSTE

Vous le reconnaissez ?

LE MARQUIS DE SANTA-CRUZ

Pardieu[2] ! je l'ai vu naître !

DON SALLUSTE, *bas à Ruy Blas.*

Le bon homme est aveugle et se défend de l'être.
Il vous a reconnu pour prouver ses bons yeux.

LE MARQUIS DE SANTA-CRUZ, *tendant la main à Ruy Blas.*

Touchez là, mon cousin.

RUY BLAS, *s'inclinant.*

Seigneur…

1. **Des Indes** : de l'Amérique.
2. **Pardieu** : juron (« pardi ! », « bien sûr ! »).

LE MARQUIS DE SANTA-CRUZ,
bas à don Salluste et lui montrant Ruy Blas.

On n'est pas mieux !
À Ruy Blas.
Charmé de vous revoir !

DON SALLUSTE, *bas au marquis et le prenant à part.*

Je vais payer ses dettes.
Vous le pouvez servir dans le poste où vous êtes,
Si quelque emploi de cour vaquait[1] en ce moment,
Chez le roi, – chez la reine… –

LE MARQUIS DE SANTA-CRUZ, *bas.*

Un jeune homme charmant !
J'y vais songer. – Et puis, il est de la famille.

DON SALLUSTE, *bas.*

Vous avez tout crédit[2] au conseil de Castille,
Je vous le recommande.

Il quitte le marquis de Santa-Cruz, et va à d'autres seigneurs auxquels il présente Ruy Blas. Parmi eux le comte d'Albe, très superbement paré[3].

Don Salluste leur présentant Ruy Blas.

Un mien cousin, César,
Comte de Garofa, près de Velalcazar.

Les seigneurs échangent gravement des révérences avec Ruy Blas interdit[4].

Don Salluste au comte de Ribagorza.

1. **Vaquait** : était disponible.
2. **Tout crédit** : une influence totale.
3. **Très superbement paré** : portant des habits magnifiques.
4. **Interdit** : stupéfait.

Vous n'étiez pas hier au ballet d'Atalante[1] ?
Lindamire a dansé d'une façon galante[2].

Il s'extasie sur le pourpoint[3] *du comte d'Albe.*

C'est très beau, comte d'Albe !

LE COMTE D'ALBE

Ah ! j'en avais encor
Un plus beau. Satin rose avec des rubans d'or.
Matalobos[4] me l'a volé.

UN HUISSIER[5] DE COUR, *au fond du théâtre.*

La reine approche !
Prenez vos rangs[6], messieurs.

Les grands rideaux de la galerie vitrée s'ouvrent. Les seigneurs s'échelonnent près de la porte, des gardes font la haie. Ruy Blas, haletant, hors de lui, vient sur le devant du théâtre comme pour s'y réfugier. Don Salluste l'y suit.

DON SALLUSTE, *bas à Ruy Blas.*

Est-ce que, sans reproche,
Quand votre sort grandit, votre esprit s'amoindrit[7] ?
Réveillez-vous, Ruy Blas. Je vais quitter Madrid.
Ma petite maison, près du pont, où vous êtes,

1. Ballet d'Atalante : ballet à sujet mythologique. Atalante avait décidé d'épouser le jeune homme qui parviendrait à courir plus vite qu'elle ; Aphrodite la piégea en faisant tomber des pommes d'or que la jeune fille ramassa, au prix d'une halte qui lui fit perdre la course.

2. Galante : raffinée.

3. Pourpoint : vêtement serré à la taille.

4. Matalobos : littéralement, « le tueur de loups ».

5. Huissier : domestique qui ouvre et ferme les portes, alors appelées huis.

6. Prenez vos rangs : chacun à sa place.

7. Votre esprit s'amoindrit : votre intelligence diminue.

– Je n'en veux rien garder, hormis[1] les clefs secrètes, –
Ruy Blas, je vous la donne, et les muets[2] aussi.
Vous recevrez bientôt d'autres ordres. Ainsi
Faites ma volonté, je fais votre fortune[3].
Montez, ne craignez rien, car l'heure est opportune[4].
La cour est un pays où l'on va sans voir clair.
Marchez les yeux bandés ; j'y vois pour vous, mon cher !

De nouveaux gardes paraissent au fond.

L'HUISSIER, *à haute voix.*

La reine !

RUY BLAS, *à part.*

La reine ! ah !

La reine, vêtue magnifiquement, paraît, entourée de dames et de pages[5], sous un dais[6] de velours écarlate[7] porté par quatre gentilshommes[8] de chambre, tête nue. Ruy Blas, effaré[9], la regarde comme absorbé par cette resplendissante vision. Tous les grands d'Espagne se couvrent, le marquis del Basto, le comte d'Albe, le marquis de Santa-Cruz, don Salluste. Don Salluste va rapidement au fauteuil et y prend le chapeau, qu'il apporte à Ruy Blas.

1. Hormis : sauf.
2. Les muets : les esclaves muets.
3. Fortune : réussite, chance.
4. Opportune : favorable.
5. Pages : jeunes hommes servant d'aides ou de messagers.
6. Dais : tenture tendue au-dessus de la reine.
7. Écarlate : rouge vif.
8. Gentilshommes : nobles.
9. Effaré : extrêmement troublé.

DON SALLUSTE, *à Ruy Blas,*
en lui mettant le chapeau sur la tête.

Quel vertige[1] vous gagne ?
Couvrez-vous, don César, vous êtes grand d'Espagne.

RUY BLAS, *éperdu, bas à don Salluste.*

Et que m'ordonnez-vous, seigneur, présentement ?

DON SALLUSTE, *lui montrant la reine*
qui traverse lentement la galerie.

De plaire à cette femme et d'être son amant.

1. Vertige : folie.

Acte II

La reine d'Espagne

Un salon contigu à[1] *la chambre à coucher de la reine. À gauche, une petite porte donnant dans cette chambre. À droite, sur un pan*[2] *coupé, une autre porte donnant dans les appartements extérieurs. Au fond, de grandes fenêtres ouvertes. C'est l'après-midi d'une belle journée d'été. Grande table. Fauteuils. Une figure de sainte, richement enchâssée*[3]*, est adossée au mur; au bas on lit: Santa Maria Esclava. Au côté opposé est une madone*[4] *devant laquelle brûle une lampe d'or. Près de la madone, un portrait en pied du roi Charles II*[5]*.*

Au lever du rideau, la reine doña Maria de Neubourg est dans un coin, assise à côté d'une de ses femmes[6]*, jeune et jolie fille. La reine est vêtue de blanc, robe de drap*[7] *d'argent. Elle brode et s'interrompt par moments pour causer. Dans le coin opposé est assise, sur une chaise à dossier, doña Juana de la Cueva, duchesse d'Albuquerque, camerera mayor*[8]*, une tapisserie à la*

1. Contigu à : donnant sur.

2. Pan : morceau de mur.

3. Enchâssée : placée dans un coffret.

4. Une madone : représentation de la Vierge (mère du Christ).

5. Charles II : roi d'Espagne de 1665 à 1700.

6. Femmes : dames de compagnie.

7. Drap : tissu.

8. Camerera mayor : première dame d'honneur de la reine, chargée du respect de l'étiquette (règles de vie à la cour).

main ; vieille femme en noir. Près de la duchesse, à une table, plusieurs duègnes[1] *travaillant à des ouvrages*[2] *de femme. Au fond, se tient don Guritan, comte d'Oñate, majordome*[3]*, grand, sec, moustaches grises, cinquante-cinq ans environ ; mine de vieux militaire, quoique vêtu avec une élégance exagérée et qu'il ait des rubans jusque sur les souliers.*

Scène 1

LA REINE, LA DUCHESSE D'ALBUQUERQUE,
DON GURITAN, CASILDA, DUÈGNES.

LA REINE

Il est parti pourtant ! je devrais être à l'aise,
Eh bien, non ! ce marquis de Finlas ! il me pèse[4] !
Cet homme-là me hait.

CASILDA

Selon votre souhait
N'est-il pas exilé[5] ?

LA REINE

Cet homme-là me hait.

CASILDA

Votre majesté…

1. **Duègnes** : dames âgées chargées de veiller à la bonne conduite des jeunes femmes.
2. **Ouvrages** : activités de couture.
3. **Majordome** : responsable de tous les domestiques.
4. **Il me pèse** : il m'est difficile à supporter.
5. **Exilé** : chassé hors du pays.

LA REINE

Vrai ! Casilda, c'est étrange,
Ce marquis est pour moi comme le mauvais ange[1].
L'autre jour, il devait partir le lendemain,
Et, comme à l'ordinaire[2], il vint au baise-main.
Tous les grands[3] s'avançaient vers le trône à la file ;
Je leur livrais[4] ma main, j'étais triste et tranquille,
Regardant vaguement[5], dans le salon obscur,
Une bataille au fond peinte sur un grand mur,
Quand tout à coup, mon œil se baissant vers la table,
Je vis venir à moi cet homme redoutable[6] !
Sitôt que je le vis, je ne vis plus que lui.
Il venait à pas lents, jouant avec l'étui
D'un poignard dont parfois j'entrevoyais la lame,
Grave, et m'éblouissant de son regard de flamme.
Soudain, il se courba, souple et comme rampant… –
Je sentis sur ma main sa bouche de serpent !

CASILDA

Il rendait[7] ses devoirs : – rendons-nous pas les nôtres ?

LA REINE

Sa lèvre n'était pas comme celle des autres.
C'est la dernière fois que je l'ai vu. Depuis,

1. Le mauvais ange : le diable. Ange autrefois, il s'est révolté contre Dieu.
2. Comme à l'ordinaire : comme d'habitude.
3. Les grands : les nobles les plus importants du royaume.
4. Livrais : donnais.
5. Vaguement : sans y prêter attention.
6. Redoutable : dangereux.
7. Rendait : accomplissait.

J'y pense très souvent. J'ai bien d'autres ennuis,
C'est égal, je me dis : – L'enfer est dans cette âme.
Devant cet homme-là je ne suis qu'une femme. –
Dans mes rêves, la nuit, je rencontre en chemin
Cet effrayant démon qui me baise[1] la main ;
Je vois luire son œil d'où rayonne la haine ;
Et, comme un noir poison qui va de veine en veine,
Souvent, jusqu'à mon cœur qui semble se glacer,
Je sens en longs frissons courir son froid baiser !
Que dis-tu de cela ?

CASILDA

Purs fantômes, madame.

LA REINE

Au fait, j'ai des soucis bien plus réels dans l'âme.

À part.

Oh ! ce qui me tourmente, il faut le leur cacher !

À Casilda.

Dis-moi, ces mendiants qui n'osaient approcher…

CASILDA, *allant à la fenêtre.*

Je sais, madame, ils sont encor là, dans la place[2].

LA REINE

Tiens ! jette-leur ma bourse…

Casilda prend la bourse et va la jeter par la fenêtre.

1. Baise : embrasse.
2. Dans la place : ici.

CASILDA

Oh ! madame, par grâce[1],
Vous qui faites l'aumône[2] avec tant de bonté,

Montrant à la reine don Guritan, qui, debout et silencieux au fond de la chambre, fixe sur la reine un œil plein d'adoration muette.

Ne jetterez-vous rien au comte d'Oñate ?
Rien qu'un mot ! – Un vieux brave[3] ! amoureux sous l'armure !
D'autant plus tendre au cœur que l'écorce est plus dure !

LA REINE

Il est bien ennuyeux !

CASILDA

J'en conviens. – Parlez-lui !

LA REINE, *se tournant vers don Guritan.*

Bonjour, comte !

Don Guritan s'approche avec trois révérences, et vient baiser[4] en soupirant la main de la reine qui le laisse faire d'un air indifférent et distrait. Puis il retourne à sa place, à côté du siège de la camerera mayor.

DON GURITAN, *en se retirant, bas à Casilda.*

La reine est charmante aujourd'hui !

---

1. Par grâce : par pitié.

2. Aumône : don d'argent aux pauvres.

3. Brave : courageux, valeureux.

4. Baiser : embrasser.

CASILDA, *le regardant s'éloigner.*

Oh ! le pauvre héron[1] ! près de l'eau qui le tente,
Il se tient. Il attrape, après un jour d'attente,
Un bonjour, un bonsoir, souvent un mot bien sec,
Et s'en va tout joyeux, cette pâture[2] au bec.

LA REINE, *avec un sourire triste.*

Tais-toi !

CASILDA

Pour être heureux, il suffit qu'il vous voie !
Voir la reine, pour lui cela veut dire : – joie !

S'extasiant sur une boîte posée sur un guéridon[3].

Oh ! la divine boîte !

LA REINE

Ah ! j'en ai la clef là.

CASILDA

Ce bois de calambour[4] est exquis[5] !

LA REINE, *lui présentant la clef.*

Ouvre-la.
Vois : – Je l'ai fait emplir de reliques[6], ma chère ;
Puis je vais l'envoyer à Neubourg, à mon père ;
Il sera très content ! –

1. **Héron** : oiseau à long bec.
2. **Pâture** : nourriture.
3. **Guéridon** : table ronde à un seul pied.
4. **Calambour** : bois parfumé.
5. **Exquis** : magnifique.
6. **Reliques** : ce qui reste des saints (objets ou parties du corps).

Elle rêve un instant puis s'arrache vivement à sa rêverie.
À part.

Je ne veux pas penser !
Ce que j'ai dans l'esprit, je voudrais le chasser.

À Casilda.

Va chercher dans ma chambre un livre… – Je suis folle !
Pas un livre allemand ! tout en langue espagnole.
Le roi chasse. Toujours absent. Ah ! quel ennui !
En six mois, j'ai passé douze jours près de lui.

Casilda

Épousez donc un roi pour vivre de la sorte !

La reine retombe dans sa rêverie, puis en sort de nouveau violemment et comme avec effort.

La reine

Je veux sortir !

À ce mot, prononcé impérieusement[1] *par la reine, la duchesse d'Albuquerque, qui est jusqu'à ce moment restée immobile sur son siège, lève la tête, puis se dresse debout et fait une profonde révérence à la reine.*

La duchesse d'Albuquerque, *d'une voix brève*[2] *et dure.*

Il faut, pour que la reine sorte,
Que chaque porte soit ouverte – c'est réglé[3] ! –
Par un des grands d'Espagne[4] ayant droit à la clé.
Or nul d'eux ne peut être au palais à cette heure.

---

1. **Impérieusement** : sur le ton d'un ordre.
2. **Brève** : rapide.
3. **C'est réglé** : c'est la règle.
4. **Grands d'Espagne** : nobles les plus importants du royaume.

LA REINE

Mais on m'enferme donc ! mais on veut que je meure.
Duchesse, enfin !

LA DUCHESSE, *avec une nouvelle révérence.*

Je suis camerera mayor,

Elle se rassied.

Et je remplis ma charge[1].

LA REINE, *prenant sa tête à deux mains, avec désespoir, à part.*

Allons ! rêver encor !
Non !

Haut.

– Vite ! un lansquenet[2] ! à moi, toutes mes femmes[3] !
Une table, et jouons !

LA DUCHESSE, *aux duègnes*[4].

Ne bougez pas, mesdames.

Se levant et faisant une révérence à la reine.

Sa Majesté ne peut, suivant l'ancienne loi,
Jouer qu'avec des rois ou des parents du roi.

LA REINE, *avec emportement*[5].

Eh bien ! faites venir ces parents.

CASILDA, *à part, regardant la duchesse.*

Oh ! la duègne !

---

1. **Je remplis ma charge** : je fais ce que ma fonction exige.
2. **Lansquenet** : jeu de cartes.
3. **Femmes** : dames de compagnie.
4. **Duègnes** : dames âgées chargées de veiller à la bonne conduite des jeunes femmes.
5. **Emportement** : colère.

La duchesse, *avec un signe de croix.*
Dieu n'en a pas donné, madame, au roi qui règne.
La reine mère est morte. Il est seul à présent.

La reine
Qu'on me serve à goûter !

Casilda
Oui, c'est très amusant.

La reine
Casilda, je t'invite.

Casilda, *à part, regardant la camerera.*
Oh ! respectable aïeule[1] !

La duchesse, *avec une révérence.*
Quand le roi n'est pas là, la reine mange seule.
Elle se rassied.

La reine, *poussée à bout.*
Ne pouvoir – Ô mon Dieu ! qu'est-ce que je ferai ? –
Ni sortir, ni jouer, ni manger à mon gré !
Vraiment, je meurs depuis un an que je suis reine.

Casilda, *à part, la regardant avec compassion.*
Pauvre femme ! passer tous ses jours dans la gêne,
Au fond de cette cour insipide[2] ! et n'avoir
D'autre distraction que le plaisir de voir,
Au bord de ce marais à l'eau dormante et plate,

---

1. **Aïeule** : ancêtre.
2. **Insipide** : sans goût, sans saveur.

Regardant don Guritan toujours immobile et debout au fond de la chambre.

Un vieux comte amoureux rêvant sur une patte !

LA REINE, *à Casilda.*

Que faire ? voyons ! cherche une idée.

CASILDA

Ah ! tenez !

En l'absence du roi, c'est vous qui gouvernez.
Faites, pour vous distraire, appeler les ministres !

LA REINE, *haussant les épaules.*

Ce plaisir ! – avoir là huit visages sinistres[1]
Me parlant de la France et de son roi caduc[2],
De Rome, et du portrait de monsieur l'archiduc[3],
Qu'on promène à Burgos, parmi des cavalcades[4],
Sous un dais[5] de drap[6] d'or porté par quatre alcades[7] !
– Cherche autre chose.

CASILDA

Eh bien ! pour vous désennuyer,

Si je faisais monter quelque jeune écuyer[8] ?

1. **Sinistres** : très tristes.
2. **Caduc** : en fin de vie.
3. **L'archiduc** : Charles de Habsbourg, prétendant à la succession de Charles II.
4. **Cavalcades** : marche d'apparat d'un groupe de chevaliers accompagnant un personnage important.
5. **Dais** : tenture portée au-dessus de quelqu'un.
6. **Drap** : tissu.
7. **Alcades** : magistrats.
8. **Écuyer** : noble placé au service de la reine.

LA REINE

Casilda !

CASILDA

Je voudrais regarder un jeune homme,
Madame ! cette cour vénérable[1] m'assomme.
Je crois que la vieillesse arrive par les yeux,
Et qu'on vieillit plus vite à voir toujours des vieux !

LA REINE

Ris, folle ! – Il vient un jour où le cœur se reploie[2].
Comme on perd le sommeil, enfant, on perd la joie.

Pensive.

Mon bonheur, c'est ce coin du parc où j'ai le droit
D'aller seule.

CASILDA

Oh ! le beau bonheur, l'aimable[3] endroit !
Des pièges sont creusés derrière tous les marbres.
On ne voit rien. Les murs sont plus hauts que les arbres.

LA REINE

Oh ! je voudrais sortir parfois !

CASILDA, *bas.*

Sortir ! Eh bien,
Madame, écoutez-moi. Parlons bas. Il n'est rien
De tel qu'une prison bien austère[4] et bien sombre

1. Vénérable : peuplée d'honorables vieillards.
2. Se reploie : se replie.
3. Aimable : agréable.
4. Austère : triste.

Pour vous faire chercher et trouver dans son ombre
Ce bijou rayonnant nommé la clef des champs.
– Je l'ai ! – Quand vous voudrez, en dépit des[1] méchants,
Je vous ferai sortir, la nuit, et par la ville,
Nous irons !

LA REINE

Ciel ! jamais ! tais-toi !

CASILDA

C'est très facile !

LA REINE

Paix !

Elle s'éloigne un peu de Casilda et retombe dans sa rêverie.

Que ne suis-je encor, moi qui crains tous ces grands[2],
Dans ma bonne Allemagne avec mes bons parents !
Comme, ma sœur et moi, nous courions dans les herbes !
Et puis des paysans passaient, traînant des gerbes[3] ;
Nous leur parlions. C'était charmant. Hélas ! un soir,
Un homme vint, qui dit : – il était tout en noir.
Je tenais par la main ma sœur, douce compagne. –
« Madame, vous allez être reine d'Espagne. »
Mon père était joyeux et ma mère pleurait.
Ils pleurent tous les deux à présent. – En secret
Je vais faire envoyer cette boîte à mon père,
Il sera bien content. – Vois, tout me désespère.
Mes oiseaux d'Allemagne, ils sont tous morts.

1. En dépit des : malgré les.

2. Grands : nobles les plus importants du royaume.

3. Gerbes : bottes de céréales coupées et liées.

Casilda fait le signe de tordre le cou à des oiseaux, en regardant de travers la camerera.

Et puis
On m'empêche d'avoir des fleurs de mon pays.
Jamais à mon oreille un mot d'amour ne vibre.
Aujourd'hui je suis reine. Autrefois j'étais libre !
Comme tu dis, ce parc est bien triste le soir,
Et les murs sont si hauts qu'ils empêchent de voir.
– Oh ! l'ennui ! –

On entend au dehors un chant éloigné.

Qu'est ce bruit ?

CASILDA

Ce sont les lavandières[1]
Qui passent en chantant, là-bas, dans les bruyères.

Le chant se rapproche. On distingue les paroles. La reine écoute avidement[2].

VOIX DU DEHORS

À quoi bon entendre
Les oiseaux des bois ?
L'oiseau le plus tendre
Chante dans ta voix.

Que Dieu montre ou voile
Les astres des cieux !
La plus pure étoile
Brille dans tes yeux.

1. **Lavandières** : femmes qui lavent le linge à la main.
2. **Avidement** : avec envie.

Qu'Avril renouvelle
Le jardin en fleur !
La fleur la plus belle
Fleurit dans ton cœur.

Cet oiseau de flamme,
Cet astre du jour,
Cette fleur de l'âme,
S'appellent l'amour.

Les voix décroissent[1] *et s'éloignent.*

LA REINE, *rêveuse.*

L'amour ! – oui, celles-là sont heureuses. – Leur voix,
Leur chant me fait du mal et du bien à la fois.

LA DUCHESSE, *aux duègnes.*

Ces femmes, dont le chant importune[2] la reine,
Qu'on les chasse !

LA REINE, *vivement.*

Comment ! on les entend à peine.
Pauvres femmes ! je veux qu'elles passent en paix,
Madame.

À Casilda, en lui montrant une croisée[3] *au fond.*

Par ici le bois est moins épais ;
Cette fenêtre-là donne sur la campagne ;
Viens, tâchons de les voir.

Elle se dirige vers la fenêtre avec Casilda.

1. **Décroissent** : baissent.
2. **Importune** : gêne.
3. **Croisée** : fenêtre.

LA DUCHESSE, *se levant, avec une révérence.*

Une reine d'Espagne
Ne doit pas regarder à la fenêtre.

LA REINE, *s'arrêtant et revenant sur ses pas.*

Allons !
Le beau soleil couchant qui remplit les vallons,
La poudre d'or du soir qui monte sur la route,
Les lointaines chansons que toute oreille écoute,
N'existent plus pour moi ! j'ai dit au monde adieu.
Je ne puis même voir la nature de Dieu !
Je ne puis même voir la liberté des autres !

LA DUCHESSE, *faisant signe aux assistants de sortir.*

Sortez, c'est aujourd'hui le jour des saints apôtres.

Casilda fait quelques pas vers la porte ; la reine l'arrête.

LA REINE

Tu me quittes ?

CASILDA, *montrant la duchesse.*

Madame, on veut que nous sortions.

LA DUCHESSE, *saluant la reine jusqu'à terre.*

Il faut laisser la reine à ses dévotions[1].

Tous sortent avec de profondes révérences.

1. **Dévotions** : prières, rites religieux.

Scène 2

LA REINE, *seule.*

À ses dévotions ? dis donc à sa pensée !
Où la fuir maintenant ? seule ! Ils m'ont tous laissée.
Pauvre esprit sans flambeau[1] dans un chemin obscur !

Rêvant.

Oh ! cette main sanglante empreinte sur le mur !
Il s'est donc blessé ? Dieu ! – mais aussi c'est sa faute.
Pourquoi vouloir franchir la muraille si haute ?
Pour m'apporter les fleurs qu'on me refuse ici,
Pour cela, pour si peu, s'aventurer ainsi !
C'est aux pointes de fer qu'il s'est blessé sans doute.
Un morceau de dentelle y pendait. Une goutte
De ce sang répandu pour moi vaut tous mes pleurs.

S'enfonçant dans sa rêverie.

Chaque fois qu'à ce banc je vais chercher les fleurs,
Je promets à mon Dieu, dont l'appui[2] me délaisse[3],
De n'y plus retourner. J'y retourne sans cesse.
– Mais lui ! voilà trois jours qu'il n'est pas revenu.
– Blessé ! – qui que tu sois, ô jeune homme inconnu !
Toi qui, me voyant seule et loin de ce qui m'aime,
Sans me rien demander, sans rien espérer même,
Viens à moi, sans compter les périls[4] où tu cours ;
Toi qui verses ton sang, toi qui risques tes jours
Pour donner une fleur à la reine d'Espagne ;
Qui que tu sois, ami dont l'ombre m'accompagne,

---

1. Flambeau : torche qui éclaire.
2. L'appui : le soutien.
3. Me délaisse : m'abandonne.
4. Périls : dangers.

Puisque mon cœur subit une inflexible[1] loi,
Sois aimé par ta mère et sois béni par moi !

Vivement et portant la main à son cœur.

– Oh ! sa lettre me brûle !

Retombant dans sa rêverie.

Et l'autre ! l'implacable[2]
Don Salluste ! le sort me protège et m'accable[3].
En même temps qu'un ange un spectre[4] affreux me suit ;
Et, sans les voir, je sens s'agiter dans ma nuit,
Pour m'amener peut-être à quelque instant suprême[5],
Un homme qui me hait près d'un homme qui m'aime.
L'un me sauvera-t-il de l'autre ? Je ne sais.
Hélas ! mon destin flotte à deux vents opposés.
Que c'est faible une reine et que c'est peu de chose !
Prions.

Elle s'agenouille devant la madone[6].

– Secourez-moi, madame ! car je n'ose
Élever mon regard jusqu'à vous !

Elle s'interrompt.

– Ô mon Dieu !
La dentelle, la fleur, la lettre, c'est du feu !

Elle met la main dans sa poitrine et en arrache une lettre froissée, un bouquet desséché de petites fleurs bleues et un morceau de dentelle taché de sang qu'elle jette sur la table, puis elle retombe à genoux.

---

1. **Inflexible** : non modifiable.
2. **Implacable** : d'une grande dureté.
3. **M'accable** : me fait porter une charge morale très difficile à supporter.
4. **Spectre** : fantôme.
5. **Instant suprême** : dernier instant.
6. **La madone** : la Vierge (mère du Christ).

Vierge ! astre de la mer ! Vierge ! espoir du martyre !
Aidez-moi ! –

S'interrompant.

Cette lettre !

Se tournant à demi vers la table.

Elle est là qui m'attire.

S'agenouillant de nouveau.

Je ne veux plus la lire ! – Ô reine de douceur !
Vous qu'à tout affligé[1] Jésus donne pour sœur !
Venez, je vous appelle ! –

Elle se lève, fait quelques pas vers la table, puis s'arrête, puis enfin se précipite sur la lettre, comme cédant à une attraction[2] irrésistible.

Oui, je vais la relire
Une dernière fois ! Après, je la déchire !

Avec un sourire triste.

Hélas ! depuis un mois je dis toujours cela.

Elle déplie la lettre résolument[3] et lit.

« Madame, sous vos pieds, dans l'ombre, un homme est là
Qui vous aime, perdu dans la nuit qui le voile ;
Qui souffre, ver de terre amoureux d'une étoile ;
Qui pour vous donnera son âme, s'il le faut ;
Et qui se meurt en bas quand vous brillez en haut. »

Elle pose la lettre sur la table.

Quand l'âme a soif, il faut qu'elle se désaltère[4],
Fût-ce dans du poison !

Elle remet la lettre et la dentelle dans sa poitrine.

Je n'ai rien sur la terre.

---

1. Affligé : homme souffrant.
2. Attraction : attirance.
3. Résolument : avec détermination.
4. Se désaltère : boive pour apaiser sa soif.

Mais enfin il faut bien que j'aime quelqu'un, moi !
Oh ! s'il avait voulu, j'aurais aimé le roi.
Mais il me laisse ainsi, – seule, – d'amour privée.

La grande porte s'ouvre à deux battants. Entre un huissier[1] *de chambre en grand costume.*

L'HUISSIER, *à haute voix.*

Une lettre du roi !

LA REINE, *comme réveillée en sursaut, avec un cri de joie.*

Du roi ! je suis sauvée !

Scène 3

LA REINE, LA DUCHESSE D'ALBUQUERQUE, CASILDA, DON GURITAN, FEMMES DE LA REINE, PAGES[2], RUY BLAS.

Tous entrent gravement. La duchesse en tête, puis les femmes. Ruy Blas reste au fond du théâtre. Il est magnifiquement vêtu. Son manteau tombe sur son bras gauche et le cache. Deux pages, portant sur un coussin de drap[3] *d'or la lettre du roi, viennent s'agenouiller devant la reine, à quelques pas de distance.*

RUY BLAS, *au fond du théâtre, à part.*

Où suis-je ? – Qu'elle est belle ! – Oh ! pour qui suis-je ici ?

LA REINE, *à part.*

C'est un secours du ciel !

Haut.

1. **Huissier** : domestique qui ouvre et ferme les portes, alors appelées huis.
2. **Pages** : jeunes hommes servant d'aides ou de messagers.
3. **Drap** : tissu.

Donnez vite !...

Se retournant vers le portrait du roi.

Merci,

Monseigneur !

À la duchesse.

D'où me vient cette lettre ?

LA DUCHESSE

Madame,

D'Aranjuez[1] où le roi chasse.

LA REINE

Du fond de l'âme

Je lui rends grâce[2]. Il a compris qu'en mon ennui,
J'avais besoin d'un mot d'amour qui vînt de lui !
Mais donnez donc !

LA DUCHESSE, *avec une révérence, montrant la lettre.*

L'usage, il faut que je le dise,
Veut que ce soit d'abord moi qui l'ouvre et la lise.

LA REINE

Encore ! – Eh bien, lisez !

La duchesse prend la lettre et la déploie[3] lentement.

CASILDA, *à part.*

Voyons le billet doux.

1. **Aranjuez** : résidence d'été du roi.
2. **Je lui rends grâce** : je le remercie.
3. **Déploie** : déplie.

LA DUCHESSE, *lisant.*

« Madame, il fait grand vent et j'ai tué six loups.
Signé, CARLOS. »

LA REINE, *à part.*

Hélas !

DON GURITAN, *à la duchesse.*

C'est tout ?

LA DUCHESSE

Oui, seigneur comte.

CASILDA, *à part.*

Il a tué six loups ! comme cela vous monte[1]
L'imagination ! Votre cœur est jaloux,
Tendre, ennuyé, malade ? – Il a tué six loups !

LA DUCHESSE, *à la reine en lui présentant la lettre.*

Si sa majesté veut ?…

LA REINE, *la repoussant.*

Non.

CASILDA, *à la duchesse.*

C'est bien tout ?

LA DUCHESSE

Sans doute.
Que faut-il donc de plus ? notre roi chasse ; en route

1. **Monte** : stimule.

Il écrit ce qu'il tue avec le temps qu'il fait.
C'est fort bien.

Examinant de nouveau la lettre.

Il écrit ? non, il dicte.

LA REINE, *lui arrachant la lettre et l'examinant à son tour.*

En effet,
Ce n'est pas de sa main. Rien que sa signature !

Elle l'examine avec plus d'attention et paraît frappée de stupeur.

À part.

Est-ce une illusion ? c'est la même écriture
Que celle de la lettre !

Elle désigne de la main la lettre qu'elle vient de cacher sur son cœur.

Oh ? qu'est-ce que cela ?

À la duchesse.

Où donc est le porteur du message ?

LA DUCHESSE, *montrant Ruy Blas.*

Il est là.

LA REINE, *se tournant à demi vers Ruy Blas.*

Ce jeune homme ?

LA DUCHESSE

C'est lui qui l'apporte en personne.
– Un nouvel écuyer[1] que sa majesté donne
À la reine. Un seigneur que de la part du roi
Monsieur de Santa-Cruz me recommande, à moi.

1. **Écuyer** : noble placé au service de la reine.

La reine

Son nom ?

La duchesse

C'est le seigneur César de Bazan, comte
De Garofa. S'il faut croire ce qu'on raconte,
C'est le plus accompli gentilhomme[1] qui soit.

La reine

Bien. Je veux lui parler.

À Ruy Blas.

Monsieur…

Ruy Blas, *à part, tressaillant*[2].

Elle me voit !
Elle me parle ! Dieu ! je tremble.

La duchesse, *à Ruy Blas.*

Approchez, comte.

Don Guritan, *regardant Ruy Blas de travers, à part.*

Ce jeune homme ! écuyer[3] ! ce n'est pas là mon compte[4].

Ruy Blas pâle et troublé approche à pas lents.

La reine, *à Ruy Blas.*

Vous venez d'Aranjuez ?

1. Gentilhomme : noble.
2. Tressaillant : agité d'une secousse sous l'effet de l'émotion.
3. Écuyer : noble placé au service de la reine.
4. Ce n'est pas là mon compte : cela ne me satisfait pas.

RUY BLAS, *s'inclinant.*

Oui, Madame.

LA REINE

Le roi
Se porte bien ?

Ruy Blas s'incline, elle montre la lettre royale.

Il a dicté ceci pour moi ?

RUY BLAS

Il était à cheval. Il a dicté la lettre…

Il hésite un moment.

À l'un des assistants.

LA REINE, *à part, regardant Ruy Blas.*

Son regard me pénètre.
Je n'ose demander à qui.

Haut.

C'est bien, allez.
– Ah ! –

Ruy Blas qui avait fait quelques pas pour sortir revient vers la reine.

Beaucoup de seigneurs étaient là rassemblés ?

À part.

Pourquoi donc suis-je émue en voyant ce jeune homme ?

Ruy Blas s'incline, elle reprend.

Lesquels ?

RUY BLAS

Je ne sais pas les noms dont on les nomme.
Je n'ai passé là-bas que des instants fort courts.
Voilà trois jours que j'ai quitté Madrid.

LA REINE, *à part.*

Trois jours !

Elle fixe un regard plein de trouble sur Ruy Blas.

RUY BLAS, *à part.*

C'est la femme d'un autre ! ô jalousie affreuse !
– Et de qui ! – Dans mon cœur un abîme[1] se creuse.

DON GURITAN, *s'approchant de Ruy Blas.*

Vous êtes écuyer[2] de la reine ? Un seul mot.
Vous connaissez quel est votre service[3] ? Il faut
Vous tenir cette nuit dans la chambre prochaine[4],
Afin d'ouvrir au roi, s'il venait chez la reine.

RUY BLAS, *tressaillant*[5].

À part.

Ouvrir au roi ! moi !

Haut.

Mais... il est absent.

DON GURITAN

Le roi

Peut-il pas arriver à l'improviste ?

RUY BLAS, *à part.*

Quoi !

1. **Abîme** : trou immense.
2. **Écuyer** : noble placé au service de la reine.
3. **Votre service** : votre rôle.
4. **Prochaine** : d'à côté.
5. **Tressaillant** : agité d'une secousse sous l'effet de l'émotion.

DON GURITAN, *à part, observant Ruy Blas.*
Qu'a-t-il ?

LA REINE, *qui a tout entendu et dont le regard est resté fixé sur Ruy Blas.*
Comme il pâlit !
Ruy Blas chancelant[1] s'appuie sur le bras[2] d'un fauteuil.

CASILDA, *à la reine.*
Madame, ce jeune homme
Se trouve mal !...

RUY BLAS, *se soutenant à peine.*
Moi, non ! mais c'est singulier[3] comme
Le grand air... le soleil... la longueur du chemin...
À part.
– Ouvrir au roi !
Il tombe épuisé sur un fauteuil, son manteau se dérange et laisse voir sa main gauche enveloppée de linges ensanglantés.

CASILDA
Grand Dieu, madame ! à cette main
Il est blessé !

LA REINE
Blessé !

1. **Chancelant** : sur le point de tomber.
2. **Bras** : accoudoir.
3. **Singulier** : étrange.

CASILDA

Mais il perd connaissance.
Mais vite, faisons-lui respirer quelque essence[1] !

LA REINE, *fouillant dans sa gorgerette*[2].

Un flacon que j'ai là contient une liqueur[3]…

En ce moment son regard tombe sur la manchette que Ruy Blas porte au bras droit.

À part.

C'est la même dentelle !

Au même instant, elle a tiré le flacon de sa poitrine, et dans son trouble elle a pris en même temps le morceau de dentelle qui y était caché. Ruy Blas, qui ne la quitte pas des yeux, voit cette dentelle sortir du sein de la reine.

RUY BLAS, *éperdu*.

Oh !

Le regard de la reine et le regard de Ruy Blas se rencontrent. Un silence.

LA REINE, *à part*.

C'est lui !

RUY BLAS, *à part*.

Sur son cœur !

LA REINE, *à part*.

C'est lui !

1. Essence : eau parfumée.
2. Gorgerette : pièce de vêtement couvrant une partie de la poitrine.
3. Liqueur : liquide.

RUY BLAS, *à part.*

Faites, mon Dieu, qu'en ce moment je meure !

Dans le désordre de toutes les femmes s'empressant autour de Ruy Blas, ce qui se passe entre la reine et lui n'est remarqué de personne.

CASILDA, *faisant respirer le flacon à Ruy Blas.*

Comment vous êtes-vous blessé ? c'est tout à l'heure ?
Non ? cela s'est rouvert en route ? Aussi pourquoi
Vous charger d'apporter le message du roi ?

LA REINE, *à Casilda.*

Vous finirez bientôt vos questions, j'espère.

LA DUCHESSE, *à Casilda.*

Qu'est-ce que cela fait à la reine, ma chère ?

LA REINE

Puisqu'il avait écrit la lettre, il pouvait bien
L'apporter, n'est-ce pas ?

CASILDA

Mais il n'a dit en rien
Qu'il eût écrit la lettre.

LA REINE, *à part.*

Oh !

À Casilda.

Tais-toi !

CASILDA, *à Ruy Blas.*

Votre grâce
Se trouve-t-elle mieux ?

RUY BLAS
Je renais !

LA REINE, *à ses femmes.*
L'heure passe,
Rentrons. – Qu'en son logis le comte soit conduit.
Aux pages[1]*, au fond du théâtre.*
Vous savez que le roi ne vient pas cette nuit ?
Il passe la saison tout entière à la chasse.
Elle rentre avec sa suite dans ses appartements.

CASILDA, *la regardant sortir.*
La reine a dans l'esprit quelque chose.
Elle sort par la même porte que la reine en emportant la petite cassette[2] *aux reliques*[3].

RUY BLAS, *resté seul.*
Il semble écouter encore quelque temps avec une joie profonde les dernières paroles de la reine. Il paraît comme en proie à[4] *un rêve. Le morceau de dentelle, que la reine a laissé tomber dans son trouble, est resté à terre sur le tapis. Il le ramasse, le regarde avec amour, et le couvre de baisers. Puis il lève les yeux au ciel.*
Ô Dieu ! grâce[5] !
Ne me rendez pas fou !
Regardant le morceau de dentelle.
C'était bien sur son cœur !

1. Pages : jeunes hommes servant d'aides ou de messagers.
2. Cassette : coffret.
3. Reliques : ce qui reste des saints (objets ou parties du corps).
4. En proie à : plongé dans.
5. Grâce : pitié.

Il le cache dans sa poitrine. – Entre don Guritan. Il revient par la porte de la chambre où il a suivi la reine. Il marche à pas lents vers Ruy Blas. Arrivé près de lui sans dire un mot, il tire à demi son épée, et la mesure du regard avec celle de Ruy Blas. Elles sont inégales. Il remet son épée dans le fourreau[1]*. Ruy Blas le regarde faire avec étonnement.*

Scène 4

RUY BLAS, DON GURITAN.

DON GURITAN, *repoussant son épée dans le fourreau.*

J'en apporterai deux de pareille longueur.

RUY BLAS

Monsieur, que signifie ?…

DON GURITAN, *avec gravité.*

En mil six cent cinquante,
J'étais très amoureux. J'habitais Alicante.
Un jeune homme bien fait, beau comme les amours,
Regardait de fort près ma maîtresse, et toujours
Passait sous son balcon, devant la cathédrale,
Plus fier qu'un capitan sur la barque amirale[2].
Il avait nom Vasquez, seigneur, quoique bâtard[3].
Je le tuai. –

1. Fourreau : étui.
2. Barque amirale : principal bateau d'une flotte.
3. Bâtard : enfant né hors mariage.

Ruy Blas veut l'interrompre, don Guritan l'arrête du geste, et continue.

Vers l'an soixante-six, plus tard,
Gil, comte d'Iscola, cavalier magnifique,
Envoya chez ma belle, appelée Angélique,
Avec un billet doux, qu'elle me présenta,
Un esclave nommé Grifel de Viserta.
Je fis tuer l'esclave et je tuai le maître.

Ruy Blas

Monsieur!…

Don Guritan, *poursuivant.*

Plus tard, vers l'an quatre-vingt, je crus être
Trompé par ma beauté, fille aux tendres façons,
Pour Tirso Gamonal, un de ces beaux garçons
Dont le visage altier[1] et charmant s'accommode
D'un panache[2] éclatant. C'est l'époque où la mode
Était qu'on fît ferrer[3] ses mules en or fin.
Je tuai don Tirso Gamonal.

Ruy Blas

Mais enfin
Que veut dire cela, monsieur?

Don Guritan

Cela veut dire,
Comte, qu'il sort de l'eau du puits quand on en tire;

1. Altier : fier.
2. Panache : élégance virile.
3. Ferrer : mettre des fers aux sabots.

Que le soleil se lève à quatre heures demain ;
Qu'il est un lieu désert et loin de tout chemin,
Commode aux gens de cœur[1], derrière la chapelle ;
Qu'on vous nomme, je crois, César, et qu'on m'appelle
Don Gaspar Guritan Tassis y Guevarra,
Comte d'Oñate.

RUY BLAS, *froidement.*

Bien, monsieur. On y sera.

Depuis quelques instants, Casilda, curieuse, est entrée à pas de loup par la petite porte du fond, et a écouté les dernières paroles des deux interlocuteurs sans être vue d'eux.

CASILDA, *à part.*

Un duel ! avertissons la reine.

Elle rentre et disparaît par la petite porte.

DON GURITAN, *toujours imperturbable.*

En vos études,
S'il vous plaît de connaître un peu mes habitudes,
Pour votre instruction, monsieur, je vous dirai
Que je n'ai jamais eu qu'un goût fort modéré
Pour ces godelureaux[2], grands friseurs de moustache,
Beaux damerets[3] sur qui l'œil des femmes s'attache,
Qui sont tantôt plaintifs et tantôt radieux[4],
Et qui dans les maisons, faisant force clins d'yeux,

1. **Gens de cœur** : gens d'honneur.
2. **Godelureaux** : jeunes gens affectés qui courtisent les femmes.
3. **Damerets** : jeunes gens efféminés.
4. **Radieux** : rayonnants.

Prenant sur les fauteuils d'adorables tournures,
Viennent s'évanouir pour des égratignures.

RUY BLAS

Mais – je ne comprends pas.

DON GURITAN

Vous comprenez fort bien.
Nous sommes tous les deux épris du même bien.
L'un de nous est de trop dans ce palais. En somme,
Vous êtes écuyer[1], moi je suis majordome[2].
Droits pareils. Au surplus, je suis mal partagé[3],
La partie entre nous n'est pas égale : j'ai
Le droit du plus ancien, vous le droit du plus jeune.
Donc vous me faites peur. À la table où je jeûne[4]
Voir un jeune affamé s'asseoir avec des dents
Effrayantes, un air vainqueur, des yeux ardents[5],
Cela me trouble fort. Quant à lutter ensemble
Sur le terrain d'amour, beau champ qui toujours tremble,
De fadaises[6], mon cher, je sais mal faire assaut,
J'ai la goutte[7] ; et d'ailleurs ne suis point assez sot
Pour disputer le cœur d'aucune Pénélope[8]
Contre un jeune gaillard si prompt[9] à la syncope[10].

1. Écuyer : noble placé au service de la reine.
2. Majordome : responsable de tous les domestiques.
3. Je suis mal partagé : la situation n'est pas équitable pour moi.
4. Je jeûne : je ne mange pas.
5. Ardents : brûlants, passionnés.
6. Fadaises : mensonges.
7. Goutte : maladie qui provoque des inflammations douloureuses.
8. Pénélope : épouse d'Ulysse dans l'*Odyssée* de Homère. Elle symbolise la fidélité.
9. Prompt : rapide.
10. Syncope : évanouissement.

C'est pourquoi vous trouvant fort beau, fort caressant,
Fort gracieux, fort tendre et fort intéressant,
Il faut que je vous tue.

RUY BLAS
Eh bien, essayez.

DON GURITAN
Comte
De Garofa, demain, à l'heure où le jour monte,
À l'endroit indiqué, sans témoin, ni valet,
Nous nous égorgerons galamment[1], s'il vous plaît,
Avec épée et dague[2], en dignes gentilshommes[3],
Comme il sied[4] quand on est des maisons[5] dont nous sommes.
Il tend la main à Ruy Blas qui la lui prend.

RUY BLAS
Pas un mot de ceci, n'est-ce pas ? –
Le comte fait un signe d'adhésion.
À demain.
Ruy Blas sort.

DON GURITAN, *resté seul.*
Non, je n'ai pas du tout senti trembler sa main.
Être sûr de mourir et faire de la sorte,
C'est d'un brave[6] jeune homme !

1. Galamment : avec élégance.
2. Dague : poignard.
3. Gentilshommes : nobles.
4. Sied : convient.
5. Maisons : familles.
6. Brave : courageux.

Bruit d'une clef à la petite porte de la chambre de la reine. Don Guritan se retourne.

On ouvre cette porte ?

La reine paraît et marche vivement vers don Guritan, surpris et charmé de la voir. Elle tient entre ses mains la petite cassette.

Scène 5

DON GURITAN, LA REINE.

LA REINE, *avec un sourire.*

C'est vous que je cherchais !

DON GURITAN, *ravi.*

Qui me vaut ce bonheur ?

LA REINE, *posant la cassette sur le guéridon*[1].

Oh ! Dieu, rien, ou du moins peu de chose, seigneur.

Elle rit.

Tout à l'heure on disait parmi d'autres paroles, –
Casilda, – vous savez que les femmes sont folles, –
Casilda soutenait que vous feriez pour moi
Tout ce que je voudrais.

DON GURITAN

Elle a raison !

LA REINE, *riant.*

Ma foi,

J'ai soutenu que non.

1. Guéridon : table ronde à un seul pied.

DON GURITAN

Vous avez tort, madame !

LA REINE

Elle a dit que pour moi vous donneriez votre âme,
Votre sang…

DON GURITAN

Casilda parlait fort bien ainsi.

LA REINE

Et moi, j'ai dit que non.

DON GURITAN

Et moi, je dis que si !
Pour votre majesté, je suis prêt à tout faire.

LA REINE

Tout ?

DON GURITAN

Tout !

LA REINE

Eh bien, voyons, jurez que pour me plaire
Vous ferez à l'instant ce que je vous dirai.

DON GURITAN

Par le saint roi Gaspar[1], mon patron vénéré,
Je le jure ! ordonnez. J'obéis, ou je meure !

1. Gaspar : roi mage qui offrit de l'encens au Christ.

LA REINE, *prenant la cassette*[1].

Bien. Vous allez partir de Madrid tout à l'heure
Pour porter cette boîte en bois de calambour[2]
À mon père monsieur l'électeur de Neubourg.

DON GURITAN, *à part.*

Je suis pris !

Haut.

À Neubourg !

LA REINE

À Neubourg.

DON GURITAN

Six cents lieues[3] !

LA REINE

Cinq cent cinquante. –

Elle montre la housse de soie qui enveloppe la cassette.

Ayez grand soin des franges bleues !
Cela peut se faner[4] en route.

DON GURITAN

Et quand partir ?

1. Cassette : coffret.
2. Calambour : bois parfumé.
3. Six cents lieues : environ 2400 kilomètres.
4. Se faner : s'abîmer.

LA REINE

Sur-le-champ.

DON GURITAN

Ah ! demain !

LA REINE

Je n'y puis consentir[1].

DON GURITAN, *à part.*

Je suis pris !

Haut.

Mais…

LA REINE

Partez !

DON GURITAN

Quoi ?…

LA REINE

J'ai votre parole.

DON GURITAN

Une affaire…

LA REINE

Impossible.

1. Je n'y puis consentir : je ne peux accepter.

DON GURITAN

Un objet si frivole[1]…

LA REINE

Vite !

DON GURITAN

Un seul jour !

LA REINE

Néant.

DON GURITAN

Car…

LA REINE

Faites à mon gré[2].

DON GURITAN

Je…

LA REINE

Non.

DON GURITAN

Mais…

LA REINE

Partez !

1. **Frivole** : peu important.
2. **À mon gré** : ce que je souhaite.

DON GURITAN
Si…

LA REINE
Je vous embrasserai[1] !
Elle lui saute au cou et l'embrasse.

DON GURITAN, *fâché et charmé.*
Haut.
Je ne résiste plus. J'obéirai, madame.
À part.
Dieu s'est fait homme ; soit. Le diable s'est fait femme !

LA REINE, *montrant la fenêtre.*
Une voiture[2] en bas est là qui vous attend.

DON GURITAN
Elle avait tout prévu !
Il écrit sur un papier quelques mots à la hâte et agite une sonnette. Un page[3] paraît.
Page, porte à l'instant
Au seigneur don César de Bazan cette lettre.
À part.
Ce duel ! à mon retour il faut bien le remettre.
Je reviendrai !
Haut.
Je vais contenter de ce pas
Votre Majesté.

---

1. Je vous embrasserai : je vous prendrai dans mes bras.
2. Voiture : carosse tiré par des chevaux.
3. Page : jeune homme servant d'aide ou de messager.

LA REINE

Bien.

Il prend la cassette[1], *baise*[2] *la main de la reine, salue profondément et sort.*

Un moment après, on entend le roulement d'une voiture qui s'éloigne.

LA REINE, *tombant sur un fauteuil.*

Il ne le tuera pas !

1. Cassette : coffret.

2. Baise : embrasse.

Acte III

Ruy Blas

La salle dite salle de gouvernement, dans le palais du roi à Madrid.

Au fond, une grande porte élevée au-dessus de quelques marches. Dans l'angle, à gauche, un pan[1] *coupé formé par une tapisserie de haute lice*[2]*. Dans l'angle opposé, une fenêtre. À droite, une table carrée, revêtue d'un tapis de velours vert, autour de laquelle sont rangés des tabourets pour huit ou dix personnes correspondant à autant de pupitres placés sur la table. Le côté de la table qui fait face aux spectateurs est occupé par un grand fauteuil recouvert de drap d'or et surmonté d'un dais*[3] *en drap*[4] *d'or, aux armes d'Espagne, timbrées de la couronne royale. À côté de ce fauteuil, une chaise.*

Au moment où le rideau se lève, la junte[5] *du Despacho Universal (conseil privé du roi) est au moment de prendre séance*[6]*.*

---

1. **Pan** : morceau de mur.
2. **De haute lice** : de grande valeur.
3. **Dais** : tissu tendu au-dessus du fauteuil.
4. **Drap** : tissu.
5. **La junte** : le conseil.
6. **Prendre séance** : commencer sa réunion.

Scène 1

DON MANUEL ARIAS, *président de Castille.*

DON PEDRO VELEZ DE GUEVARRA, *comte de Camporeal, conseiller de cape et d'épée*[1] *de la cantaduria mayor*[2].
DON FERNANDO DE CORDOVA Y AGUILAR, *marquis de Priego, même qualité.*
ANTONIO UBILLA, *écrivain mayor des rentes*[3].
MONTAZGO, *conseiller de robe*[4] *de la chambre des Indes*[5].
COVADENGA, *secrétaire suprême des Îles*[6].
Plusieurs autres conseillers. Les conseillers de robe vêtus de noir. Les autres en habit de cour.
Camporeal a la croix de Calatrava[7] *au manteau.*
Priego, la Toison d'or[8] *au cou.*

Don Manuel Arias, président de Castille, et le comte de Camporeal causent à voix basse, et entre eux, sur le devant du théâtre, les autres conseillers font des groupes çà et là dans la salle.

DON MANUEL ARIAS

Cette fortune-là[9] cache quelque mystère.

---

1. **Conseiller de cape et d'épée** : conseiller militaire.
2. **Cantaduria mayor** : tribunal chargé des affaires financières.
3. **Écrivain mayor des rentes** : contrôleur des finances.
4. **Conseiller de robe** : conseiller juridique.
5. **Chambre des Indes** : gouvernement américain.
6. **Les Îles** : les îles Baléares et Canaries.
7. **Croix de Calatrava** : décoration d'un ordre de chevalerie prestigieux.
8. **Toison d'or** : collier d'or avec un pendentif en forme de bélier, symbole de la dynastie des Habsbourg.
9. **Fortune** : réussite, chance.

LE COMTE DE CAMPOREAL

Il a la Toison d'or. Le voilà secrétaire
Universel[1], ministre[2], et puis duc d'Olmedo !

DON MANUEL ARIAS

En six mois !

LE COMTE DE CAMPOREAL

On le sert derrière le rideau[3].

DON MANUEL ARIAS, *mystérieusement.*

La reine !

LE COMTE DE CAMPOREAL

Au fait, le roi, malade et fou dans l'âme,
Vit avec le tombeau de sa première femme[4].
Il abdique[5], enfermé dans son Escurial[6],
Et la reine fait tout !

DON MANUEL ARIAS

Mon cher Camporeal,
Elle règne sur nous, et don César sur elle.

LE COMTE DE CAMPOREAL

Il vit d'une façon qui n'est pas naturelle.
D'abord, quant à la reine, il ne la voit jamais.

1. **Secrétaire universel** : secrétaire du conseil d'État.
2. **Ministre** : équivalent de notre Premier ministre.
3. **Derrière le rideau** : en secret. Ruy Blas bénéficie d'alliés qui agissent en sa faveur dans l'ombre.
4. **Sa première femme** : Marie-Louise d'Orléans, morte en 1689.
5. **Abdique** : abandonne le pouvoir.
6. **Escurial** : palais royal.

Ils paraissent se fuir. Vous me direz non, mais
Comme depuis six mois je les guette, et pour cause,
J'en suis sûr. Puis il a le caprice morose[1]
D'habiter, assez près de l'hôtel de Tormez,
Un logis aveuglé par des volets fermés,
Avec deux laquais[2] noirs, gardeurs de portes closes[3],
Qui, s'ils n'étaient muets, diraient beaucoup de choses.

Don Manuel Arias

Des muets ?

Le comte de Camporeal

Des muets. – Tous ses autres valets
Restent au logement qu'il a dans le palais.

Don Manuel Arias

C'est singulier[4].

Don Antonio Ubilla, *qui s'est approché depuis quelques instants.*

Il est de grande race[5], en somme.

Le comte de Camporeal

L'étrange, c'est qu'il veut faire son honnête homme !

À don Manuel Arias.

– Il est cousin, – aussi Santa-Cruz l'a poussé[6], –

---

1. Morose : triste, peu agréable.
2. Laquais : domestiques.
3. Closes : fermées.
4. Singulier : étrange.
5. De grande race : appartenant à la frange la plus élevée de la noblesse.
6. Poussé : favorisé.

De ce marquis Salluste écroulé l'an passé. –
Jadis, ce don César, aujourd'hui notre maître,
Était le plus grand fou que la lune eût vu naître.
C'était un drôle[1], – on sait[2] des gens qui l'ont connu, –
Qui prit un beau matin son fonds pour revenu[3],
Qui changeait tous les jours de femmes, de carrosses.
Et dont la fantaisie avait des dents féroces
Capables de manger en un an le Pérou[4].
Un jour il s'en alla, sans qu'on ait su par où.

DON MANUEL ARIAS

L'âge a du fou joyeux fait un sage fort rude[5].

LE COMTE DE CAMPOREAL

Toute fille de joie[6] en séchant devient prude[7].

UBILLA

Je le crois homme probe[8].

LE COMTE DE CAMPOREAL, *riant*.

Oh ! candide[9] Ubilla !
Qui se laisse éblouir à ces probités[10]-là !

1. Un drôle : homme de peu de valeur.
2. On sait : on connaît.
3. Prit son fonds pour revenu : utilisa l'argent de son héritage pour vivre au quotidien.
4. Le Pérou : tout l'or du Pérou.
5. Rude : pénible, désagréable.
6. Fille de joie : prostituée.
7. Prude : d'une moralité rigide.
8. Probe : honnête.
9. Candide : naïf.
10. Probités : marques d'honnêteté.

D'un ton significatif.

La maison[1] de la reine, ordinaire et civile,

Appuyant sur les chiffres.

Coûte par an six cent soixante-quatre mille
Soixante-six ducats[2] ! – c'est un pactole[3] obscur[4]
Où, certe, on doit jeter le filet à coup sûr.
Eau trouble, pêche claire.

LE MARQUIS DE PRIEGO, *survenant.*

Ah çà, ne vous déplaise,
Je vous trouve imprudents et parlant fort à l'aise.
Feu mon grand-père[5], auprès du comte-duc nourri,
Disait : Mordez le roi, baisez[6] le favori[7]. –
Messieurs, occupons-nous des affaires publiques.

Tous s'asseyent autour de la table : les uns prennent des plumes, les autres feuillettent des papiers. Du reste, oisiveté[8] générale. Moment de silence.

MONTAZGO, *bas à Ubilla.*

Je vous ai demandé sur la caisse aux reliques[9]
De quoi payer l'emploi d'alcade[10] à mon neveu.

---

1. La maison : l'ensemble des domestiques.
2. Ducats : pièces d'or.
3. Pactole : somme énorme.
4. Obscur : d'un montant inconnu.
5. Feu mon grand-père : mon grand-père aujourd'hui disparu.
6. Baisez : embrassez.
7. Favori : homme de cour préféré.
8. Oisiveté : absence d'activité.
9. Caisse aux reliques : coffret contenant un ossement de saint, considéré comme très précieux par les chrétiens.
10. Alcade : magistrat (juge, par exemple).

UBILLA, *bas.*

Vous, vous m'aviez promis de nommer avant peu
Mon cousin Melchior d'Elva bailli[1] de l'Èbre.

MONTAZGO, *se récriant.*

Nous venons de doter votre fille. On célèbre
Encor sa noce. – On est sans relâche assailli…

UBILLA, *bas.*

Vous aurez votre alcade…

MONTAZGO, *bas.*

Et vous votre bailli.

Ils se serrent la main.

COVADENGA, *se levant.*

Messieurs les conseillers de Castille[2], il importe,
Afin qu'aucun de nous de sa sphère[3] ne sorte,
De bien régler nos droits et de faire nos parts.
Le revenu d'Espagne en cent mains est épars[4].
C'est un malheur public, il y faut mettre un terme.
Les uns n'ont pas assez, les autres trop. La ferme
Du tabac[5] est à vous, Ubilla. L'indigo[6]
Et le musc[7] sont à vous, marquis de Priego.
Camporeal perçoit l'impôt des huit mille hommes,

1. Bailli : officier de justice.
2. De Castille : d'Espagne.
3. Sa sphère : sa place.
4. Épars : dispersé.
5. La ferme du tabac : l'impôt sur le tabac.
6. Indigo : plante qui produit un colorant bleu.
7. Musc : parfum précieux sécrété par des chèvres d'Asie centrale.

L'almojarifazgo[1], le sel, mille autres sommes,
Le quint du cent[2] de l'or, de l'ambre[3] et du jayet[4].

À Montazgo.

Vous qui me regardez de cet œil inquiet,
Vous avez à vous seul, grâce à votre manège[5],
L'impôt sur l'arsenic[6] et le droit sur la neige[7] ;
Vous avez les ports secs[8], les cartes[9], le laiton[10],
L'amende des bourgeois qu'on punit du bâton,
La dîme de la mer[11], le plomb, le bois de rose !... –
Moi, je n'ai rien, messieurs. Rendez-moi quelque chose !

Le comte de Camporeal, *éclatant de rire.*

Oh ! le vieux diable ! il prend les profits[12] les plus clairs.
Excepté l'Inde[13], il a les îles des deux mers[14].
Quelle envergure ! il tient Mayorque[15] d'une griffe
Et de l'autre il s'accroche au pic de Ténériffe[16] !

1. Almojarifazgo : impôt de 5% sur les produits transportés d'Espagne vers les possessions espagnoles en Amérique.
2. Quint du cent : 5%.
3. Ambre : parfum précieux, issu d'une sécrétion de cachalot.
4. Jayet : jais, pierre précieuse.
5. Manège : manœuvre, manipulation.
6. Arsenic : produit chimique (poison violent).
7. Le droit sur la neige : taxe sur la neige qui servait à conserver les aliments dans des glacières.
8. Ports secs : postes de douane en montagne.
9. Les cartes : les jeux de cartes.
10. Laiton : métal.
11. La dîme de la mer : impôt de 10 % perçu sur les marchandises transportées par bateau.
12. Profits : gains d'argent.
13. L'Inde : l'Amérique.
14. Les îles des deux mers : les îles Baléares et Canaries.
15. Mayorque : île de l'archipel des Baléares.
16. Ténériffe : île de l'archipel des Canaries.

COVADENGA, *s'échauffant*[1].

Moi, je n'ai rien !

LE MARQUIS DE PRIEGO, *riant.*

Il a les nègres[2] !

Tous se lèvent et parlent à la fois, se querellant[3].

MONTAZGO

Je devrais

Me plaindre bien plutôt. Il me faut les forêts !

COVADENGA, *au marquis de Priego.*

Donnez-moi l'arsenic, je vous cède les nègres !

Depuis quelques instants, Ruy Blas est entré par la porte du fond et assiste à la scène sans être vu des interlocuteurs. Il est vêtu de velours noir, avec un manteau de velours écarlate[4] *; il a la plume blanche au chapeau et la Toison d'or*[5] *au cou. Il les écoute en silence, puis, tout à coup, il s'avance à pas lents et paraît au milieu d'eux au plus fort de la querelle.*

Scène 2

LES MÊMES, RUY BLAS.

RUY BLAS, *survenant.*

Bon appétit ! messieurs ! –

1. S'échauffant : s'énervant.

2. Les nègres : désigne ici l'impôt perçu sur les transferts d'esclaves. Le terme n'est pas péjoratif au XIXe siècle.

3. Se querellant : se disputant.

4. Écarlate : rouge vif.

5. Toison d'or : collier d'or avec un pendentif en forme de bélier, symbole de la dynastie des Habsbourg.

Tous se retournent. Silence de surprise et d'inquiétude. Ruy Blas se couvre, croise les bras, et poursuit en les regardant en face.

Ô ministres intègres !
Conseillers vertueux[1] ! voilà votre façon
De servir, serviteurs qui pillez[2] la maison !
Donc vous n'avez pas honte et vous choisissez l'heure,
L'heure sombre où l'Espagne agonisante[3] pleure !
Donc vous n'avez ici pas d'autres intérêts
Que d'emplir votre poche et vous enfuir après !
Soyez flétris[4], devant votre pays qui tombe,
Fossoyeurs[5] qui venez le voler dans sa tombe !
– Mais voyez, regardez, ayez quelque pudeur[6].
L'Espagne et sa vertu[7], l'Espagne et sa grandeur,
Tout s'en va. – Nous avons, depuis Philippe Quatre[8],
Perdu le Portugal, le Brésil, sans combattre ;
En Alsace Brisach, Steinfort en Luxembourg ;
Et toute la Comté[9] jusqu'au dernier faubourg ;
Le Roussillon, Ormuz[10], Goa[11], cinq mille lieues[12]
De côte, et Fernambouc[13], et les Montagnes Bleues[14] !

1. **Vertueux** : droits, moraux.
2. **Pillez** : volez.
3. **Agonisante** : mourante.
4. **Soyez flétris** : perdez votre noblesse.
5. **Fossoyeurs** : personnes qui enterrent les défunts.
6. **Pudeur** : discrétion, retenue.
7. **Vertu** : sens de la moralité, du bien.
8. **Philippe IV** : père de Charles II et roi d'Espagne de 1621 à 1665.
9. **Comté** : Franche-Comté.
10. **Ormuz** : île à l'entrée du golfe Persique.
11. **Goa** : État d'Inde.
12. **Cinq mille lieues** : environ 20 000 kilomètres.
13. **Fernambouc** : Recife, au Brésil.
14. **Les Montagnes Bleues** : la Jamaïque.

Mais voyez. – Du ponant[1] jusques à l'orient,
L'Europe, qui vous hait, vous regarde en riant.
Comme si votre roi n'était plus qu'un fantôme,
La Hollande et l'Anglais[2] partagent ce royaume ;
Rome vous trompe ; il ne faut risquer qu'à demi
Une armée en Piémont[3], quoique pays ami ;
La Savoie et son duc sont pleins de précipices ;
La France, pour vous prendre, attend des jours propices[4].
L'Autriche aussi vous guette. Et l'infant bavarois[5]
Se meurt, vous le savez. – Quant à vos vicerois,
Médina, fou d'amour, emplit Naples d'esclandres[6],
Vaudémont vend Milan, Legañez perd les Flandres.
Quel remède à cela ? – L'État est indigent[7] ;
L'État est épuisé de troupes et d'argent ;
Nous avons sur la mer, où Dieu met ses colères,
Perdu trois cents vaisseaux[8], sans compter les galères[9] !
Et vous osez !... – Messieurs, en vingt ans, songez-y,
Le peuple, – j'en ai fait le compte, et c'est ainsi ! –
Portant sa charge énorme et sous laquelle il ploie[10],
Pour vous, pour vos plaisirs, pour vos filles de joie[11],

1. **Ponant** : occident.
2. **L'Anglais** : le roi d'Angleterre.
3. **Piémont** : région du nord de l'Italie.
4. **Propices** : favorables.
5. **L'infant bavarois** : jeune prince mort avant d'avoir pu succéder à Charles II.
6. **Esclandres** : scandales.
7. **Indigent** : ruiné.
8. **Vaisseaux** : grands bateaux.
9. **Galères** : grands bateaux où rament des condamnés.
10. **Ploie** : se courbe.
11. **Filles de joie** : prostituées.

Le peuple misérable, et qu'on pressure[1] encor,
A sué quatre cent trente millions d'or !
Et ce n'est pas assez ! et vous voulez, mes maîtres !... –
Ah ! j'ai honte pour vous ! – Au dedans, routiers[2], reîtres[3],
Vont battant le pays et brûlant la moisson.
L'escopette[4] est braquée au coin de tout buisson.
Comme si c'était peu de la guerre des princes,
Guerre entre les couvents, guerre entre les provinces,
Tous voulant dévorer leur voisin éperdu,
Morsures d'affamés sur un vaisseau perdu !
Notre église en ruine est pleine de couleuvres ;
L'herbe y croît. Quant aux grands, des aïeux, mais pas d'œuvres.
Tout se fait par intrigue et rien par loyauté.
L'Espagne est un égout où vient l'impureté
De toute nation. – Tout seigneur à ses gages[5]
A cent coupe-jarrets[6] qui parlent cent langages.
Génois, Sardes[7], Flamands, Babel[8] est dans Madrid.
L'alguazil[9], dur au pauvre, au riche s'attendrit.
La nuit on assassine, et chacun crie : à l'aide !
– Hier on m'a volé, moi, près du pont de Tolède ! –
La moitié de Madrid pille l'autre moitié.
Tous les juges vendus ; pas un soldat payé.

1. **Qu'on pressure** : dont on tire tout ce qu'il est capable de donner.
2. **Routiers** : bandes de soldats pillards.
3. **Reîtres** : soldats brutaux et grossiers.
4. **Escopette** : sorte de fusil.
5. **À ses gages** : à ses ordres.
6. **Coupe-jarrets** : assassins.
7. **Sardes** : hommes de Sardaigne.
8. **Babel** : ville biblique où l'on parle toutes les langues de la terre.
9. **Alguazil** : officier de police.

Anciens vainqueurs du monde, Espagnols que nous sommes,
Quelle armée avons-nous ? À peine six mille hommes.
Qui vont pieds nus. Des gueux[1], des juifs[2], des montagnards,
S'habillant d'une loque[3] et s'armant de poignards.
Aussi d'un régiment toute bande se double.
Sitôt que la nuit tombe, il est une heure trouble
Où le soldat douteux se transforme en larron[4].
Matalobos[5] a plus de troupes qu'un baron.
Un voleur fait chez lui la guerre au roi d'Espagne.
Hélas ! les paysans qui sont dans la campagne
Insultent en passant la voiture[6] du roi ;
Et lui, votre seigneur, plein de deuil et d'effroi[7],
Seul, dans l'Escurial, avec les morts qu'il foule,
Courbe son front pensif sur qui l'empire croule !
– Voilà ! – L'Europe, hélas ! écrase du talon
Ce pays qui fut pourpre[8] et n'est plus que haillon[9] !
L'État s'est ruiné dans ce siècle funeste[10],
Et vous vous disputez à qui prendra le reste !
Ce grand peuple espagnol aux membres énervés[11],
Qui s'est couché dans l'ombre et sur qui vous vivez,

1. Gueux : mendiants.

2. Des juifs : dans l'Espagne catholique, les juifs étaient marginalisés et pourchassés par l'Inquisition.

3. Loque : vêtement déchiré.

4. Larron : voleur.

5. Matalobos : littéralement, « le tueur de loups ».

6. Voiture : carosse tiré par des chevaux.

7. Effroi : peur.

8. Pourpre : couleur rouge vif, symbole de la royauté.

9. Haillon : vêtement déchiré.

10. Funeste : mortel.

11. Énervés : privés d'énergie.

Expire dans cet antre[1] où son sort se termine,
Triste comme un lion mangé par la vermine[2] !
– Charles Quint[3] ! dans ces temps d'opprobre[4] et de terreur,
Que fais-tu dans ta tombe, ô puissant empereur ?
Oh ! lève-toi ! viens voir ! – Les bons font place aux pires.
Ce royaume effrayant, fait d'un amas[5] d'empires,
Penche… Il nous faut ton bras ! Au secours, Charles Quint !
Car l'Espagne se meurt ! car l'Espagne s'éteint !
Ton globe[6], qui brillait dans ta droite[7] profonde,
Soleil éblouissant, qui faisait croire au monde
Que le jour désormais se levait à Madrid,
Maintenant, astre mort, dans l'ombre s'amoindrit[8],
Lune aux trois quarts rongée et qui décroît[9] encore,
Et que d'un autre peuple effacera l'aurore !
Hélas ! ton héritage est en proie aux vendeurs.
Tes rayons, ils en font des piastres[10] ! – Tes splendeurs,
On les souille[11] ! – Ô géant ! se peut-il que tu dormes ? –
On vend ton sceptre[12] au poids ! Un tas de nains difformes[13]

1. **Antre** : caverne.
2. **La vermine** : les vers.
3. **Charles Quint** : empereur d'Allemagne, d'Autriche, des Pays-Bas, et roi d'Espagne au XVIe siècle.
4. **Opprobre** : grande honte.
5. **Amas** : ensemble.
6. **Globe** : symbole du pouvoir de Charles Quint.
7. **Ta droite** : ta main droite.
8. **S'amoindrit** : perd de l'importance.
9. **Décroît** : diminue.
10. **Piastres** : pièces de monnaie de faible valeur.
11. **Souille** : salit.
12. **Sceptre** : bâton de commandement, symbole du pouvoir royal.
13. **Difformes** : mal formés, anormaux.

Se taillent des pourpoints[1] dans ton manteau de roi ;
Et l'aigle impérial[2], qui, jadis, sous ta loi,
Couvrait le monde entier de tonnerre et de flamme,
Cuit, pauvre oiseau plumé, dans leur marmite infâme[3] !

Les conseillers se taisent, consternés[4]. Seuls, le marquis de Priego et le comte de Camporeal redressent la tête et regardent Ruy Blas avec colère. Puis Camporeal, après avoir parlé à Priego, va à la table, écrit quelques mots sur un papier, les signe et les fait signer au marquis.

LE COMTE DE CAMPOREAL, *désignant le marquis de Priego et remettant le papier à Ruy Blas.*

Monsieur le duc, – au nom de tous les deux, – voici
Notre démission de notre emploi.

RUY BLAS, *prenant le papier, froidement.*

Merci.
Vous vous retirerez, avec votre famille,

À Priego.

Vous, en Andalousie, –

À Camporeal.

Et vous, comte, en Castille.
Chacun dans vos états[5]. Soyez partis demain.

Les deux seigneurs s'inclinent et sortent fièrement, le chapeau sur la tête. Ruy Blas se tourne vers les autres conseillers.

Quiconque ne veut pas marcher dans mon chemin
Peut suivre ces messieurs.

---

1. **Pourpoints** : vêtements serrés à la taille.
2. **Aigle impérial** : aigle à deux têtes, symbolisant l'étendue de l'empire de Charles Quint, de l'orient à l'occident.
3. **Infâme** : ignoble, dégoûtante.
4. **Consternés** : stupéfaits, anéantis.
5. **États** : régions d'origine.

Silence dans les assistants. Ruy Blas s'assied à la table sur une chaise à dossier placée à droite du fauteuil royal, et s'occupe à décacheter une correspondance. Pendant qu'il parcourt les lettres l'une après l'autre, Covadenga, Arias et Ubilla échangent quelques paroles à voix basse.

UBILLA, *à Covadenga, montrant Ruy Blas.*

Fils, nous avons un maître.
Cet homme sera grand.

DON MANUEL ARIAS

Oui, s'il a le temps d'être.

COVADENGA

Et s'il ne se perd pas à tout voir de trop près.

UBILLA

Il sera Richelieu[1] !

DON MANUEL ARIAS

S'il n'est Olivarès[2] !

RUY BLAS, *après avoir parcouru vivement une lettre qu'il vient d'ouvrir.*

Un complot ! Qu'est-ce ceci ? Messieurs, que vous disais-je ?
Lisant.
– … « Duc d'Olmedo, veillez. Il se prépare un piège
Pour enlever quelqu'un de très grand de Madrid. »
Examinant la lettre.

1. Richelieu : Premier ministre (de 1624 à 1642) du roi français Louis XIII.
2. Olivarès : célèbre ministre (de 1621 à 1643) du roi d'Espagne Philippe IV et ennemi de Richelieu.

– On ne nomme pas qui. Je veillerai. – L'écrit
Est anonyme. –

Entre un huissier[1] *de cour qui s'approche de Ruy Blas avec une profonde révérence.*

Allons ! qu'est-ce ?

L'HUISSIER

À votre excellence
J'annonce monseigneur l'ambassadeur de France.

RUY BLAS

Ah ! d'Harcourt ! Je ne puis à présent.

L'HUISSIER, *s'inclinant.*

Monseigneur,
Le nonce impérial[2] dans la chambre d'honneur
Attend votre excellence.

RUY BLAS

À cette heure ? Impossible.

L'huissier s'incline et sort. Depuis quelques instants, un page[3] *est entré, vêtu d'une livrée*[4] *couleur de feu à galons*[5] *d'argent, et s'est approché de Ruy Blas.*

RUY BLAS, *l'apercevant.*

Mon page ! je ne suis pour personne visible.

LE PAGE, *bas.*

Le comte Guritan, qui revient de Neubourg…

1. **Huissier** : domestique qui ouvre et ferme les portes, alors appelées huis.
2. **Nonce impérial** : ambassadeur d'Autriche.
3. **Page** : jeune homme servant d'aide ou de messager.
4. **Livrée** : uniforme des domestiques d'une maison.
5. **Galons** : bandes de tissu plus épaisses et plus étroites que des rubans.

RUY BLAS, *avec un geste de surprise.*

Ah ! – Page, enseigne-lui[1] ma maison du faubourg[2].
Qu'il m'y vienne trouver demain, si bon lui semble.
Va.

Le page sort. Aux conseillers.

Nous aurons tantôt[3] à travailler ensemble.
Dans deux heures. Messieurs, revenez.

Tous sortent en saluant profondément Ruy Blas.

Ruy Blas, resté seul, fait quelques pas en proie à[4] une rêverie profonde. Tout à coup, à l'angle du salon, la tapisserie s'écarte et la reine apparaît. Elle est vêtue de blanc avec la couronne en tête ; elle paraît rayonnante de joie et fixe sur Ruy Blas un regard d'admiration et de respect. Elle soutient d'un bras la tapisserie, derrière laquelle on entrevoit une sorte de cabinet[5] obscur où l'on distingue une petite porte. Ruy Blas, en se retournant, aperçoit la reine et reste comme pétrifié[6] devant cette apparition.

Scène 3

RUY BLAS, LA REINE.

LA REINE, *du fond du théâtre.*

Oh ! merci !

---

1. Enseigne-lui : renseigne-le sur.
2. Du faubourg : en ville.
3. Tantôt : bientôt.
4. En proie à : pris de.
5. Cabinet : petite pièce isolée.
6. Pétrifié : immobilisé sous l'effet d'une émotion intense.

RUY BLAS

Ciel!

LA REINE

Vous avez bien fait de leur parler ainsi.
Je n'y puis résister, duc, il faut que je serre
Cette loyale[1] main si ferme et si sincère!

Elle marche vivement à lui et lui prend la main, qu'elle presse avant qu'il ait pu s'en défendre.

RUY BLAS

À part.

La fuir depuis six mois et la voir tout à coup.

Haut.

Vous étiez là, madame?…

LA REINE

Oui, duc, j'entendais tout.
J'étais là. J'écoutais avec toute mon âme!

RUY BLAS, *montrant la cachette.*

Je ne soupçonnais pas… – Ce cabinet[2], madame…

LA REINE

Personne ne le sait. C'est un réduit[3] obscur
Que don Philippe Trois[4] fit creuser dans ce mur,
D'où le maître invisible entend tout comme une ombre.

1. Loyale: fidèle et honnête.
2. Cabinet: petite pièce isolée.
3. Réduit: pièce minuscule.
4. Philippe III: roi d'Espagne de 1598 à 1621.

Là j'ai vu bien souvent Charles Deux[1], morne[2] et sombre,
Assister aux conseils où l'on pillait son bien,
Où l'on vendait l'État.

RUY BLAS

Et que disait-il ?

LA REINE

Rien.

RUY BLAS

Rien ? – et que faisait-il ?

LA REINE

Il allait à la chasse.
Mais vous ! j'entends encor votre accent qui menace.
Comme vous les traitiez d'une haute façon[3],
Et comme vous aviez superbement[4] raison !
Je soulevais le bord de la tapisserie,
Je vous voyais. Votre œil, irrité sans furie[5],
Les foudroyait d'éclairs, et vous leur disiez tout.
Vous me sembliez seul être resté debout !
Mais où donc avez-vous appris toutes ces choses ?
D'où vient que vous savez les effets et les causes ?
Vous n'ignorez donc rien ? D'où vient que votre voix
Parlait comme devrait parler celle des rois ?

---

1. **Charles II** : roi d'Espagne de 1665 à 1700.
2. **Morne** : triste, éteint.
3. **D'une haute façon** : avec grandeur et mépris.
4. **Superbement** : parfaitement.
5. **Furie** : colère.

Pourquoi donc étiez-vous, comme eût été Dieu même,
Si terrible et si grand ?

RUY BLAS

Parce que je vous aime !
Parce que je sens bien, moi qu'ils haïssent tous,
Que ce qu'ils font crouler s'écroulera sur vous !
Parce que rien n'effraie une ardeur[1] si profonde,
Et que pour vous sauver je sauverais le monde !
Je suis un malheureux qui vous aime d'amour.
Hélas ! je pense à vous comme l'aveugle au jour.
Madame, écoutez-moi. J'ai des rêves sans nombre.
Je vous aime de loin, d'en bas, du fond de l'ombre
Je n'oserais toucher le bout de votre doigt,
Et vous m'éblouissez comme un ange qu'on voit !
– Vraiment, j'ai bien souffert. Si vous saviez, madame !
Je vous parle à présent. Six mois, cachant ma flamme,
J'ai fui. Je vous fuyais et je souffrais beaucoup.
Je ne m'occupe pas de ces hommes du tout,
Je vous aime. – Ô mon Dieu, j'ose le dire en face
À votre majesté. Que faut-il que je fasse ?
Si vous me disiez : meurs ! je mourrais. J'ai l'effroi[2]
Dans le cœur. Pardonnez !

LA REINE

Oh ! parle ! ravis-moi[3] !
Jamais on ne m'a dit ces choses-là. J'écoute !

---

1. Ardeur : passion.
2. Effroi : peur.
3. Ravis-moi : fais-moi un immense plaisir.

Ton âme en me parlant me bouleverse toute.
J'ai besoin de tes yeux, j'ai besoin de ta voix.
Oh ! c'est moi qui souffrais ! Si tu savais ! cent fois,
Cent fois, depuis six mois que ton regard m'évite...
– Mais non, je ne dois pas dire cela si vite.
Je suis bien malheureuse. Oh ! je me tais, j'ai peur !

Ruy Blas, *qui l'écoute avec ravissement*[1].

Oh ! madame, achevez[2] ! vous m'emplissez le cœur !

La reine

Eh bien, écoute donc !

Levant les yeux au ciel.

– Oui, je vais tout lui dire.
Est-ce un crime ? Tant pis ! Quand le cœur se déchire,
Il faut bien laisser voir tout ce qu'on y cachait. –
Tu fuis la reine ? Eh bien, la reine te cherchait !
Tous les jours je viens là, – là, dans cette retraite[3], –
T'écoutant, recueillant ce que tu dis, muette,
Contemplant ton esprit qui veut, juge et résout,
Et prise par ta voix qui m'intéresse à tout.
Va, tu me sembles bien le vrai roi, le vrai maître.
C'est moi, depuis six mois, tu t'en doutes peut-être,
Qui t'ai fait, par degrés[4], monter jusqu'au sommet.
Où Dieu t'aurait dû mettre une femme te met.
Oui, tout ce qui me touche a tes soins. Je t'admire.
Autrefois une fleur, à présent un empire !

---

1. Ravissement : contentement, plaisir extrême.

2. Achevez : terminez.

3. Retraite : lieu secret.

4. Par degrés : par étapes.

D'abord je t'ai vu bon, et puis je te vois grand.
Mon Dieu ! c'est à cela qu'une femme se prend !
Mon Dieu ! si je fais mal, pourquoi, dans cette tombe
M'enfermer, comme on met en cage une colombe,
Sans espoir, sans amour, sans un rayon doré ?
– Un jour que nous aurons le temps, je te dirai
Tout ce que j'ai souffert – Toujours seule, oubliée
Et puis, à chaque instant, je suis humiliée.
Tiens, juge : hier encore… – Ma chambre[1] me déplaît.
– Tu dois savoir cela, toi qui sais tout, il est
Des chambres où l'on est plus triste que dans d'autres ; –
J'en ai voulu changer. Vois quels fers sont les nôtres !
On ne l'a pas voulu. Je suis esclave ainsi ! –
Duc, il faut, – dans ce but le ciel t'envoie ici, –
Sauver l'État qui tremble, et retirer du gouffre[2]
Le peuple qui travaille, et m'aimer, moi qui souffre.
Je te dis tout cela sans suite[3], à ma façon,
Mais tu dois cependant voir que j'ai bien raison.

RUY BLAS, *tombant à genoux.*

Madame…

LA REINE, *gravement.*

Don César, je vous donne mon âme.
Reine pour tous, pour vous je ne suis qu'une femme.
Par l'amour, par le cœur, duc, je vous appartien.
J'ai foi dans votre honneur pour respecter le mien.

---

1. Chambre : principale pièce de vie.
2. Gouffre : trou profond et large.
3. Sans suite : sans logique.

Quand vous m'appellerez, je viendrai. Je suis prête.
– Ô César ! un esprit sublime[1] est dans ta tête.
Sois fier, car le génie est ta couronne, à toi !

Elle baise[2] Ruy Blas au front.

Adieu.

Elle soulève la tapisserie et disparaît.

Scène 4

Ruy Blas, *seul.*

Il est comme absorbé dans une contemplation angélique.

Devant mes yeux c'est le ciel que je voi !
De ma vie, ô mon Dieu ! cette heure est la première.
Devant moi tout un monde, un monde de lumière,
Comme ces paradis qu'en songe nous voyons,
S'entrouvre en m'inondant de vie et de rayons !
Partout, en moi, hors moi, joie, extase[3] et mystère,
Et l'ivresse, et l'orgueil, et ce qui sur la terre
Se rapproche le plus de la divinité,
L'amour dans la puissance et dans la majesté !
La reine m'aime ! ô Dieu ! c'est bien vrai, c'est moi-même.
Je suis plus que le roi puisque la reine m'aime !
Oh ! cela m'éblouit. Heureux, aimé, vainqueur !
Duc d'Olmedo, – l'Espagne à mes pieds, – j'ai son cœur !
Cet ange qu'à genoux je contemple et je nomme,

1. **Sublime** : magnifique.
2. **Baise** : embrasse.
3. **Extase** : plaisir si intense qu'il domine les autres émotions.

D'un mot me transfigure[1] et me fait plus qu'un homme.
Donc je marche vivant dans mon rêve étoilé !
Oh ! oui, j'en suis bien sûr, elle m'a bien parlé.
C'est bien elle. Elle avait un petit diadème[2]
En dentelle d'argent. Et je regardais même
Pendant qu'elle parlait, – je crois la voir encor, –
Un aigle ciselé sur son bracelet d'or.
Elle se fie à moi, m'a-t-elle dit. – Pauvre ange !
Oh ! s'il est vrai que Dieu, par un prodige[3] étrange,
En nous donnant l'amour, voulut mêler en nous
Ce qui fait l'homme grand à ce qui le fait doux,
Moi, qui ne crains plus rien maintenant qu'elle m'aime,
Moi qui suis tout-puissant, grâce à son choix suprême[4],
Moi, dont le cœur gonflé ferait envie aux rois,
Devant Dieu qui m'entend, sans peur, à haute voix,
Je le dis, vous pouvez vous confier, madame,
À mon bras comme reine, à mon cœur comme femme !
Le dévouement se cache au fond de mon amour
Pur et loyal[5] ! – Allez, ne craignez rien ! –

Depuis quelques instants, un homme est entré par la porte du fond, enveloppé d'un grand manteau, coiffé d'un chapeau galonné[6] d'argent. Il s'est avancé lentement vers Ruy Blas sans être vu, et, au moment où Ruy Blas, ivre d'extase[7] et de bonheur, lève les yeux au ciel, cet homme lui pose brusquement la main

1. Transfigure : transforme en donnant un éclat, une dignité hors du commun.
2. Diadème : bandeau décoré, symbole de la royauté.
3. Prodige : miracle.
4. Suprême : qui est au-dessus de tout.
5. Loyal : fidèle et droit.
6. Galonné : orné d'un galon, bande de tissu plus épaisse et plus étroite qu'un ruban.
7. Extase : plaisir si intense qu'il domine les autres émotions.

sur l'épaule. Ruy Blas se retourne comme réveillé subitement[1]. *L'homme laisse tomber son manteau, et Ruy Blas reconnaît don Salluste. Don Salluste est vêtu d'une livrée couleur de feu à galons d'argent, pareille à celle du page*[2] *de Ruy Blas.*

Scène 5

Ruy Blas, don Salluste.

Don Salluste, *posant la main sur l'épaule de Ruy Blas.*

Bonjour.

Ruy Blas, *effaré*[3].

À part.

Grand Dieu ! je suis perdu ! le marquis !

Don Salluste, *souriant.*

Je parie

Que vous ne pensiez pas à moi.

Ruy Blas

Sa seigneurie

En effet, me surprend.

À part.

Oh ! mon malheur renaît.

J'étais tourné vers l'ange et le démon venait.

1. **Subitement** : tout à coup.
2. **Page** : jeune homme servant d'aide ou de messager.
3. **Effaré** : extrêmement troublé.

Il court à la tapisserie qui cache le cabinet[1] *secret, et en ferme la petite porte au verrou ; puis il revient tout tremblant vers don Salluste.*

DON SALLUSTE

Eh bien ! comment cela va-t-il ?

RUY BLAS, *l'œil fixé sur don Salluste impassible*[2], *pouvant à peine rassembler ses idées.*

Cette livrée[3] ?…

DON SALLUSTE, *souriant toujours.*

Il fallait du palais me procurer l'entrée.
Avec cet habit-là l'on arrive partout.
J'ai pris votre livrée et la trouve à mon goût.

Il se couvre. Ruy Blas reste tête nue.

RUY BLAS

Mais j'ai peur pour vous…

DON SALLUSTE

Peur ! Quel est ce mot risible ?

RUY BLAS

Vous êtes exilé[4] ?

DON SALLUSTE

Croyez-vous ? C'est possible.

1. **Cabinet** : petite pièce isolée.
2. **Impassible** : qui ne manifeste aucune émotion.
3. **Livrée** : uniforme des domestiques d'une maison.
4. **Exilé** : chassé hors du pays.

Ruy Blas

Si l'on vous reconnaît, au palais, en plein jour ?

Don Salluste

Ah bah ! des gens heureux, qui sont des gens de cour,
Iraient perdre leur temps, ce temps qui sitôt[1] passe,
À se ressouvenir d'un visage en disgrâce[2] !
D'ailleurs, regarde-t-on le profil d'un valet ?

Il s'assied dans un fauteuil, et Ruy Blas reste debout.

À propos, que dit-on à Madrid, s'il vous plaît ?
Est-il vrai que, brûlant d'un zèle[3] hyperbolique[4],
Ici, pour les beaux yeux de la caisse publique[5],
Vous exilez ce cher Priego, l'un des grands[6] ?
Vous avez oublié que vous êtes parents.
Sa mère est Sandoval, la vôtre aussi. Que diable !
Sandoval porte d'or à la bande de sable[7].
Regardez vos blasons[8], don César. C'est fort clair.
Cela ne se fait pas entre parents, mon cher.
Les loups pour nuire aux loups font-ils les bons apôtres[9] ?
Ouvrez les yeux pour vous, fermez-les pour les autres.
Chacun pour soi.

1. Sitôt : si vite.
2. En disgrâce : qui ne bénéficie plus des faveurs de la cour.
3. Zèle : grand dévouement.
4. Hyperbolique : extrême.
5. Caisse publique : argent du royaume.
6. Grands : nobles les plus importants du royaume.
7. D'or à la bande de sable : symbole dessiné sur le blason de la famille royale espagnole.
8. Blasons : symboles imagés des familles nobles.
9. Apôtres : proches, qui suivent l'exemple de l'un des leurs. Référence aux compagnons du Christ.

RUY BLAS, *se rassurant un peu.*

Pourtant, monsieur, permettez-moi.
Monsieur de Priego, comme noble du roi,
A grand tort d'aggraver les charges[1] de l'Espagne.
Or, il va falloir mettre une armée en campagne[2] ;
Nous n'avons pas d'argent, et pourtant il le faut.
L'héritier bavarois[3] penche à mourir bientôt.
Hier, le comte d'Harrach[4], que vous devez connaître,
Me le disait au nom de l'empereur son maître.
Si monsieur l'archiduc veut soutenir[5] son droit,
La guerre éclatera…

DON SALLUSTE

L'air me semble un peu froid.
Faites-moi le plaisir de fermer la croisée[6].

Ruy Blas, pâle de honte et de désespoir, hésite un moment ; puis il fait un effort et se dirige lentement vers la fenêtre, la ferme, et revient vers don Salluste, qui, assis dans le fauteuil, le suit des yeux d'un air indifférent.

RUY BLAS, *reprenant et essayant de convaincre don Salluste.*

Daignez voir[7] à quel point la guerre est malaisée[8].
Que faire sans argent ? Excellence, écoutez.

---

1. **Charges** : dépenses.
2. **Mettre une armée en campagne** : envoyer une armée à la guerre.
3. **L'héritier bavarois** : jeune prince mort avant d'avoir pu succéder à Charles II.
4. **Le comte d'Harrach** : ambassadeur d'Autriche.
5. **Soutenir** : exercer.
6. **Croisée** : fenêtre.
7. **Daignez voir** : acceptez de voir.
8. **Malaisée** : difficile.

Le salut de l'Espagne est dans nos probités[1].
Pour moi, j'ai, comme si notre armée était prête,
Fait dire à l'empereur que je lui tiendrais tête…

DON SALLUSTE, *interrompant Ruy Blas et lui montrant son mouchoir, qu'il a laissé tomber en entrant.*

Pardon ! ramassez-moi mon mouchoir.

Ruy Blas, comme à la torture, hésite, puis se baisse, ramasse le mouchoir, et le présente à don Salluste.

DON SALLUSTE, *mettant le mouchoir dans sa poche.*

– Vous disiez ?…

RUY BLAS, *avec effort.*

Le salut de l'Espagne ! – oui, l'Espagne à nos pieds,
Et l'intérêt public demandent qu'on s'oublie.
Ah ! toute nation bénit qui la délie[2].
Sauvons ce peuple ! Osons être grands, et frappons !
Ôtons l'ombre à l'intrigue et le masque aux fripons[3] !

DON SALLUSTE, *nonchalamment*[4].

Et d'abord ce n'est pas de bonne compagnie. –
Cela sent son pédant[5] et son petit génie
Que de faire sur tout un bruit démesuré.
Un méchant million, plus ou moins dévoré,
Voilà-t-il pas de quoi pousser des cris sinistres[6] !

---

1. Nos probités : notre honnêteté.

2. Délie : délivre.

3. Fripons : hommes malhonnêtes.

4. Nonchalamment : avec indifférence.

5. Pédant : personne qui fait étalage de son savoir.

6. Sinistres : inquiétants, désespérés.

Mon cher, les grands seigneurs ne sont pas de vos cuistres[1].
Ils vivent largement. Je parle sans phébus[2].
Le bel air que celui d'un redresseur d'abus
Toujours bouffi[3] d'orgueil et rouge de colère !
Mais bah ! vous voulez être un gaillard populaire,
Adoré des bourgeois et des marchands d'esteufs[4].
C'est fort drôle. Ayez donc des caprices plus neufs[5].
Les intérêts publics ? Songez d'abord aux vôtres.
Le salut de l'Espagne est un mot creux que d'autres
Feront sonner, mon cher, tout aussi bien que vous.
La popularité ? c'est la gloire en gros sous.
Rôder, dogue aboyant, tout autour des gabelles[6] ?
Charmant métier ! je sais des postures plus belles.
Vertu[7] ? foi ? probité[8] ? c'est du clinquant[9] déteint.
C'était usé déjà du temps de Charles Quint[10].
Vous n'êtes pas un sot ; faut-il qu'on vous guérisse
Du pathos[11] ? Vous tétiez encor votre nourrice,
Que nous autres déjà, nous avions sans pitié,
Gaiement, à coups d'épingle ou bien à coups de pié,

1. **Cuistres** : hommes prétentieux et ridicules.
2. **Sans phébus** : simplement.
3. **Bouffi** : gonflé.
4. **Esteufs** : petites balles servant au jeu de paume, un jeu de balle très populaire à l'époque.
5. **Neufs** : originaux.
6. **Gabelles** : impôts sur le sel.
7. **Vertu** : bien, moralité.
8. **Probité** : honnêteté.
9. **Clinquant** : très voyant.
10. **Charles Quint** : empereur d'Allemagne, d'Autriche, des Pays-Bas, et roi d'Espagne au XVIe siècle.
11. **Pathos** : tendance à dramatiser. (Du grec « souffrance ».)

Crevant votre ballon au milieu des risées,
Fait sortir tout le vent de ces billevesées[1] !

RUY BLAS

Mais pourtant, monseigneur…

DON SALLUSTE, *avec un sourire glacé.*

Vous êtes étonnant.
Occupons-nous d'objets sérieux, maintenant.

D'un ton bref et impérieux.

– Vous m'attendrez demain toute la matinée,
Chez vous, dans la maison que je vous ai donnée.
La chose que je fais touche à l'événement[2].
Gardez pour nous servir les muets seulement.
Ayez dans le jardin, caché sous le feuillage,
Un carrosse attelé, tout prêt pour un voyage.
J'aurai soin des relais[3]. Faites tout à mon gré[4].
– Il vous faut de l'argent, je vous en enverrai. –

RUY BLAS

Monsieur, j'obéirai. Je consens à[5] tout faire.
Mais jurez-moi d'abord qu'en toute cette affaire
La reine n'est pour rien.

1. Billevesées : mensonges.

2. Touche à l'événement : touche à son dénouement.

3. Relais (de poste) : lieu où l'on changeait de chevaux afin de pouvoir poursuivre de longs trajets.

4. À mon gré : comme je le souhaite.

5. Je consens à : j'accepte de.

DON SALLUSTE, *qui jouait avec un couteau d'ivoire sur la table, se retourne à demi.*

De quoi vous mêlez-vous ?

RUY BLAS, *chancelant*[1] *et le regardant avec épouvante.*

Oh ! vous êtes un homme effrayant. Mes genoux
Tremblent… Vous m'entraînez vers un gouffre[2] invisible.
Oh ! je sens que je suis dans une main terrible !
Vous avez des projets monstrueux. J'entrevoi
Quelque chose d'horrible… – Ayez pitié de moi.
Il faut que je vous dise, – hélas ! jugez vous-même ! –
Vous ne le saviez pas ! cette femme, je l'aime !

DON SALLUSTE, *froidement.*

Mais si. Je le savais.

RUY BLAS

Vous le saviez !

DON SALLUSTE

Pardieu[3] !
Qu'est-ce que cela fait ?

RUY BLAS, *s'appuyant au mur pour ne pas tomber, et comme se parlant à lui-même.*

Donc il s'est fait un jeu,
Le lâche, d'essayer sur moi cette torture !
Mais c'est que ce serait une affreuse aventure !

1. **Chancelant** : sur le point de tomber.
2. **Gouffre** : trou profond et large.
3. **Pardieu** : juron (« pardi ! », « bien sûr ! »).

Il lève les yeux au ciel.

Seigneur Dieu tout-puissant ! Mon Dieu qui m'éprouvez[1],
Épargnez-moi, Seigneur !

Don Salluste

Ah çà, mais – vous rêvez !
Vraiment ! vous vous prenez au sérieux, mon maître.
C'est bouffon[2]. Vers un but que seul je dois connaître,
But plus heureux pour vous que vous ne le pensez,
J'avance. Tenez-vous tranquille. Obéissez.
Je vous l'ai déjà dit et je vous le répète,
Je veux votre bonheur. Marchez, la chose est faite.
Puis, grand-chose après tout que des chagrins d'amour !
Nous passons tous par là. C'est l'affaire d'un jour.
Savez-vous qu'il s'agit du destin d'un empire ?
Qu'est le vôtre à côté ? Je veux bien tout vous dire,
Mais ayez le bon sens de comprendre aussi, vous.
Soyez de votre état[3]. Je suis très bon, très doux,
Mais, que diable ! un laquais[4], d'argile humble ou choisie,
N'est qu'un vase où je veux verser ma fantaisie.
De vous autres, mon cher, on fait tout ce qu'on veut.
Votre maître, selon le dessein[5] qui l'émeut[6],
À son gré vous déguise, à son gré vous démasque.
Je vous ai fait seigneur. C'est un rôle fantasque[7],

1. **M'éprouvez** : me mettez à l'épreuve.
2. **Bouffon** : drôle.
3. **Soyez de votre état** : restez à votre place de valet.
4. **Laquais** : domestique.
5. **Le dessein** : le projet, le but.
6. **L'émeut** : le fait agir.
7. **Fantasque** : fantaisiste.

– Pour l'instant. – Vous avez l'habillement complet.
Mais, ne l'oubliez pas, vous êtes mon valet.
Vous courtisez la reine ici par aventure[1],
Comme vous monteriez derrière ma voiture[2].
Soyez donc raisonnable.

RUY BLAS, *qui l'a écouté avec égarement et comme ne pouvant en croire ses oreilles.*

Ô mon Dieu ! – Dieu clément[3] !
Dieu juste ! de quel crime est-ce le châtiment[4] ?
Qu'est-ce donc que j'ai fait ? Vous êtes notre père,
Et vous ne voulez pas qu'un homme désespère !
Voilà donc où j'en suis ! – et, volontairement,
Et sans tort de ma part, – pour voir, – uniquement
Pour voir agoniser[5] une pauvre victime,
Monseigneur, vous m'avez plongé dans cet abîme[6].
Tordre un malheureux cœur plein d'amour et de foi,
Afin d'en exprimer[7] la vengeance pour soi !

Se parlant à lui-même.

Car c'est une vengeance ! oui, la chose est certaine !
Et je devine bien que c'est contre la reine !
Qu'est-ce que je vais faire ? Aller lui dire tout ?
Ciel ! devenir pour elle un objet de dégoût

1. **Par aventure** : par hasard, fortuitement.
2. **Voiture** : carosse tiré par des chevaux.
3. **Clément** : qui pardonne volontiers.
4. **Châtiment** : punition.
5. **Agoniser** : mourir.
6. **Abîme** : trou immense.
7. **Exprimer** : faire sortir.

Et d'horreur ! un Crispin[1] ! un fourbe[2] à double face !
Un effronté[3] coquin qu'on bâtonne et qu'on chasse !
Jamais ! – Je deviens fou, ma raison se confond[4] !

Une pause. Il rêve.

Ô mon Dieu ! voilà donc les choses qui se font !
Bâtir une machine effroyable[5] dans l'ombre,
L'armer hideusement[6] de rouages sans nombre,
Puis, sous la meule[7], afin de voir comment elle est,
Jeter une livrée[8], une chose, un valet,
Puis la faire mouvoir[9], et soudain sous la roue
Voir sortir des lambeaux[10] teints de sang et de boue,
Une tête brisée, un cœur tiède et fumant,
Et ne pas frissonner[11] alors qu'en ce moment
On reconnaît, malgré le mot dont on le nomme,
Que ce laquais[12] était l'enveloppe d'un homme !

Se tournant vers don Salluste.

Mais il est temps encore ! oh ! monseigneur, vraiment !
L'horrible roue encor n'est pas en mouvement !

Il se jette à ses pieds.

Ayez pitié de moi ! grâce[13] ! ayez pitié d'elle !

---

1. Crispin : valet malhonnête de la *commedia dell'arte.*
2. Fourbe : personne malhonnête.
3. Effronté : personne qui n'a honte de rien.
4. Se confond : s'égare.
5. Effroyable : effrayante.
6. Hideusement : avec laideur.
7. Meule : roue servant à écraser.
8. Livrée : uniforme des domestiques d'une maison.
9. Mouvoir : bouger.
10. Lambeaux : morceaux de chair.
11. Frissonner : trembler.
12. Laquais : domestique.
13. Grâce : pitié.

Vous savez que je suis un serviteur fidèle.
Vous l'avez dit souvent ! Voyez, je me soumets !
Grâce !

DON SALLUSTE

Cet homme-là ne comprendra jamais.
C'est impatientant.

RUY BLAS, *se traînant à ses pieds.*

Grâce !

DON SALLUSTE

Abrégeons [1], mon maître.

Il se tourne vers la fenêtre.

Gageons [2] que vous avez mal fermé la fenêtre.
Il vient un froid par là !

Il va à la croisée et la ferme.

RUY BLAS, *se relevant.*

Oh ! c'est trop ! À présent
Je suis duc d'Olmedo, ministre tout-puissant !
Je relève le front sous le pied qui m'écrase.

DON SALLUSTE

Comment dit-il cela ? Répétez donc la phrase.
Ruy Blas, duc d'Olmedo ? Vos yeux ont un bandeau.
Ce n'est que sur Bazan qu'on a mis Olmedo.

---

1. **Abrégeons** : écourtons.
2. **Gageons** : parions.

Ruy Blas

Je vous fais arrêter.

Don Salluste

Je dirai qui vous êtes.

Ruy Blas, *exaspéré.*

Mais…

Don Salluste

Vous m'accuserez ? J'ai risqué nos deux têtes.
C'est prévu. Vous prenez trop tôt l'air triomphant.

Ruy Blas

Je nierai tout !

Don Salluste

Allons ! vous êtes un enfant.

Ruy Blas

Vous n'avez pas de preuve !

Don Salluste

Et vous pas de mémoire.
Je fais ce que je dis, et vous pouvez m'en croire.
Vous n'êtes que le gant, et moi, je suis la main.

Bas et se rapprochant de Ruy Blas.

Si tu n'obéis pas, si tu n'es pas demain
Chez toi, pour préparer ce qu'il faut que je fasse,
Si tu dis un seul mot de tout ce qui se passe,
Si tes yeux, si ton geste en laissent rien percer,
Celle pour qui tu crains, d'abord, pour commencer,

Par ta folle aventure[1], en cent lieux répandue,
Sera publiquement diffamée[2] et perdue.
Puis elle recevra, ceci n'a rien d'obscur[3],
Sous cachet[4], un papier, que je garde en lieu sûr,
Écrit, te souvient-il avec quelle écriture ?
Signé, tu dois savoir de quelle signature ?
Voici ce que ses yeux y liront : « Moi, Ruy Blas,
Laquais de monseigneur le marquis de Finlas,
En toute occasion, ou secrète ou publique,
M'engage à le servir comme un bon domestique. »

RUY BLAS, *brisé et d'une voix éteinte.*

Il suffit[5]. – Je ferai, monsieur, ce qu'il vous plaît.

La porte du fond s'ouvre. On voit rentrer les conseillers du conseil privé.

Don Salluste s'enveloppe vivement de son manteau.

DON SALLUSTE, *bas.*

On vient.

Il salue profondément Ruy Blas. Haut.

Monsieur le duc, je suis votre valet.

Il sort.

1. **Par ta folle aventure** : à cause de ton comportement imprudent.
2. **Diffamée** : déshonorée.
3. **Obscur** : secret.
4. **Sous cachet** : fermé par de la cire marquée du tampon de l'expéditeur.
5. **Il suffit** : cela suffit. L'expression signifie que Ruy Blas a compris l'ordre reçu.

Acte IV

Don César

Une petite chambre somptueuse et sombre. Lambris[1] *et meubles de vieille forme et de vieille dorure. Murs couverts d'anciennes tentures de velours cramoisi*[2]*, écrasé et miroitant par places*[3] *et derrière le dos des fauteuils, avec de larges galons*[4] *d'or qui le divisent en bandes verticales. Au fond, une porte à deux battants. À gauche, sur un pan*[5] *coupé, une grande cheminée sculptée du temps de Philippe II*[6]*, avec écusson de fer battu dans l'intérieur. Du côté opposé, sur un pan coupé, une petite porte basse donnant dans un cabinet*[7] *obscur. Une seule fenêtre à gauche, placée très haut et garnie de barreaux et d'un auvent*[8] *inférieur comme les croisées*[9] *des prisons. Sur le mur, quelques vieux portraits enfumés et à demi effacés. Coffre de garde-robe avec miroir de Venise. Grands fauteuils du temps de Philippe III*[10]*. Une armoire très ornée adossée au mur. Une table*

---

1. **Lambris** : revêtements des murs.
2. **Cramoisi** : rouge foncé, proche du violet.
3. **Par places** : par endroits.
4. **Galons** : bandes de tissu plus épaisses et plus étroites qu'un ruban.
5. **Pan** : morceau de mur.
6. **Philippe II** : roi d'Espagne de 1556 à 1598.
7. **Cabinet** : petite pièce isolée.
8. **Auvent** : petit toit.
9. **Croisées** : fenêtres.
10. **Philippe III** : roi d'Espagne de 1598 à 1621.

carrée avec ce qu'il faut pour écrire. Un petit guéridon[1] *de forme ronde à pied doré dans un coin. C'est le matin.*

Au lever du rideau, Ruy Blas, vêtu de noir, sans manteau et sans la Toison[2]*, vivement agité, se promène à grands pas dans la chambre. Au fond se tient son page*[3]*, immobile et comme attendant ses ordres.*

Scène 1

RUY BLAS, LE PAGE.

RUY BLAS, *à part, et se parlant à lui-même.*

Que faire ? – Elle d'abord ! elle avant tout ! – rien qu'elle !
Dût-on voir sur un mur rejaillir ma cervelle,
Dût le gibet[4] me prendre ou l'enfer me saisir !
Il faut que je la sauve ! – oui ! mais y réussir ?
Comment faire ? donner mon sang, mon cœur, mon âme,
Ce n'est rien, c'est aisé[5]. Mais rompre cette trame[6] !
Deviner… – deviner ! car il faut deviner ! –
Ce que cet homme a pu construire et combiner !
Il sort soudain de l'ombre et puis il s'y replonge,
Et là, seul dans sa nuit, que fait-il ? – Quand j'y songe,
Dans le premier moment je l'ai prié[7] pour moi !

1. **Guéridon** : table ronde à un seul pied.
2. **Toison (d'or)** : collier d'or avec un pendentif en forme de bélier, symbole de la dynastie des Habsbourg.
3. **Page** : jeune homme servant d'aide ou de messager.
4. **Gibet** : armature en bois destinée à la pendaison.
5. **Aisé** : facile.
6. **Rompre cette trame** : interrompre la machination de Salluste.
7. **Prié** : supplié.

Je suis un lâche, et puis c'est stupide ! – eh bien, quoi !
C'est un homme méchant. – Mais que je m'imagine,
– La chose a sans nul doute une ancienne origine, –
Que lorsqu'il tient sa proie et la mâche à moitié,
Ce démon va lâcher la reine, par pitié
Pour son valet ! Peut-on fléchir les bêtes fauves[1] ?
– Mais, misérable, il faut pourtant que tu la sauves !
C'est toi qui l'as perdue ! à tout prix ! il le faut !
– C'est fini. Me voilà retombé ! De si haut !
Si bas ! J'ai donc rêvé ! – Ho ! je veux qu'elle échappe[2] !
Mais lui ! par quelle porte, ô Dieu, par quelle trappe,
Par où va-t-il venir, l'homme de trahison ?
Dans ma vie et dans moi, comme en cette maison,
Il est maître. Il en peut arracher les dorures.
Il a toutes les clefs de toutes les serrures.
Il peut entrer, sortir, dans l'ombre s'approcher,
Et marcher sur mon cœur comme sur ce plancher.
– Oui, c'est que je rêvais ! le sort trouble nos têtes
Dans la rapidité des choses sitôt faites. –
Je suis fou. Je n'ai plus une idée en son lieu[3].
Ma raison, dont j'étais si vain[4], mon Dieu ! mon Dieu !
Prise en un tourbillon d'épouvante et de rage,
N'est plus qu'un pauvre jonc tordu par un orage !
Que faire ? Pensons[5] bien. D'abord, empêchons-la

1. Bêtes fauves : bêtes féroces (félins généralement).
2. Qu'elle échappe : qu'elle s'en sorte.
3. En son lieu : à sa place.
4. Vain : fier.
5. Pensons : réfléchissons.

De sortir du palais. – Oh ! oui, le piège est là.
Sans doute. Autour de moi tout est nuit, tout est gouffre[1].
Je sens le piège, mais je ne vois pas. – Je souffre !
C'est dit. Empêchons-la de sortir du palais.
Faisons-la prévenir sûrement[2], sans délais. –
Par qui ? – je n'ai personne !

Il rêve avec accablement[3]. Puis, tout à coup, comme frappé d'une idée subite[4] et d'une lueur d'espoir, il relève la tête.

– Oui, don Guritan l'aime !
C'est un homme loyal[5] ! Oui !

Faisant signe au page[6] de s'approcher. Bas.

– Page, à l'instant même,
Va chez don Guritan, et fais-lui de ma part
Mes excuses, et puis dis-lui que sans retard
Il aille chez la reine et qu'il la prie en grâce[7],
En mon nom comme au sien, quoi qu'on dise ou qu'on fasse,
De ne point s'absenter du palais de trois jours.
Quoi qu'il puisse arriver. De ne point sortir. Cours !

Rappelant le page.

Ah !

Il tire de son garde-notes[8] une feuille et un crayon.

Qu'il donne ce mot à la reine, et qu'il veille !

Il écrit sur son genou.

1. **Gouffre** : trou profond et large.
2. **Sûrement** : avec certitude.
3. **Accablement** : désespoir.
4. **Subite** : soudaine.
5. **Loyal** : fidèle et droit.
6. **Page** : jeune homme servant d'aide ou de messager.
7. **Qu'il la prie en grâce** : qu'il la supplie.
8. **Garde-notes** : portefeuille qui sert à conserver des notes.

– « Croyez don Guritan, faites ce qu'il conseille ! »

Il ploie[1] *le papier et le remet au page.*

Quant à ce duel, dis-lui que j'ai tort, que je suis
À ses pieds, qu'il me plaigne et que j'ai des ennuis,
Qu'il porte chez la reine à l'instant mes suppliques[2],
Et que je lui ferai des excuses publiques.
Qu'elle est en grand péril. Qu'elle ne sorte point
Quoi qu'il arrive. Au moins trois jours ! – De point en point
Fais tout. Va, sois discret, ne laisse rien paraître.

LE PAGE

Je vous suis dévoué. Vous êtes un bon maître.

RUY BLAS

Cours, mon bon petit page. As-tu bien tout compris ?

LE PAGE

Oui, monseigneur, soyez tranquille.

Il sort.

RUY BLAS, *resté seul, tombant sur un fauteuil.*

Mes esprits
Se calment. Cependant, comme dans la folie,
Je sens confusément[3] des choses que j'oublie.
Oui, le moyen est sûr. Don Guritan… ! – mais moi ?
Faut-il attendre ici don Salluste ? Pourquoi ?
Non. Ne l'attendons pas. Cela le paralyse
Tout un grand jour. Allons prier dans quelque église.

1. **Ploie** : plie.
2. **Suppliques** : supplications.
3. **Confusément** : de manière peu claire.

Sortons. J'ai besoin d'aide, et Dieu m'inspirera !

Il prend son chapeau sur une crédence[1]*, et secoue une sonnette posée sur la table. Deux nègres*[2]*, vêtus de velours vert clair et de brocart*[3] *d'or, jaquettes*[4] *plissées à grandes basques*[5]*, paraissent à la porte du fond.*

Je sors. Dans un instant un homme ici viendra.
– Par une entrée à lui. – Dans la maison, peut-être,
Vous le verrez agir comme s'il était maître.
Laissez-le faire. Et si d'autres viennent…

Après avoir hésité un moment.

Ma foi,
Vous laisserez entrer ! –

Il congédie[6] *du geste les Noirs, qui s'inclinent en signe d'obéissance et qui sortent.*

Allons ?

Il sort.

Au moment où la porte se referme sur Ruy Blas, on entend un grand bruit dans la cheminée, par laquelle on voit tomber tout à coup un homme, enveloppé d'un manteau déguenillé[7]*, qui se précipite dans la chambre. C'est don César.*

---

1. **Crédence** : table.
2. **Nègres** : personnes à la peau noire (terme non péjoratif à l'époque).
3. **Brocart** : tissu en soie.
4. **Jaquettes** : sortes de bermudas amples, serrés à la taille et aux genoux.
5. **Basques** : parties des jaquettes qui recouvrent le haut des cuisses.
6. **Congédie** : renvoie.
7. **Déguenillé** : troué.

Scène 2

Don César.

Effaré[1]*, essoufflé, décoiffé, étourdi, avec une expression joyeuse et inquiète en même temps.*

Tant pis ! c'est moi !

Il se relève en se frottant la jambe sur laquelle il est tombé, et s'avance dans la chambre avec force révérences et chapeau bas.

Pardon ! ne faites pas attention, je passe.
Vous parliez entre vous. Continuez, de grâce[2].
J'entre un peu brusquement, messieurs, j'en suis fâché !

Il s'arrête au milieu de la chambre et s'aperçoit qu'il est seul.

– Personne ! – Sur le toit tout à l'heure perché,
J'ai cru pourtant ouïr[3] un bruit de voix. – Personne !

S'asseyant dans un fauteuil.

Fort bien. Recueillons-nous. La solitude est bonne.
– Ouf ! que d'événements ! – J'en suis émerveillé
Comme l'eau qu'il secoue aveugle un chien mouillé.
Primo, ces alguazils[4] qui m'ont pris dans leurs serres[5] ;
Puis cet embarquement absurde ; ces corsaires[6] ;
Et cette grosse ville où l'on m'a tant battu ;
Et les tentations faites sur ma vertu[7]
Par cette femme jaune[8] ; et mon départ du bagne[9] ;
Mes voyages ; enfin, mon retour en Espagne !

---

1. Effaré : extrêmement troublé.
2. De grâce : par pitié.
3. Ouïr : entendre.
4. Alguazils : officiers de police.
5. Serres : griffes.
6. Corsaires : sortes de pirates.
7. Vertu : moralité.
8. Jaune : asiatique.
9. Bagne : camp de travaux forcés.

Puis, quel roman ! le jour où j'arrive, c'est fort,
Ces mêmes alguazils rencontrés tout d'abord !
Leur poursuite enragée et ma fuite éperdue ;
Je saute un mur ; j'avise une maison perdue
Dans les arbres, j'y cours ; personne ne me voit ;
Je grimpe allègrement[1] du hangar sur le toit ;
Enfin, je m'introduis dans le sein des familles
Par une cheminée où je mets en guenilles[2]
Mon manteau le plus neuf qui sur mes chausses[3] pend !...
– Pardieu[4] ! monsieur Salluste est un grand sacripant[5] !

Se regardant dans une petite glace de Venise posée sur le grand coffre à tiroirs sculptés.

– Mon pourpoint[6] m'a suivi dans mes malheurs. Il lutte !

Il ôte son manteau et mire[7] dans la glace son pourpoint de satin rose usé, déchiré et rapiécé ; puis il porte vivement la main à sa jambe avec un coup d'œil vers la cheminée.

Mais ma jambe a souffert diablement dans ma chute !

Il ouvre les tiroirs du coffre. Dans l'un d'entre eux, il trouve un manteau de velours vert clair, brodé d'or, le manteau donné par don Salluste à Ruy Blas. Il examine le manteau et le compare au sien.

– Ce manteau me paraît plus décent[8] que le mien.

Il jette le manteau vert sur ses épaules et met le sien à la place dans le coffre, après l'avoir soigneusement plié ; il y ajoute son

1. **Allègrement** : avec vivacité.
2. **Je mets en guenilles** : je déchire.
3. **Chausses** : bas et culotte.
4. **Pardieu** : juron (« pardi ! », « bien sûr ! »).
5. **Sacripant** : voyou.
6. **Pourpoint** : vêtement serré à la taille.
7. **Mire** : regarde.
8. **Décent** : correct.

chapeau qu'il enfonce sous le manteau d'un coup de poing ; puis il referme le tiroir. Il se promène fièrement dans le beau manteau brodé d'or.

C'est égal, me voilà revenu. Tout va bien.
Ah ! mon très cher cousin, vous voulez que j'émigre
Dans cette Afrique où l'homme est la souris du tigre !
Mais je vais me venger de vous, cousin damné[1],
Épouvantablement quand j'aurai déjeuné.
J'irai, sous mon vrai nom, chez vous, traînant ma queue
D'affreux vauriens[2] sentant le gibet[3] d'une lieue[4],
Et je vous livrerai vivant aux appétits
De tous mes créanciers[5] – suivis de leurs petits.

Il aperçoit dans un coin une magnifique paire de bottines à canons[6] de dentelles. Il jette lestement[7] ses vieux souliers, et chausse sans façon les bottines neuves.

Voyons d'abord où m'ont jeté ses perfidies[8].

Après avoir examiné la chambre de tous les côtés.

Maison mystérieuse et propre aux tragédies.
Portes closes[9], volets barrés, un vrai cachot[10].
Dans ce charmant logis on entre par en haut,
Juste comme le vin entre dans les bouteilles.

Avec un soupir.

---

1. Damné : maudit.
2. Vauriens : voyous.
3. Gibet : armature en bois destinée à la pendaison.
4. Une lieue : environ 4 kilomètres.
5. Créanciers : personnes à qui on doit de l'argent.
6. Canons : tissu qui entoure le haut des bottes.
7. Lestement : avec promptitude.
8. Perfidies : tromperies.
9. Closes : fermées.
10. Cachot : cellule de prison.

– C'est bien bon du bon vin ! –

Il aperçoit la petite porte à droite, l'ouvre, s'introduit vivement dans le cabinet[1] *avec lequel elle communique ; puis rentre avec des gestes d'étonnement.*

Merveille des merveilles !
Cabinet sans issue[2] où tout est clos aussi !

Il va à la porte du fond, l'entrouvre, et regarde au dehors ; puis il la laisse retomber et revient sur le devant du théâtre.

Personne ! – Où diable suis-je ? –Au fait j'ai réussi
À fuir les alguazils[3]. Que m'importe le reste ?
Vais-je pas m'effarer[4] et prendre un air funeste[5]
Pour n'avoir jamais vu de maison faite ainsi ?

Il se rassied sur le fauteuil, bâille, puis se relève presque aussitôt.

Ah çà, mais – je m'ennuie horriblement ici.

Avisant une petite armoire dans le mur, à gauche, qui fait le coin du pan[6] *coupé.*

Voyons, ceci m'a l'air d'une bibliothèque.

Il y va et l'ouvre. C'est un garde-manger bien garni.

Justement. – Un pâté, du vin, une pastèque,
C'est un en-cas complet. Six flacons[7] bien rangés !
Diable ! Sur ce logis j'avais des préjugés.

Examinant les flacons l'un après l'autre.

C'est un bon choix. – Allons ! l'armoire est honorable.

Il va chercher dans un coin la petite table ronde, l'apporte sur le devant du théâtre et la charge joyeusement de tout ce que

---

1. Cabinet : petite pièce isolée.
2. Issue : sortie.
3. Alguazils : officiers de police.
4. M'effarer : être pris d'un grand trouble.
5. Funeste : tragique.
6. Pan : morceau de mur.
7. Flacons : bouteilles.

contient le garde-manger, bouteilles, plats, etc., il ajoute un verre, une assiette, une fourchette, etc. – Puis il prend une des bouteilles.

Lisons d'abord ceci.

Il emplit le verre, et boit d'un trait.

C'est une œuvre admirable
De ce fameux poète appelé le soleil !
Xérès-des-Chevaliers[1] n'a rien de plus vermeil[2].

Il s'assied, se verse un second verre et boit.

Quel livre vaut cela ? Trouvez-moi quelque chose
De plus spiritueux[3] !

Il boit.

Ah ! Dieu, cela repose !
Mangeons.

Il entame le pâté.

Chiens d'alguazils[4] ! je les ai déroutés[5].
Ils ont perdu ma trace.

Il mange.

Oh ! le roi des pâtés !
Quant au maître du lieu, s'il survient… –

Il va au buffet et en rapporte un verre et un couvert qu'il pose sur la table.

Je l'invite.
– Pourvu qu'il n'aille pas me chasser ! Mangeons vite.

Il met les morceaux doubles.

Mon dîner fait, j'irai visiter la maison.

---

1. Xérès-des-Chevaliers : vin d'Andalousie réputé.
2. Vermeil : d'un rouge éclatant.
3. Spiritueux : alcoolisé.
4. Alguazils : officiers de police.
5. Je les ai déroutés : je leur ai fait perdre ma trace.

Mais qui peut l'habiter ? Peut-être un bon garçon.
Ceci peut ne cacher qu'une intrigue de femme.
Bah ! quel mal fais-je ici ? Qu'est-ce que je réclame ?
Rien, – l'hospitalité de ce digne mortel,
À la manière antique,

Il s'agenouille à demi et entoure la table de ses bras.

en embrassant l'autel[1].

Il boit.

D'abord, ceci n'est point le vin d'un méchant homme.
Et puis, c'est convenu, si l'on vient, je me nomme.
Ah ! vous endiablerez[2], mon vieux cousin maudit !
Quoi, ce bohémien ? Ce galeux[3] ? ce bandit ?
Ce Zafari ? ce gueux[4] ? ce va-nu-pieds ?... – Tout juste !
Don César de Bazan, cousin de don Salluste !
Oh la bonne surprise ! et dans Madrid quel bruit !
Quand est-il revenu ? ce matin ? cette nuit ?
Quel tumulte[5] partout en voyant cette bombe,
Ce grand nom oublié qui tout à coup retombe,
Don César de Bazan ! oui, messieurs, s'il vous plaît.
Personne n'y pensait, personne n'en parlait.
Il n'était donc pas mort ? Il vit, messieurs, mesdames !
Les hommes diront : Diable ! – Oui dà ! diront les femmes.
Doux bruit, qui vous reçoit rentrant dans vos foyers,
Mêlé de l'aboiement de trois cents créanciers[6] !
Quel beau rôle à jouer ! – Hélas ! l'argent me manque.

1. Autel : table sur laquelle on dépose des cadeaux pour les divinités.
2. Endiablerez : enragerez.
3. Galeux : voyou.
4. Gueux : mendiant.
5. Tumulte : grand bruit.
6. Créanciers : personnes à qui on doit de l'argent.

Bruit à la porte.

On vient ! – Sans doute on va comme un vil[1] saltimbanque[2]
M'expulser. – C'est égal, ne fais rien à demi,
César !

Il s'enveloppe de son manteau jusqu'aux yeux. La porte du fond s'ouvre. Entre un laquais[3] en livrée[4] portant sur son dos une grosse sacoche.

Scène 3

DON CÉSAR, UN LAQUAIS.

DON CÉSAR, *toisant[5] le laquais de la tête aux pieds.*

Qui venez-vous chercher céans[6], l'ami ?

À part.

Il faut beaucoup d'aplomb[7], le péril[8] est extrême.

LE LAQUAIS

Don César de Bazan.

DON CÉSAR, *dégageant son visage du manteau.*

Don César ! C'est moi-même !

À part.

Voilà du merveilleux !

---

1. Vil : méprisable.
2. Saltimbanque : bohémien.
3. Laquais : domestique.
4. Livrée : uniforme des domestiques d'une maison.
5. Toisant : regardant de haut.
6. Céans : ici.
7. Aplomb : confiance en soi.
8. Péril : danger.

LE LAQUAIS

Vous êtes le seigneur
Don César de Bazan ?

DON CÉSAR

Pardieu[1] ! J'ai cet honneur.
César ! le vrai César ! le seul César ! le comte
De Garo…

LE LAQUAIS, *posant sur le fauteuil la sacoche.*

Daignez[2] voir si c'est là votre compte[3].

DON CÉSAR, *comme ébloui.*

À part.

De l'argent ! c'est trop fort !

Haut.

Mon cher…

LE LAQUAIS

Daignez compter.
C'est la somme que j'ai l'ordre de vous porter.

DON CÉSAR, *gravement.*

Ah ! fort bien ! je comprends.

À part.

Je veux bien que le diable… –
Ça, ne dérangeons pas cette histoire admirable.
Ceci vient fort à point.

1. **Pardieu** : juron (« pardi ! », « bien sûr ! »).
2. **Daignez** : veuillez bien.
3. **Compte** : somme d'argent.

Haut.

Vous faut-il des reçus ?

Le laquais

Non, monseigneur.

Don César, *lui montrant la table.*

Mettez cet argent là-dessus.

Le laquais obéit.

De quelle part ?

Le laquais

Monsieur le sait bien.

Don César

Sans nul doute.

Mais…

Le laquais

Cet argent – voilà ce qu'il faut que j'ajoute, –
Vient de qui vous savez pour ce que vous savez.

Don César, *satisfait de l'explication.*

Ah !

Le laquais

Nous devons, tous deux, être fort réservés[1].
Chut !

1. Réservés : discrets.

DON CÉSAR

Chut !!! – Cet argent vient... – La phrase est magnifique !
Redites-la-moi donc.

LE LAQUAIS

Cet argent...

DON CÉSAR

Tout s'explique !
Me vient de qui je sais...

LE LAQUAIS

Pour ce que vous savez.
Nous devons...

DON CÉSAR

Tous les deux !!!

LE LAQUAIS

Être fort réservés.

DON CÉSAR

C'est parfaitement clair.

LE LAQUAIS

Moi, j'obéis. Du reste
Je ne comprends pas.

DON CÉSAR

Bah !

LE LAQUAIS

Mais vous comprenez !

DON CÉSAR

Peste[1] !

LE LAQUAIS

Il suffit[2].

DON CÉSAR

Je comprends et je prends, mon très cher.
De l'argent qu'on reçoit, d'abord, c'est toujours clair.

LE LAQUAIS

Chut !

DON CÉSAR

Chut ! ! ! ne faisons pas d'indiscrétion. Diantre !

LE LAQUAIS

Comptez, seigneur !

DON CÉSAR

Pour qui me prends-tu ?

Admirant la rondeur du sac posé sur la table.

Le beau ventre !

LE LAQUAIS, *insistant*.

Mais…

1. **Peste** : mince !
2. **Il suffit** : cela suffit. L'expression signifie que le laquais a compris l'ordre reçu.

DON CÉSAR

Je me fie à toi[1].

LE LAQUAIS

L'or est en souverains[2].
Bons quadruples[3] pesant sept gros trente-six grains[4],
Ou bons doublons[5] au marc[6]. L'argent, en croix-maries[7].

Don César ouvre la sacoche et en tire plusieurs sacs pleins d'or et d'argent qu'il ouvre et vide sur la table avec admiration ; puis il se met à puiser à pleines poignées dans les sacs d'or, et remplit ses poches de quadruples et de doublons.

DON CÉSAR, *s'interrompant avec majesté.*

À part.

Voici que mon roman[8], couronnant ses féeries[9],
Meurt amoureusement sur un gros million.

Il se remet à remplir ses poches.

Ô délices ! je mords à même un galion[10] !

Une poche pleine, il passe à l'autre. Il se cherche des poches partout et semble avoir oublié le laquais.

LE LAQUAIS, *qui le regarde avec impassibilité.*

Et maintenant j'attends vos ordres.

---

1. Je me fie à toi : je te fais confiance.
2. Souverains : monnaie d'or d'Angleterre.
3. Quadruples : ancienne pièce d'or d'Espagne.
4. Gros, grains : unités de mesure.
5. Doublons : pièces d'or.
6. Marc : unité de mesure.
7. Croix-maries : pièces de monnaie.
8. Mon roman : aventure digne d'un roman.
9. Féeries : belles histoires.
10. Galion : navire rempli d'or.

DON CÉSAR, *se retournant.*

Pour quoi faire ?

LE LAQUAIS

Afin d'exécuter, vite et sans qu'on diffère[1],
Ce que je ne sais pas et ce que vous savez.
De très grands intérêts…

DON CÉSAR, *l'interrompant d'un air d'intelligence.*

Oui, publics et privés !!!

LE LAQUAIS

Veulent que tout cela se fasse à l'instant même.
Je dis ce qu'on m'a dit de dire.

DON CÉSAR, *lui frappant sur l'épaule.*

Et je t'en aime,
Fidèle serviteur.

LE LAQUAIS

Pour ne rien retarder,
Mon maître à vous me donne afin de vous aider.

DON CÉSAR

C'est agir congrûment[2]. Faisons ce qu'il désire.

À part.

Je veux être pendu si je sais que lui dire.

Haut.

Approche, galion[3], et d'abord –

1. Diffère : remette à plus tard.
2. Congrûment : correctement.
3. Galion : au figuré, personne qui possède de l'argent.

Il remplit de vin l'autre verre.

Bois-moi ça !

LE LAQUAIS

Quoi, seigneur !

DON CÉSAR

Bois-moi ça !

Le laquais boit. Don César lui remplit son verre.

Du vin d'Oropesa !

Il fait asseoir le laquais, le fait boire, et lui verse de nouveau du vin.

Causons.

À part.

Il a déjà la prunelle[1] allumée.

Haut et s'étendant sur sa chaise.

L'homme, mon cher ami, n'est que de la fumée,
Noire, et qui sort du feu des passions. Voilà.

Il lui verse à boire.

C'est bête comme tout ce que je te dis là.
Et d'abord la fumée, au ciel bleu ramenée,
Se comporte autrement dans une cheminée.
Elle monte gaiement, et nous dégringolons.

Il se frotte la jambe.

L'homme n'est qu'un plomb vil[2].

Il remplit les deux verres.

Buvons. Tous tes doublons[3]
Ne valent pas le chant d'un ivrogne qui passe.

---

1. Prunelle : pupille de l'œil.
2. Vil : de mauvaise qualité.
3. Doublons : pièces d'or.

Se rapprochant d'un air mystérieux.

Vois-tu, soyons prudents. Trop chargé, l'essieu[1] casse.
Le mur sans fondement s'écroule subito[2].
Mon cher, raccroche-moi le col de mon manteau.

LE LAQUAIS, *fièrement.*

Seigneur, je ne suis pas valet de chambre.

Avant que don César ait pu l'en empêcher, il secoue la sonnette posée sur la table.

DON CÉSAR, *à part, effrayé.*

Il sonne !
Le maître va peut-être arriver en personne.
Je suis pris.

Entre un des Noirs. Don César, en proie à la plus vive anxiété, se retourne du côté opposé, comme ne sachant que devenir.

LE LAQUAIS, *au nègre[3].*

Remettez l'agrafe[4] à monseigneur.

Le nègre s'approche gravement de don César, qui le regarde faire d'un air stupéfait ; puis il rattache l'agrafe du manteau, salue et sort, laissant don César pétrifié[5].

DON CÉSAR, *se levant de table.*

À part.

Je suis chez Belzébuth[6], ma parole d'honneur !

---

1. **Essieu** : pièce qui relie le véhicule au centre des roues.
2. **Subito** : à l'instant.
3. **Nègre** : personne à la peau noire (terme non péjoratif à l'époque).
4. **Agrafe** : petit crochet qui sert à maintenir ensemble deux parties d'un vêtement.
5. **Pétrifié** : immobilisé sous l'effet d'une émotion intense.
6. **Belzébuth** : le diable.

Il vient sur le devant du théâtre et se promène à grands pas.

Ma foi, laissons-nous faire, et prenons ce qui s'offre.
Donc je vais remuer les écus à plein coffre.
J'ai de l'argent ! que vais-je en faire ?

Se retournant vers le laquais attablé, qui continue à boire et qui commence à chanceler[1] sur sa chaise.

Attends, pardon !

Rêvant, à part.

Voyons, – si je payais mes créanciers[2] ? – fi donc !
– Du moins, pour les calmer, âmes à s'aigrir[3] promptes[4],
Si je les arrosais avec quelques acomptes ?
– À quoi bon arroser ces vilaines fleurs-là ?
Où diable mon esprit va-t-il chercher cela ?
Rien n'est tel que l'argent pour vous corrompre un homme,
Et fût-il descendant d'Annibal[5] qui prit Rome,
L'emplir jusqu'au goulot de sentiments bourgeois !
Que dirait-on ? me voir payer ce que je dois !
Ah !

LE LAQUAIS, *vidant son verre.*

Que m'ordonnez-vous ?

DON CÉSAR

Laisse-moi, je médite.
Bois en m'attendant.

1. **Chanceler** : être sur le point de tomber.
2. **Créanciers** : personnes à qui on doit de l'argent.
3. **S'aigrir** : devenir irritables.
4. **Promptes** : rapides.
5. **Annibal (ou Hannibal)** : grand général carthaginois (247-183 av. J.-C.), ennemi de Rome.

Le laquais se remet à boire. Lui continue de rêver, et tout à coup se frappe le front comme ayant trouvé une idée.

Oui !

Au laquais.

Lève-toi tout de suite.
Voici ce qu'il faut faire ! Emplis tes poches d'or.

Le laquais se lève en trébuchant, et emplit d'or les poches de son justaucorps[1]*. Don César l'y aide, tout en continuant.*

Dans la ruelle, au bout de la Place Mayor[2],
Entre au numéro neuf. Une maison étroite.
Beau logis, si ce n'est que la fenêtre à droite
A sur le cristallin[3] une taie en papier[4].

LE LAQUAIS

Maison borgne[5] ?

DON CÉSAR

Non, louche. On peut s'estropier[6]
En montant l'escalier. Prends-y garde.

LE LAQUAIS

Une échelle ?

DON CÉSAR

À peu près. C'est plus roide[7]. – En haut loge une belle

---

1. **Justaucorps** : vêtement serré à la taille.
2. **Place Mayor** : célèbre place de Madrid.
3. **Cristallin** : centre de l'œil. Centre de la fenêtre.
4. **Taie en papier** : morceau de papier qui bouche une partie de la fenêtre comme une tache au milieu d'un œil.
5. **Maison borgne** : maison sans fenêtre.
6. **S'estropier** : se blesser.
7. **Roide** : raide.

Facile à reconnaître, un bonnet de six sous[1]
Avec de gros cheveux ébouriffés[2] dessous,
Un peu courte[3], un peu rousse… – une femme charmante !
Sois très respectueux, mon cher, c'est mon amante !
Lucinda, qui jadis, blonde à l'œil indigo[4],
Chez le pape, le soir, dansait le fandango[5].
Compte-lui cent ducats[6] en mon nom. – Dans un bouge[7],
À côté, tu verras un gros diable[8] au nez rouge,
Coiffé jusqu'aux sourcils d'un vieux feutre[9] fané
Où pend tragiquement un plumeau consterné[10],
La rapière[11] à l'échine[12] et la loque[13] à l'épaule.
– Donne de notre part six piastres[14] à ce drôle[15]. –
Plus loin, tu trouveras un trou noir comme un four,
Un cabaret qui chante au coin d'un carrefour.
Sur le seuil boit et fume un vivant qui le hante[16].
C'est un homme fort doux et de vie élégante.
Un seigneur dont jamais un juron ne tomba,

1. **De six sous** : bon marché.
2. **Ébouriffés** : mal coiffés.
3. **Courte** : petite.
4. **Indigo** : bleu tirant sur le violet.
5. **Fandango** : danse espagnole.
6. **Ducats** : pièces d'or.
7. **Bouge** : lieu mal fréquenté.
8. **Diable** : homme.
9. **Feutre** : chapeau en feutre.
10. **Consterné** : abattu, triste.
11. **Rapière** : épée longue et fine.
12. **À l'échine** : dans le dos.
13. **Loque** : vêtement déchiré.
14. **Piastres** : petite monnaie.
15. **Drôle** : homme de peu de valeur.
16. **Qui le hante** : qui le fréquente.

Et mon ami de cœur, nommé Goulatromba.
– Trente écus ! – Et dis-lui, pour toutes patenôtres[1],
Qu'il les boive bien vite et qu'il en aura d'autres.
Donne à tous ces faquins[2] ton argent le plus rond[3],
Et ne t'ébahis pas[4] des yeux qu'ils ouvriront.

LE LAQUAIS

Après ?

DON CÉSAR

Garde le reste. Et pour dernier chapitre…

LE LAQUAIS

Qu'ordonne monseigneur ?

DON CÉSAR

Va te soûler, bélître[5] !
Casse beaucoup de pots et fais beaucoup de bruit,
Et ne rentre chez toi que demain – dans la nuit.

LE LAQUAIS

Suffit[6], mon prince.

Il se dirige vers la porte en faisant des zigzags.

DON CÉSAR, *le regardant marcher.*

À part.

---

1. Patenôtres : prières chrétiennes, qui célèbrent l'amour porté à Dieu.
2. Faquins : voyous.
3. Ton argent le plus rond : tes plus belles pièces.
4. Ne t'ébahis pas : ne t'étonne pas.
5. Bélître : homme sans valeur.
6. Suffit : cela suffit. L'expression signifie que le laquais a compris l'ordre reçu.

Il est effroyablement[1] ivre !

Le rappelant. L'autre se rapproche.

Ah !... – Quand tu sortiras, les oisifs[2] vont te suivre.
Fais par ta contenance honneur à la boisson.
Sache te comporter d'une noble façon.
S'il tombe par hasard des écus de tes chausses[3],
Laisse tomber ; – et si des essayeurs de sauces[4],
Des clercs[5], des écoliers, des gueux[6] qu'on voit passer,
Les ramassent, – mon cher, laisse-les ramasser.
Ne sois pas un mortel de trop farouche[7] approche.
Si même ils en prenaient quelques-uns dans ta poche,
Sois indulgent[8]. Ce sont des hommes comme nous.
Et puis il faut, vois-tu, c'est une loi pour tous,
Dans ce monde, rempli de sombres aventures,
Donner parfois un peu de joie aux créatures.

Avec mélancolie.

Tous ces gens-là seront peut-être un jour pendus !
Ayons donc les égards[9] pour eux qui leur sont dus !
– Va-t'en.

Le laquais sort. Resté seul, don César se rassied, s'accoude sur la table, et paraît plongé dans de profondes réflexions.

C'est le devoir du chrétien et du sage,
Quand il a de l'argent, d'en faire un bon usage,

1. **Effroyablement** : d'une manière effrayante.
2. **Les oisifs** : personnes qui s'ennuient, sans profession ni occupation.
3. **Chausses** : bas et culotte.
4. **Essayeurs de sauces** : employés chargés de goûter les sauces.
5. **Clercs** : étudiants en théologie.
6. **Gueux** : mendiants.
7. **Farouche** : difficile.
8. **Sois indulgent** : pardonne.
9. **Égards** : attentions.

J'ai de quoi vivre au moins huit jours ! je les vivrai.
Et, s'il me reste un peu d'argent, je l'emploierai
À des fondations pieuses[1]. Mais je n'ose
M'y fier, car on va me reprendre la chose.
C'est méprise[2] sans doute, et ce mal-adressé[3]
Aura mal entendu, j'aurai mal prononcé…

La porte du fond se rouvre. Entre une duègne[4] ; vieille, cheveux gris, basquine[5] et mantille[6] noires ; éventail.

Scène 4

Don César, une duègne.

La duègne, *sur le seuil de la porte.*

Don César de Bazan !

Don César, absorbé dans ses méditations, relève brusquement la tête.

Don César

Pour le coup !

À part.

Oh ! femelle !

Pendant que la duègne accomplit une profonde révérence au fond du théâtre, il vient stupéfait sur le devant de la scène.

1. **Pieuses** : religieuses.
2. **Méprise** : erreur.
3. **Ce mal-adressé** : ce messager envoyé par erreur.
4. **Duègne** : dame âgée chargée de veiller à la bonne conduite des jeunes femmes.
5. **Basquine** : jupe ample.
6. **Mantille** : écharpe de dentelle couvrant la tête et les épaules.

Mais il faut que le diable ou Salluste s'en mêle ?
Gageons que je vais voir arriver mon cousin.
Une duègne !

Haut.

C'est moi don César. – Quel dessein[1] ?...

À part.

D'ordinaire une vieille en annonce une jeune.

LA DUÈGNE *(révérence avec un signe de croix).*

Seigneur, je vous salue, aujourd'hui jour de jeûne[2],
En Jésus Dieu le fils sur qui rien ne prévaut.

DON CÉSAR, *à part.*

À galant[3] dénouement commencement dévot[4].

Haut.

Ainsi soit-il ! Bonjour.

LA DUÈGNE

Dieu vous maintienne en joie !

Mystérieusement.

Avez-vous à quelqu'un qui jusqu'à vous m'envoie,
Donné pour cette nuit un rendez-vous secret ?

DON CÉSAR

Mais j'en suis fort capable.

1. **Dessein** : intention.
2. **Jeûne** : privation de nourriture.
3. **Galant** : amoureux.
4. **Dévot** : très religieux.

La duègne

Elle tire de son garde-infante[1] *un billet plié et le lui présente, mais sans le lui laisser prendre.*

Ainsi, mon beau discret,
C'est bien vous qui venez, et pour cette nuit même,
D'adresser ce message à quelqu'un qui vous aime,
Et que vous savez bien ?

Don César

Ce doit être moi.

La duègne

Bon.
La dame, mariée à quelque vieux barbon[2],
À des ménagements[3] sans doute est obligée,
Et de me renseigner céans[4] on m'a chargée.
Je ne la connais pas, mais vous la connaissez.
La soubrette[5] m'a dit les choses. C'est assez.
Sans les noms.

Don César

Hors le mien.

La duègne

C'est tout simple. Une dame
Reçoit un rendez-vous de l'ami de son âme,
Mais on craint de tomber dans quelque piège ; mais

1. **Garde-infante** : partie du vêtement servant de porte-monnaie.
2. **Barbon** : vieil homme (péjoratif).
3. **Ménagements** : précautions.
4. **Céans** : ici.
5. **Soubrette** : servante.

Trop de précautions ne gâtent rien jamais.
Bref ! ici l'on m'envoie avoir de votre bouche
La confirmation...

DON CÉSAR

Oh ! la vieille farouche[1] !
Vrai Dieu ! quelle broussaille[2] autour d'un billet doux !
Oui, c'est moi, moi, te dis-je !

LA DUÈGNE

Elle pose sur la table le billet plié, que don César examine avec curiosité.

En ce cas, si c'est vous,
Vous écrirez : *Venez*, au dos de cette lettre.
Mais pas de votre main, pour ne rien compromettre.

DON CÉSAR

Peste ! au fait ! de ma main !

À part.

Message bien rempli !

Il tend la main pour prendre la lettre, mais elle est recachetée[3], et la duègne ne la lui laisse pas toucher.

LA DUÈGNE

N'ouvrez pas. Vous devez reconnaître le pli[4].

1. Farouche : prudente.
2. Broussaille : plante piquante.
3. Recachetée : refermée à la cire.
4. Le pli : la lettre.

Don César

Pardieu[1] !

À part.

Moi qui brûlais de voir !… jouons mon rôle !

Il agite la sonnette. Entre un des noirs.

Tu sais écrire ?…

Le noir fait un signe de tête affirmatif. Étonnement de don César.

À part.

Un signe !

Haut.

Es-tu muet, mon drôle[2] ?

Le noir fait un nouveau signe d'affirmation. Nouvelle stupéfaction de don César.

À part.

Fort bien ! continuez ! des muets à présent !

Au muet, en lui montrant la lettre, que la vieille tient appliquée sur la table.

– Écris-moi là : *Venez…*

Le muet écrit. Don César fait signe à la duègne de reprendre la lettre et au muet de sortir. Le muet sort.

À part.

Il est obéissant !

La duègne, *remettant le billet dans son garde-infante*[3] *et se rapprochant de don César.*

Vous la verrez ce soir. Est-elle bien jolie ?

Don César

Charmante !

---

1. Pardieu : juron (« pardi ! », « bien sûr ! »).

2. Drôle : homme de peu de valeur.

3. Garde-infante : partie du vêtement servant de porte-monnaie.

LA DUÈGNE

La suivante[1] est d'abord accomplie[2].
Elle m'a prise à part au milieu du sermon.
Mais belle ! un profil d'ange avec l'œil d'un démon.
Puis aux choses d'amour elle paraît savante.

DON CÉSAR, *à part.*

Je me contenterais fort bien de la servante !

LA DUÈGNE

Nous jugeons, car toujours le beau fait peur au laid,
La sultane à l'esclave, et le maître au valet.
La vôtre est, à coup sûr, fort belle.

DON CÉSAR

Je m'en flatte.

LA DUÈGNE, *faisant une révérence pour se retirer.*

Je vous baise[3] la main.

DON CÉSAR, *lui donnant une poignée de doublons[4].*

Je te graisse la patte[5].
Tiens, vieille !

LA DUÈGNE, *empochant.*

La jeunesse est gaie aujourd'hui !

---

1. **Suivante** : dame de compagnie.
2. **Accomplie** : expérimentée, parfaite.
3. **Baise** : embrasse.
4. **Doublons** : pièces d'or.
5. **Je te graisse la patte** : je te corromps, je te soudoie.

DON CÉSAR, *la congédiant*[1].

Va.

LA DUÈGNE, *révérences.*

Si vous aviez besoin… J'ai nom dame Oliva,
Couvent San Isidro –

Elle sort ; puis la porte se rouvre et l'on voit sa tête reparaître.

Toujours à droite assise
Au troisième pilier en entrant dans l'église.

Don César se retourne avec impatience. La porte retombe ; puis elle se rouvre encore, et la vieille reparaît.

Vous la verrez ce soir ! Monsieur, pensez à moi
Dans vos prières.

DON CÉSAR, *la chassant avec colère.*

Ah !

La duègne disparaît ; la porte se referme.

DON CÉSAR, *seul.*

Je me résous, ma foi,
À[2] ne plus m'étonner. J'habite dans la lune.
Me voici maintenant une bonne fortune[3] ;
Et je vais contenter mon cœur après ma faim.

Rêvant.

Tout cela me paraît bien beau. – Gare la fin[4].

La porte du fond se rouvre. Paraît don Guritan avec deux longues épées nues sous le bras.

---

1. La congédiant : la renvoyant.
2. Je me résous à : j'accepte de.
3. Fortune : destin chanceux.
4. Gare la fin : attention à la fin, cela va mal finir.

Scène 5

DON CÉSAR, DON GURITAN.

DON GURITAN, *du fond du théâtre.*

Don César de Bazan !

DON CÉSAR

Il se retourne et aperçoit don Guritan et les deux épées.

Enfin ! à la bonne heure !
L'aventure était bonne, elle devient meilleure.
Bon dîner, de l'argent, un rendez-vous, – un duel !
Je redeviens César à l'état naturel !

Il aborde gaiement, avec force salutations empressées[1], don Guritan, qui fixe sur lui un œil inquiétant, et s'avance d'un pas roide[2] sur le devant du théâtre.

C'est ici, cher seigneur. Veuillez prendre la peine

Il lui présente un fauteuil. Don Guritan reste debout.

D'entrer, de vous asseoir. – Comme chez vous, – sans gêne.
Enchanté de vous voir. Çà, causons un moment.
Que fait-on à Madrid ? Ah ! quel séjour charmant !
Moi, je ne sais plus rien, je pense qu'on admire
Toujours Matalobos[3] et toujours Lindamire.
Pour moi, je craindrais plus, comme péril urgent,
La voleuse de cœurs que le voleur d'argent.
Oh ! les femmes, monsieur ! Cette engeance[4] endiablée
Me tient, et j'ai la tête à leur endroit fêlée[5].

---

1. **Empressées** : pleines d'intérêt et d'affection.
2. **Roide** : raide.
3. **Matalobos** : littéralement, « le tueur de loups ».
4. **Engeance** : race.
5. **Fêlée** : cassée.

Parlez, remettez-moi l'esprit en bon chemin.
Je ne suis plus vivant, je n'ai plus rien d'humain,
Je suis un être absurde, un mort qui se réveille,
Un bœuf[1], un hidalgo de la Castille-Vieille[2].
On m'a volé ma plume et j'ai perdu mes gants.
J'arrive des pays les plus extravagants[3].

DON GURITAN

Vous arrivez, mon cher monsieur ? Eh bien, j'arrive
Encor bien plus que vous !

DON CÉSAR, *épanoui.*

De quelle illustre[4] rive ?

DON GURITAN

De là-bas, dans le nord.

DON CÉSAR

Et moi, de tout là-bas,
Dans le midi[5].

DON GURITAN

Je suis furieux !

DON CÉSAR

N'est-ce pas ?
Moi, je suis enragé !

---

1. Un bœuf : un homme lent d'esprit.

2. Hidalgo de la Castille-Vieille : noble provincial, peu habitué à la capitale.

3. Extravagants : étranges, extraordinaires.

4. Illustre : célèbre.

5. Dans le midi : au sud.

DON GURITAN
J'ai fait douze cents lieues[1] !

DON CÉSAR
Moi, deux mille ! J'ai vu des femmes jaunes, bleues,
Noires, vertes. J'ai vu des lieux du ciel bénis,
Alger, la ville heureuse, et l'aimable Tunis,
Où l'on voit, tant ces Turcs ont des façons accortes[2],
Force gens empalés[3] accrochés sur les portes.

DON GURITAN
On m'a joué[4], monsieur !

DON CÉSAR
Et moi, l'on m'a vendu !

DON GURITAN
L'on m'a presque exilé[5] !

DON CÉSAR
L'on m'a presque pendu !

DON GURITAN
On m'envoie à Neubourg, d'une manière adroite,
Porter ces quatre mots écrits dans une boîte :
« Gardez le plus longtemps possible ce vieux fou ! »

---

1. **Douze cents lieues** : environ 4 800 kilomètres.
2. **Accortes** : agréables.
3. **Empalés** : transpercés.
4. **On m'a joué** : on s'est moqué de moi.
5. **Exilé** : chassé hors du pays.

DON CÉSAR, *éclatant de rire.*

Parfait ! Qui donc cela ?

DON GURITAN

Mais je tordrai le cou
À César de Bazan !

DON CÉSAR, *gravement.*

Ah !

DON GURITAN

Pour comble d'audace,
Tout à l'heure il m'envoie un laquais[1] à sa place.
Pour l'excuser, dit-il ! Un dresseur de buffet[2] !
Je n'ai point voulu voir le valet. Je l'ai fait
Chez moi mettre en prison, et je viens chez le maître.
Ce César de Bazan ! cet impudent[3] ! ce traître !
Voyons, que je le tue ! Où donc est-il ?

DON CÉSAR, *toujours avec gravité.*

C'est moi.

DON GURITAN

Vous ! – raillez-vous[4], monsieur ?

DON CÉSAR

Je suis don César.

1. Laquais : domestique.
2. Dresseur de buffet : domestique chargé de mettre la table.
3. Impudent : qui n'a pas honte de mal se conduire.
4. Raillez-vous : vous moquez-vous de moi ?

DON GURITAN

Quoi !
Encor !

DON CÉSAR

Sans doute, encor !

DON GURITAN

Mon cher, quittez ce rôle.
Vous m'ennuyez[1] beaucoup si vous vous croyez drôle.

DON CÉSAR

Vous, vous m'amusez fort. Et vous m'avez tout l'air
D'un jaloux. Je vous plains énormément, mon cher.
Car le mal qui nous vient des vices qui sont nôtres
Est pire que le mal que nous font ceux des autres.
J'aimerais mieux encore, et je le dis à vous,
Être pauvre qu'avare et cocu que jaloux.
Vous êtes l'un et l'autre au reste. Sur mon âme,
J'attends encor ce soir madame votre femme.

DON GURITAN

Ma femme !

DON CÉSAR

Oui, votre femme !

DON GURITAN

Allons ! je ne suis pas
Marié.

1. **Vous m'ennuyez** : vous me contrariez.

DON CÉSAR

Vous venez faire cet embarras[1] !
Point marié ! Monsieur prend depuis un quart d'heure
L'air d'un mari qui hurle ou d'un tigre qui pleure,
Si bien que je lui donne, avec simplicité,
Un tas de bons conseils en cette qualité !
Mais si vous n'êtes pas marié, par Hercule[2],
De quel droit êtes-vous à ce point ridicule ?

DON GURITAN

Savez-vous bien, monsieur, que vous m'exaspérez ?

DON CÉSAR

Bah !

DON GURITAN

Que c'est trop fort !

DON CÉSAR

Vrai ?

DON GURITAN

Que vous me le paierez !

DON CÉSAR

Il examine d'un air goguenard[3] les souliers de don Guritan, qui disparaissent sous des flots de rubans selon la nouvelle mode.

Jadis on se mettait des rubans sur la tête.

---

1. Cet embarras : ce scandale.

2. Hercule : héros de la mythologie grecque, rendu célèbre par sa force et son courage qui lui permirent d'accomplir douze travaux extraordinaires.

3. Goguenard : amusé.

Aujourd'hui, je le vois, c'est une mode honnête,
On en met sur sa botte. On se coiffe les pieds.
C'est charmant !

DON GURITAN

Nous allons nous battre !

DON CÉSAR, *impassible*[1].

Vous croyez ?

DON GURITAN

Vous n'êtes pas César, la chose me regarde,
Mais je vais commencer par vous.

DON CÉSAR

Bon. Prenez garde
De[2] finir par moi[3].

DON GURITAN

Il lui présente une des deux épées.

Fat[4] ! sur-le-champ[5] !

DON CÉSAR, *prenant l'épée.*

De ce pas.
Quand je tiens un bon duel, je ne le lâche pas !

---

1. Impassible : ne manifestant aucun sentiment.
2. Prenez garde de : attention à.
3. Finir par moi : mourir de ma main.
4. Fat : prétentieux.
5. Sur-le-champ : tout de suite.

DON GURITAN

Où ?

DON CÉSAR

Derrière le mur. Cette rue est déserte.

DON GURITAN, *essayant la pointe de l'épée sur le parquet.*

Pour César, je le tue ensuite !

DON CÉSAR

Vraiment ?

DON GURITAN

Certe !

DON CÉSAR, *faisant aussi ployer*[1] *son épée.*

Bah ! l'un de nous deux mort, je vous défie après
De tuer don César.

DON GURITAN

Sortons !

Ils sortent. On entend le bruit de leurs pas qui s'éloignent. Une petite porte masquée s'ouvre à droite dans le mur, et donne passage à don Salluste.

Scène 6

DON SALLUSTE, *vêtu d'un habit vert sombre presque noir. Il paraît soucieux et préoccupé. Il regarde et écoute avec inquiétude.*

1. **Ployer** : plier.

Aucuns apprêts[1] !
Apercevant la table chargée de mets.
Que veut dire ceci ?
Écoutant le bruit des pas de César et de Guritan.
Quel est donc ce tapage[2] ?
Il se promène rêveur sur l'avant-scène.
Gudiel ce matin a vu sortir le page[3]
Et l'a suivi. – Le page allait chez Guritan. –
Je ne vois pas Ruy Blas. – Et ce page… – Satan !
C'est quelque contre-mine[4] ! oui, quelque avis[5] fidèle
Dont il aura chargé don Guritan pour elle !
– On ne peut rien savoir des muets ! – C'est cela !
Je n'avais pas prévu ce don Guritan-là !
Rentre don César. Il tient à la main l'épée nue qu'il jette en entrant sur un fauteuil.

Scène 7

DON SALLUSTE, DON CÉSAR.

DON CÉSAR, *du seuil de la porte.*
Ah ! j'en étais bien sûr ! vous voilà donc, vieux diable !

DON SALLUSTE, *se retournant, pétrifié[6].*
Don César !

1. **Apprêts** : préparatifs.
2. **Tapage** : bruit.
3. **Page** : jeune homme servant d'aide ou de messager.
4. **Contre-mine** : stratagème pour éviter une attaque.
5. **Avis** : avertissement.
6. **Pétrifié** : immobilisé sous l'effet d'une émotion intense.

DON CÉSAR, *croisant les bras avec un grand éclat de rire.*

Vous tramez[1] quelque histoire effroyable !
Mais je dérange tout, pas vrai, dans ce moment ?
Je viens au beau milieu m'épater[2] lourdement !

DON SALLUSTE, *à part.*

Tout est perdu !

DON CÉSAR, *riant.*

Depuis toute la matinée,
Je patauge à travers vos toiles d'araignée.
Aucun de vos projets ne doit être debout.
Je m'y vautre[3] au hasard. Je vous démolis tout.
C'est très réjouissant.

DON SALLUSTE, *à part.*

Démon ! qu'a-t-il pu faire ?

DON CÉSAR, *riant de plus en plus fort.*

Votre homme au sac d'argent, – qui venait pour l'affaire !
– Pour ce que vous savez ! – qui vous savez ! –

Il rit.

Parfait !

DON SALLUSTE

Eh bien ?

DON CÉSAR

Je l'ai soûlé.

1. Tramez : préparez.
2. M'épater : m'étaler.
3. Je m'y vautre : je m'étale dedans.

DON SALLUSTE

Mais l'argent qu'il avait ?

DON CÉSAR, *majestueusement.*

J'en ai fait des cadeaux à diverses personnes.
Dame ! on a des amis.

DON SALLUSTE

À tort tu me soupçonnes…
Je…

DON CÉSAR, *faisant sonner ses grègues*[1].

J'ai d'abord rempli mes poches, vous pensez.

Il se remet à rire.

Vous savez bien ? la dame !…

DON SALLUSTE

Oh !

DON CÉSAR, *qui remarque son anxiété.*

Que vous connaissez, –

Don Salluste écoute avec un redoublement d'angoisse. Don César poursuit en riant.

Qui m'envoie une duègne[2], affreuse compagnonne,
Dont la barbe fleurit et dont le nez trognonne[3]…

DON SALLUSTE

Pourquoi ?

1. Grègues : sorte de culotte bouffante.
2. Duègne : dame âgée chargée de veiller à la bonne conduite des jeunes femmes.
3. Trognonne : prend la forme d'un trognon.

DON CÉSAR

Pour demander, par prudence et sans bruit,
Si c'est bien don César qui l'attend cette nuit ?…

DON SALLUSTE

À part.

Ciel !

Haut.

Qu'as-tu répondu ?

DON CÉSAR

J'ai dit que oui, mon maître !
Que je l'attendais !

DON SALLUSTE, *à part.*

Tout n'est pas perdu peut-être !

DON CÉSAR

Enfin votre tueur, votre grand capitan,
Qui m'a dit sur le pré s'appeler – Guritan,

Mouvement de don Salluste.

Qui ce matin n'a pas voulu voir, l'homme sage,
Un laquais[1] de César lui portant un message,
Et qui venait céans[2] m'en demander raison[3].

DON SALLUSTE

Eh bien ! qu'en as-tu fait ?

1. Laquais : domestique.
2. Céans : ici.
3. Raison : l'explication.

DON CÉSAR

J'ai tué cet oison[1].

DON SALLUSTE

Vrai ?

DON CÉSAR

Vrai. Là, sous le mur, à cette heure il expire[2].

DON SALLUSTE

Es-tu sûr qu'il soit mort ?

DON CÉSAR

J'en ai peur.

DON SALLUSTE, *à part.*

Je respire !
Allons ! bonté du ciel ! il n'a rien dérangé !
Au contraire. Pourtant donnons-lui son congé[3].
Débarrassons-nous-en ! Quel rude[4] auxiliaire[5] !
Pour l'argent, ce n'est rien.

Haut.

L'histoire est singulière[6].
Et vous n'avez pas vu d'autres personnes ?

1. Oison : niais.
2. Expire : meurt.
3. Donnons-lui son congé : renvoyons-le.
4. Rude : pénible, désagréable.
5. Auxiliaire : aide.
6. Singulière : étrange.

DON CÉSAR

Non.
Mais j'en verrai. Je veux continuer. Mon nom,
Je compte en faire éclat tout à travers la ville.
Je vais faire un scandale affreux. Soyez tranquille.

DON SALLUSTE

À part.

Diable !

Vivement et se rapprochant de don César.

Garde l'argent, mais quitte la maison !

DON CÉSAR

Oui ? Vous me feriez suivre ! On sait votre façon[1].
Puis je retournerais, aimable destinée,
Contempler ton azur[2], ô Méditerranée !
Point[3].

DON SALLUSTE

Crois-moi.

DON CÉSAR

Non. D'ailleurs, dans ce palais-prison,
Je sens quelqu'un en proie à votre trahison.
Toute intrigue de cour est une échelle double.
D'un côté, bras liés, morne[4] et le regard trouble,

1. **Façon** : manière de faire.
2. **Azur** : couleur bleue.
3. **Point** : non.
4. **Morne** : triste, éteint.

Monte le patient ; de l'autre, le bourreau.
– Or, vous êtes bourreau – nécessairement.

DON SALLUSTE

Oh !

DON CÉSAR

Moi, je tire l'échelle, et patatras !

DON SALLUSTE

Je jure…

DON CÉSAR

Je veux, pour tout gâter[1], rester dans l'aventure.
Je vous sais assez fort, cousin, assez subtil[2]
Pour pendre deux ou trois pantins au même fil.
Tiens ! j'en suis un ! Je reste !

DON SALLUSTE

Écoute…

DON CÉSAR

Rhétorique.
Ah ! vous me faites vendre aux pirates d'Afrique !
Ah ! vous me fabriquez ici des faux César !
Ah ! vous compromettez mon nom !

DON SALLUSTE

Hasard !

1. Gâter : gâcher.
2. Subtil : fin, adroit, intelligent.

DON CÉSAR

Hasard ?

Mets que font les fripons[1] pour les sots qui le mangent.
Point de hasard ! Tant pis si vos plans se dérangent !
Mais je prétends sauver ceux qu'ici vous perdez.
Je vais crier mon nom sur les toits.

Il monte sur l'appui de la fenêtre et regarde au dehors.

Attendez !

Juste ! des alguazils[2] passent sous la fenêtre.

Il passe son bras à travers les barreaux, et l'agite en criant.

Holà !

DON SALLUSTE, *effaré*[3], *sur le devant du théâtre.*

À part.

Tout est perdu s'il se fait reconnaître !

Entrent des alguazils précédés d'un alcade[4]. *Don Salluste paraît en proie à une vive perplexité*[5]. *Don César va vers l'alcade d'un air de triomphe.*

Scène 8

LES MÊMES, UN ALCADE, DES ALGUAZILS.

DON CÉSAR, *à l'alcade.*

Vous allez consigner[6] dans vos procès-verbaux…

---

1. **Fripons** : voyous.
2. **Alguazils** : officiers de police.
3. **Effaré** : extrêmement troublé.
4. **Alcade** : magistrat (juge, par exemple).
5. **Perplexité** : incertitude face à une situation complexe.
6. **Consigner** : noter.

DON SALLUSTE, *montrant don César, à l'alcade.*

Que voici le fameux voleur Matalobos !

DON CÉSAR, *stupéfait.*

Comment !

DON SALLUSTE, *à part.*

Je gagne tout en gagnant vingt-quatre heures.

À l'alcade.

Cet homme ose en plein jour entrer dans les demeures.
Saisissez ce voleur.

Les alguazils[1] *saisissent don César au collet.*

DON CÉSAR, *furieux, à don Salluste.*

Je suis votre valet,
Vous mentez hardiment[2] !

L'ALCADE

Qui donc nous appelait ?

DON SALLUSTE

C'est moi.

DON CÉSAR

Pardieu[3] ! c'est fort !

L'ALCADE

Paix ! je crois qu'il raisonne[4].

---

1. Alguazils : officiers de police.
2. Hardiment : sans peur.
3. Pardieu : juron (« pardi ! », « bien sûr ! »).
4. Il raisonne : il conteste, il s'opose à l'accusation de Salluste.

Don César

Mais je suis don César de Bazan en personne !

Don Salluste

Don César ? – Regardez son manteau, s'il vous plaît.
Vous trouverez Salluste écrit sur le collet.
C'est un manteau qu'il vient de me voler.

Les alguazils arrachent le manteau, l'alcade l'examine.

L'alcade

C'est juste.

Don Salluste

Et le pourpoint[1] qu'il porte…

Don César, *à part.*

Oh ! le damné[2] Salluste !

Don Salluste, *continuant.*

Il est au comte d'Albe, auquel il fut volé… –

Montrant un écusson[3] brodé sur le parement[4] de la manche gauche.

Dont voici le blason[5] !

Don César, *à part.*

Il est ensorcelé !

L'alcade, *examinant le blason.*

Oui, les deux châteaux d'or…

1. Pourpoint : vêtement serré à la taille.
2. Damné : maudit.
3. Écusson : symbole imagé d'une famille noble.
4. Parement : ornement du bas des manches.
5. Blason : symbole imagé d'une famille noble.

DON SALLUSTE

Et puis, les deux chaudières[1].
Enriquez et Gusman.

En se débattant, don César fait tomber quelques doublons de ses poches. Don Salluste montre à l'alcade la façon dont elles sont remplies.

Sont-ce là les manières
Dont les honnêtes gens portent l'argent qu'ils ont ?

L'ALCADE, *hochant la tête.*

Hum !

DON CÉSAR, *à part.*

Je suis pris !

Les alguazils le fouillent et lui prennent son argent.

UN ALGUAZIL, *fouillant.*

Voilà des papiers.

DON CÉSAR, *à part.*

Ils y sont !
Oh ! pauvres billets doux sauvés dans mes traverses[2] !

L'ALCADE, *examinant les papiers.*

Des lettres ?... qu'est cela ? – d'écritures diverses ?...

DON SALLUSTE, *lui faisant remarquer les suscriptions.*

Toutes au comte d'Albe !

L'ALCADE

Oui.

1. Sur certains blasons étaient représentées des **chaudières**, sortes de grandes marmites.

2. Traverses : voyages.

Don César

Mais…

Les alguazils, *lui liant les mains.*

Pris ! quel bonheur !

Un alguazil, *entrant, à l'alcade.*

Un homme est là qu'on vient d'assassiner, seigneur.

L'alcade

Quel est l'assassin ?

Don Salluste, *montrant don César.*

Lui !

Don César, *à part.*

Ce duel ! quelle équipée !

Don Salluste

En entrant, il tenait à la main une épée.
La voilà.

L'alcade, *examinant l'épée.*

Du sang. – Bien.

À don César.

Allons, marche avec eux !

Don Salluste, *à don César que les alguazils emmènent.*

Bonsoir, Matalobos.

Don César, *faisant un pas vers lui et le regardant fixement.*

Vous êtes un fier gueux[1] !

1. **Gueux** : homme méprisable.

Acte V

Le tigre et le lion

Même chambre. C'est la nuit. Une lampe est posée sur la table. Au lever du rideau, Ruy Blas est seul. Une sorte de longue robe noire cache ses vêtements.

Scène 1

Ruy Blas, *seul.*

C'est fini. Rêve éteint ! Visions disparues !
Jusqu'au soir au hasard, j'ai marché dans les rues.
J'espère en ce moment. Je suis calme. La nuit,
On pense mieux. La tête est moins pleine de bruit.
Rien de trop effrayant sur ces murailles noires ;
Les meubles sont rangés, les clefs sont aux armoires.
Les muets sont là-haut qui dorment. La maison
Est vraiment bien tranquille. Oh ! oui, pas de raison
D'alarme. Tout va bien. Mon page[1] est très fidèle.
Don Guritan est sûr[2] alors qu'il s'agit d'elle.
Ô mon Dieu ! n'est-ce pas que je puis vous bénir,

1. Page : jeune homme servant d'aide ou de messager.
2. Sûr : fiable, de confiance.

Que vous avez laissé l'avis[1] lui parvenir,
Que vous m'avez aidé, vous, Dieu bon, vous, Dieu juste,
À protéger cet ange, à déjouer Salluste,
Qu'elle n'a rien à craindre, hélas ! rien à souffrir,
Et qu'elle est bien sauvée, – et que je puis mourir ?

Il tire de sa poitrine une petite fiole[2] qu'il pose sur la table.

Oui, meurs maintenant, lâche ! et tombe dans l'abîme[3] !
Meurs comme on doit mourir quand on expie[4] un crime !
Meurs dans cette maison, vil[5], misérable et seul !

Il écarte sa robe noire sous laquelle on entrevoit la livrée[6] qu'il portait au premier acte.

– Meurs avec ta livrée enfin sous ton linceul[7] !
– Dieu ! si ce démon vient voir sa victime morte,

Il pousse un meuble de façon à barricader la porte secrète.

Qu'il n'entre pas du moins par cette horrible porte !

Il revient vers la table.

– Oh ! Le page a trouvé Guritan, c'est certain,
Il n'était pas encor huit heures du matin.

Il fixe son regard sur la fiole.

– Pour moi, j'ai prononcé mon arrêt, et j'apprête
Mon supplice, et je vais moi-même sur ma tête
Faire choir[8] du tombeau le couvercle pesant.
J'ai du moins le plaisir de penser qu'à présent
Personne n'y peut rien. Ma chute est sans remède !

---

1. Avis : avertissement.
2. Fiole : petite bouteille.
3. Abîme : trou immense.
4. On expie : on paie pour.
5. Vil : méprisable.
6. Livrée : uniforme des domestiques d'une maison.
7. Linceul : linge qui entoure le corps d'un défunt.
8. Choir : tomber.

S'asseyant sur le fauteuil.

Elle m'aimait pourtant ! – Que Dieu me soit en aide !
Je n'ai pas de courage !

Il pleure.

Oh ! l'on aurait bien dû
Nous laisser en paix !

Il cache sa tête dans ses mains et pleure à sanglots.

Dieu !

Relevant la tête comme égaré, regardant la fiole.

L'homme qui m'a vendu
Ceci me demandait quel jour du mois nous sommes.
Je ne sais pas. J'ai mal dans la tête. Les hommes
Sont méchants. Vous mourez, personne ne s'émeut.
Je souffre ! – Elle m'aimait ! – Et dire qu'on ne peut
Jamais rien ressaisir[1] d'une chose passée ! –
Je ne la verrai plus ! – Sa main que j'ai pressée,
Sa bouche qui toucha mon front… – Ange adoré !
Pauvre ange ! – Il faut mourir, mourir désespéré !
Sa robe où tous les plis contenaient de la grâce,
Son pied qui fait trembler mon âme quand il passe,
Son œil où s'enivraient mes yeux irrésolus[2],
Son sourire, sa voix… – Je ne la verrai plus !
Je ne l'entendrai plus ! – Enfin c'est donc possible ?
Jamais ?

Il avance avec angoisse sa main vers la fiole[3] ; au moment où il la saisit convulsivement[4], la porte du fond s'ouvre. La reine

1. **Ressaisir** : rattraper.
2. **Irrésolus** : indécis, incertains.
3. **Fiole** : petite bouteille.
4. **Convulsivement** : violemment, frénétiquement.

paraît, vêtue de blanc, avec une mante[1] *de couleur sombre, dont le capuchon, rejeté sur ses épaules, laisse voir sa tête pâle. Elle tient une lanterne sourde*[2] *à la main, elle la pose à terre, et marche rapidement vers Ruy Blas.*

Scène 2

RUY BLAS, LA REINE.

LA REINE, *entrant.*

Don César !

RUY BLAS, *se retournant avec un mouvement d'épouvante et fermant précipitamment la robe qui cache sa livrée*[3].

Dieu ! c'est elle ! – Au piège horrible
Elle est prise !

Haut.

Madame… !

LA REINE

Eh bien ! quel cri d'effroi[4] !
César…

RUY BLAS

Qui vous a dit de venir ici ?

1. **Mante** : ample manteau sans manche, à capuchon.
2. **Lanterne sourde** : lanterne dont on peut cacher la lumière.
3. **Livrée** : uniforme des domestiques d'une maison.
4. **Effroi** : peur.

LA REINE

Toi.

RUY BLAS

Moi ? – Comment ?

LA REINE

J'ai reçu de vous…

RUY BLAS, *haletant.*

Parlez donc vite !

LA REINE

Une lettre.

RUY BLAS

De moi ?

LA REINE

De votre main écrite.

RUY BLAS

Mais c'est à se briser le front contre le mur !
Mais je n'ai pas écrit, pardieu[1] ! j'en suis bien sûr !

LA REINE, *tirant de sa poitrine un billet qu'elle lui présente.*

Lisez donc.

Ruy Blas prend la lettre avec emportement, se penche vers la lampe et lit.

---

1. Pardieu : juron (« pardi », « bien sûr ! »).

RUY BLAS, *lisant.*

« Un danger terrible est sur ma tête.
Ma reine seule peut conjurer[1] la tempête…

Il regarde la lettre avec stupeur, comme ne pouvant aller plus loin.

LA REINE, *continuant, et lui montrant du doigt la ligne qu'elle lit.*

En venant me trouver ce soir dans ma maison.
Sinon, je suis perdu. »

RUY BLAS, *d'une voix éteinte.*

Ho ! quelle trahison !
Ce billet !

LA REINE, *continuant de lire.*

« Par la porte au bas de l'avenue,
Vous entrerez la nuit sans être reconnue.
Quelqu'un de dévoué vous ouvrira. »

RUY BLAS, *à part.*

J'avais
Oublié ce billet.

À la reine, d'une voix terrible.

Allez-vous-en !

LA REINE

Je vais
M'en aller, don César. Ô mon Dieu, que vous êtes
Méchant ! Qu'ai-je donc fait ?

1. Conjurer : empêcher.

RUY BLAS

Ô ciel ! ce que vous faites ?
Vous vous perdez !

LA REINE

Comment ?

RUY BLAS

Je ne puis l'expliquer.
Fuyez vite.

LA REINE

J'ai même, et pour ne rien manquer,
Eu le soin d'envoyer ce matin une duègne[1]…

RUY BLAS

Dieu ! – mais à chaque instant, comme d'un cœur qui saigne,
Je sens que votre vie à flots coule et s'en va.
Partez !

LA REINE, *comme frappée d'une idée subite*[2].

Le dévouement que mon amour rêva
M'inspire[3]. Vous touchez à quelque instant funeste[4].
Vous voulez m'écarter de vos dangers ! – Je reste.

RUY BLAS

Ah ! Voilà, par exemple, une idée ! Ô mon Dieu !
Rester à pareille heure et dans un pareil lieu !

---

1. Duègne : dame âgée chargée de veiller à la bonne conduite des jeunes femmes.
2. Subite : soudaine.
3. M'inspire : me fait comprendre la situation.
4. Funeste : tragique.

LA REINE

La lettre est bien de vous. Ainsi…

RUY BLAS, *levant les bras au ciel de désespoir.*

Bonté divine !

LA REINE

Vous voulez m'éloigner.

RUY BLAS, *lui prenant les mains.*

Comprenez !

LA REINE

Je devine.

Dans le premier moment vous m'écrivez, et puis…

RUY BLAS

Je ne t'ai pas écrit. Je suis un démon. Fuis !
Mais c'est toi, pauvre enfant, qui te prends dans un piège !
Mais c'est vrai ; mais l'enfer de tous côtés t'assiège !
Pour te persuader je ne trouve donc rien ?
Écoute, comprends donc, je t'aime, tu sais bien.
Pour sauver ton esprit de ce qu'il imagine,
Je voudrais arracher mon cœur de ma poitrine !
Oh ! je t'aime. Va-t'en !

LA REINE

Don César…

RUY BLAS

Oh ! va-t'en !

– Mais, j'y songe, on a dû t'ouvrir ?

LA REINE

Mais oui.

RUY BLAS

Satan !

Qui ?

LA REINE

Quelqu'un de masqué, caché par la muraille.

RUY BLAS

Masqué ! Qu'a dit cet homme ? est-il de haute taille ?
Cet homme, quel est-il ? Mais parle donc ! j'attends !

Un homme en noir et masqué paraît à la porte du fond.

L'HOMME MASQUÉ

C'est moi !

Il ôte son masque. C'est don Salluste. La reine et Ruy Blas le reconnaissent avec terreur.

Scène 3

LES MÊMES, DON SALLUSTE.

RUY BLAS

Grand Dieu ! – Fuyez, madame !

DON SALLUSTE

Il n'est plus temps.

Madame de Neubourg n'est plus reine d'Espagne.

La reine, *avec horreur.*

Don Salluste !

Don Salluste, *montrant Ruy Blas.*

À jamais vous êtes la compagne
De cet homme.

La reine

Grand Dieu ! c'est un piège en effet !
Et don César…

Ruy Blas, *désespéré.*

Madame, hélas ! qu'avez-vous fait ?

Don Salluste, *s'avançant à pas lents vers la reine.*

Je vous tiens. – Mais je vais parler, sans lui déplaire,
À votre majesté, car je suis sans colère.
Je vous trouve, – écoutez, ne faisons pas de bruit, –
Seule avec don César, dans sa chambre, à minuit.
Ce fait, – pour une reine, – étant public, en somme,
Suffit pour annuler le mariage à Rome.
Le saint-père[1] en serait informé promptement[2].
Mais on supplée au fait[3] par le consentement[4].
Tout peut rester secret.

Il tire de sa poche un parchemin qu'il déroule et qu'il présente à la reine.

Signez-moi cette lettre

1. Saint-père : pape.
2. Promptement : rapidement.
3. On supplée au fait : on évite cela.
4. Consentement : accord.

Au seigneur notre roi. Je la ferai remettre
Par le grand écuyer au notaire mayor[1].
Ensuite, – une voiture[2], où j'ai mis beaucoup d'or,

Désignant le dehors.

Est là. – Partez tous deux sur-le-champ[3]. Je vous aide.
Sans être inquiétés[4], vous pourrez par Tolède
Et par Alcantara gagner le Portugal.
Allez où vous voudrez, cela nous est égal.
Nous fermerons les yeux. – Obéissez. Je jure
Que seul en ce moment je connais l'aventure[5] ;
Mais si vous refusez, Madrid sait tout demain.
Ne nous emportons pas[6]. Vous êtes dans ma main.

Montrant la table sur laquelle il y a une écritoire[7].

Voilà tout ce qu'il faut pour écrire, madame.

LA REINE, *atterrée[8], tombant sur le fauteuil.*

Je suis en son pouvoir !

DON SALLUSTE

De vous je ne réclame
Que ce consentement[9] pour le porter au roi.

Bas, à Ruy Blas, qui écoute tout immobile et comme frappé de la foudre.

---

1. **Notaire mayor** : premier secrétaire.
2. **Voiture** : carosse tiré par des chevaux.
3. **Sur-le-champ** : immédiatement.
4. **Inquiétés** : dérangés.
5. **L'aventure** : l'histoire.
6. **Ne nous emportons pas** : ne nous énervons pas.
7. **Écritoire** : matériel pour écrire.
8. **Atterrée** : abattue, accablée.
9. **Consentement** : accord.

Laisse-moi faire, ami, je travaille pour toi !

À la reine.

Signez.

LA REINE, *tremblante, à part.*

Que faire ?

DON SALLUSTE, *se penchant à son oreille et lui présentant une plume.*

Allons ! qu'est-ce qu'une couronne ?
Vous gagnez le bonheur si vous perdez le trône.
Tous mes gens sont restés dehors. On ne sait rien
De ceci. Tout se passe entre nous trois.

Essayant de lui mettre la plume entre les doigts sans qu'elle la repousse ni la prenne.

Eh bien ?

La reine, indécise[1] *et égarée*[2], *le regarde avec angoisse.*

Si vous ne signez point, vous vous frappez vous-même.
Le scandale et le cloître !

LA REINE, *accablée*[3].

Ô Dieu !

DON SALLUSTE, *montrant Ruy Blas.*

César vous aime.
Il est digne de vous. Il est, sur mon honneur,
De fort grande maison[4]. Presque un prince. Un seigneur

1. Indécise : ne sachant que faire.
2. Égarée : extrêmement troublée.
3. Accablée : désespérée.
4. Maison : famille.

Ayant donjon sur roche et fief[1] dans la campagne.
Il est duc d'Olmedo, Bazan, et grand d'Espagne[2]…

Il pousse sur le parchemin la main de la reine éperdue et tremblante, et qui semble prête à signer.

RUY BLAS, *comme se réveillant tout à coup.*

Je m'appelle Ruy Blas, et je suis un laquais[3] !

Arrachant des mains de la reine la plume et le parchemin qu'il déchire.

Ne signez pas, madame ! – Enfin ! – Je suffoquais[4] !

LA REINE

Que dit-il ? Don César !

RUY BLAS, *laissant tomber sa robe et se montrant vêtu de la livrée[5] ; sans épée.*

Je dis que je me nomme
Ruy Blas, et que je suis le valet de cet homme !

Se retournant vers don Salluste.

Je dis que c'est assez de trahison ainsi,
Et que je ne veux pas de mon bonheur ! – Merci !
– Ah ! vous avez eu beau me parler à l'oreille !
Je dis qu'il est bien temps qu'enfin je me réveille ! –
Quoique tout garrotté[6] dans vos complots hideux[7],
Et que je n'irai pas plus loin, et qu'à nous deux,

1. **Fief** : domaine.
2. **Grand d'Espagne** : noble parmi les plus importants du royaume.
3. **Laquais** : domestique.
4. **Je suffoquais** : j'étouffais.
5. **Livrée** : uniforme des domestiques d'une maison.
6. **Garrotté** : attaché, emprisonné.
7. **Hideux** : ignobles, d'une grande laideur morale.

Monseigneur, nous faisons un assemblage infâme[1],
J'ai l'habit d'un laquais, et vous en avez l'âme !

DON SALLUSTE, *à la reine, froidement.*

Cet homme est en effet mon valet.

À Ruy Blas avec autorité.

Plus un mot.

LA REINE, *laissant enfin échapper un cri de désespoir et se tordant les mains.*

Juste ciel !

DON SALLUSTE, *poursuivant.*

Seulement il a parlé trop tôt.

Il croise les bras et se redresse, avec une voix tonnante[2].

Eh bien, oui ! maintenant disons tout. Il n'importe !
Ma vengeance est assez complète de la sorte.

À la reine.

Qu'en pensez-vous ? Madrid va rire, sur ma foi !
Ah ! vous m'avez cassé ! je vous détrône, moi.
Ah ! vous m'avez banni[3] ! je vous chasse, et m'en vante !
Ah ! vous m'avez pour femme offert votre suivante[4] !

Il éclate de rire.

Moi, je vous ai donné mon laquais pour amant.
Vous pourrez l'épouser aussi ! certainement.
Le roi s'en va ! – Son cœur sera votre richesse,

Il rit.

---

1. **Infâme** : ignoble, méprisable.
2. **Tonnante** : très forte.
3. **Banni** : chassé hors du pays.
4. **Suivante** : dame de compagnie.

Et vous l'aurez fait duc afin d'être duchesse !

Grinçant des dents.

Ah ! vous m'avez brisé, flétri[1], mis sous vos pieds,
Et vous dormiez en paix, folle que vous étiez !

Pendant qu'il a parlé, Ruy Blas est allé à la porte du fond et en a poussé le verrou, puis il s'est approché de lui sans qu'il s'en soit aperçu, par derrière, à pas lents. Au moment où don Salluste achève, fixant des yeux pleins de haine et de triomphe sur la reine anéantie[2], Ruy Blas saisit l'épée du marquis par la poignée et la tire vivement.

RUY BLAS, *terrible, l'épée de don Salluste à la main.*

Je crois que vous venez d'insulter votre reine !

Don Salluste se précipite vers la porte. Ruy Blas la lui barre.

– Oh ! n'allez point par là, ce n'en est pas la peine,
J'ai poussé le verrou depuis longtemps déjà. –
Marquis, jusqu'à ce jour Satan te protégea,
Mais, s'il veut t'arracher de mes mains, qu'il se montre !
– À mon tour ! – On écrase un serpent qu'on rencontre.
– Personne n'entrera, ni tes gens, ni l'enfer !
Je te tiens écumant sous mon talon de fer !
– Cet homme vous parlait insolemment, madame ?
Je vais vous expliquer. Cet homme n'a point d'âme,
C'est un monstre. En riant hier il m'étouffait.
Il m'a broyé[3] le cœur à plaisir. Il m'a fait
Fermer une fenêtre, et j'étais au martyre !
Je priais ! je pleurais ! je ne peux pas vous dire !

Au marquis.

1. Flétri : humilié.
2. Anéantie : brisée, sans force.
3. Broyé : écrasé.

Vous contiez vos griefs[1] dans ces derniers moments.
Je ne répondrai pas à vos raisonnements.
Et d'ailleurs – je n'ai pas compris. – Ah ! misérable !
Vous osez, – votre reine ! une femme adorable !
Vous osez l'outrager[2] quand je suis là ! – Tenez,
Pour un homme d'esprit, vraiment, vous m'étonnez !
Et vous vous figurez que je vous verrai faire
Sans rien dire ! – Écoutez, quelle que soit sa sphère[3],
Monseigneur, lorsqu'un traître, un fourbe[4] tortueux[5],
Commet de certains faits rares et monstrueux,
Noble ou manant[6], tout homme a droit, sur son passage,
De venir lui cracher sa sentence[7] au visage,
Et de prendre une épée, une hache, un couteau !... –
Pardieu[8] ! j'étais laquais ! quand je serais bourreau ?

LA REINE

Vous n'allez pas frapper cet homme ?

RUY BLAS

Je me blâme[9]
D'accomplir devant vous ma fonction, madame.
Mais il faut étouffer cette affaire en ce lieu.

1. **Griefs** : reproches.
2. **Outrager** : insulter gravement.
3. **Sphère** : milieu d'origine.
4. **Fourbe** : homme malhonnête.
5. **Tortueux** : qui use de moyens détournés. Par extension, ici, malhonnête.
6. **Manant** : homme du peuple.
7. **Sentence** : vérité.
8. **Pardieu** : juron (« pardi ! », « bien sûr ! »).
9. **Je me blâme** : je m'en veux.

Il pousse don Salluste vers le cabinet[1].

C'est dit, monsieur ! allez là-dedans prier Dieu !

DON SALLUSTE

C'est un assassinat !

RUY BLAS

Crois-tu ?

DON SALLUSTE, *désarmé, et jetant un regard plein de rage autour de lui.*

Sur ces murailles
Rien ! pas d'arme !

À Ruy Blas.

Une épée au moins !

RUY BLAS

Marquis ! tu railles[2] !
Maître ! est-ce que je suis un gentilhomme[3], moi ?
Un duel ! fi donc ! je suis un de tes gens[4] à toi,
Valetaille[5] de rouge et de galons[6] vêtue,
Un maraud[7] qu'on châtie[8] et qu'on fouette, – et qui tue.
Oui, je vais te tuer, monseigneur, vois-tu bien ?
Comme un infâme[9] ! comme un lâche ! comme un chien !

---

1. Cabinet : petite pièce isolée.
2. Tu railles : tu plaisantes.
3. Gentilhomme : noble.
4. Gens : domestiques.
5. Valetaille : domestique sans importance.
6. Galons : bandes de tissu plus épaisses et plus étroites qu'un ruban.
7. Maraud : bon à rien.
8. Qu'on châtie : qu'on punit.
9. Infâme : personne ignoble.

LA REINE

Grâce[1] pour lui !

RUY BLAS, *à la reine, saisissant le marquis.*

Madame, ici chacun se venge.
Le démon ne peut plus être sauvé par l'ange !

LA REINE, *à genoux.*

Grâce !

DON SALLUSTE, *appelant.*

Au meurtre ! au secours !

RUY BLAS, *levant l'épée.*

As-tu bientôt fini ?

DON SALLUSTE, *se jetant sur lui en criant.*

Je meurs assassiné ! Démon !

RUY BLAS, *le poussant dans le cabinet*[2].

Tu meurs puni !

Ils disparaissent dans le cabinet, dont la porte se referme sur eux.

LA REINE, *restée seule, tombant demi-morte sur le fauteuil.*

Ciel !

Un moment de silence. Rentre Ruy Blas, pâle, sans épée.

1. **Grâce** : pitié.
2. **Cabinet** : petite pièce isolée.

Scène 4

LA REINE, RUY BLAS.

Ruy Blas fait quelques pas en chancelant[1] *vers la reine immobile et glacée, puis il tombe à deux genoux, l'œil fixé à terre, comme s'il n'osait lever les yeux jusqu'à elle.*

RUY BLAS, *d'une voix grave et basse.*

Maintenant, madame, il faut que je vous dise.
– Je n'approcherai pas. – Je parle avec franchise.
Je ne suis point coupable autant que vous croyez.
Je sens, ma trahison, comme vous la voyez,
Doit vous paraître horrible… Oh ! ce n'est pas facile
À raconter. Pourtant je n'ai pas l'âme vile[2].
Je suis honnête au fond. – Cet amour m'a perdu. –
Je ne me défends pas, je sais bien, j'aurais dû
Trouver quelque moyen. La faute est consommée !
– C'est égal, voyez-vous, je vous ai bien aimée.

LA REINE

Monsieur…

RUY BLAS, *toujours à genoux.*

N'ayez pas peur, je n'approcherai point.
À votre majesté je vais de point en point
Tout dire. Oh ! croyez-moi, je n'ai pas l'âme vile ! –
Aujourd'hui tout le jour j'ai couru par la ville
Comme un fou. Bien souvent on m'a regardé.
Auprès de l'hôpital que vous avez fondé,

1. **En chancelant** : sur le point de tomber, ayant du mal à rester debout.
2. **Vile** : basse, méprisable.

J'ai senti vaguement, à travers mon délire,
Une femme du peuple essuyer sans rien dire
Les gouttes de sueur qui tombaient de mon front.
Ayez pitié de moi, mon Dieu ! mon cœur se rompt !

LA REINE

Que voulez-vous ?

RUY BLAS, *joignant les mains.*

Que vous me pardonniez, madame !

LA REINE

Jamais !

RUY BLAS

Jamais !

Il se lève et marche lentement vers la table.

Bien sûr ?

LA REINE

Non. Jamais !

RUY BLAS

Il prend la fiole[1] *posée sur la table, la porte à ses lèvres et la vide d'un trait.*

Triste flamme,
Éteins-toi !

LA REINE, *se levant et courant vers lui.*

Que fait-il ?

1. Fiole : petite bouteille.

RUY BLAS, *posant la fiole.*

Rien. Mes maux sont finis.
Rien. Vous me maudissez, et moi je vous bénis.
Voilà tout.

LA REINE, *éperdue.*

Don César !

RUY BLAS

Quand je pense, pauvre ange,
Que vous m'avez aimé !

LA REINE

Quel est ce philtre[1] étrange ?
Qu'avez-vous fait ? Dis-moi ! réponds-moi ! parle-moi !
César ! je te pardonne et t'aime et je te croi !

RUY BLAS

Je m'appelle Ruy Blas.

LA REINE, *l'entourant de ses bras.*

Ruy Blas, je vous pardonne !
Mais qu'avez-vous fait là ? Parle, je te l'ordonne !
Ce n'est pas du poison, cette affreuse liqueur[2] ?
Dis ?

RUY BLAS

Si ! C'est du poison. Mais j'ai la joie au cœur.

Tenant la reine embrassée[3] *et levant les yeux au ciel.*

1. **Philtre** : potion.
2. **Liqueur** : liquide.
3. **Embrassée** : dans ses bras.

Permettez, ô mon Dieu ! justice souveraine !
Que ce pauvre laquais bénisse cette reine,
Car elle a consolé mon cœur crucifié [1],
Vivant, par son amour, mourant, par sa pitié !

La reine

Du poison ! Dieu ! c'est moi qui l'ai tué ! Je t'aime !
Si j'avais pardonné ?…

Ruy Blas, *défaillant* [2].

J'aurais agi de même.

Sa voix s'éteint. La reine le soutient dans ses bras.

Je ne pouvais plus vivre. Adieu !

Montrant la porte.

Fuyez d'ici !
Tout restera secret. – Je meurs.

Il tombe.

La reine, *se jetant sur son corps.*

Ruy Blas !

Ruy Blas, *qui allait mourir, se réveille à son nom prononcé par la reine.*

Merci !

1. Crucifié : cloué sur la croix (référence à la mort du Christ).
2. Défaillant : s'évanouissant.

NOTE [DE HUGO]

Il est arrivé à l'auteur de voir représenter en province *Angelo tyran de Padoue*[1], par des acteurs qui prononçaient *Tisbe, Dafne*, fort satisfaisants, du reste, sous d'autres rapports. Il lui paraît donc utile d'indiquer ici, pour ceux qui pourraient l'ignorer, que dans les noms espagnols et italiens, les *e* doivent se prononcer *é*. Quand on lit *Teve, Camporeal, Oñate*, il faut dire *Tévé, Camporéal, Ognaté.* Après cette observation, qui s'adresse particulièrement aux régisseurs des théâtres de province où l'on pourrait monter *Ruy Blas*, l'auteur croit à propos d'expliquer, pour le lecteur, deux ou trois mots spéciaux employés dans ce drame. Ainsi *almojarifazgo* est le mot arabe par lequel on désignait, dans l'ancienne monarchie espagnole, le tribut de cinq pour cent que payaient au roi toutes les marchandises qui allaient d'Espagne aux Indes[2] ; ainsi l'impôt des *ports secs* signifie le droit de douane des villes frontières. Du reste, et cela va sans dire, il n'y a pas dans *Ruy Blas* un détail de vie privée ou publique, d'intérieur, d'ameublement, de blason[3], d'étiquette[4], de biographie, de chiffre, ou de topographie[5],

---

1. ***Angelo tyran de Padoue*** : pièce de Victor Hugo (1835).

2. Aux Indes : en Amérique.

3. Blason : symbole imagé d'une famille noble.

4. Étiquette : règles de vie à la cour.

5. Topographie : description des lieux.

qui ne soit scrupuleusement[1] exact. Ainsi, quand le comte de Camporeal dit : *La maison de la reine, ordinaire et civile, coûte par an six cent soixante-quatre mille soixante-six ducats*[2], on peut consulter *Solo Madrid es corte*[3], on y trouvera cette somme pour le règne de Charles II[4], sans un maravedi[5] de plus ou de moins. Quand don Salluste dit : *Sandoval porte d'or à la bande de sable*, on n'a qu'à recourir au registre de la grandesse pour s'assurer que don Salluste ne change rien au blason de Sandoval. Quand le laquais[6] du quatrième acte dit : *L'or est en souverains, bons quadruples pesant sept gros trente-six grains, ou bons doublons*[7] *au marc*, on peut ouvrir le livre des monnaies publié sous Philippe IV[8], *en la imprenta real*[9]. De même pour le reste. L'auteur pourrait multiplier à l'infini ce genre d'observations, mais on comprendra qu'il s'arrête ici. Toutes ses pièces pourraient être escortées[10] d'un volume de notes dont il se dispense et dont il dispense le lecteur. Il l'a déjà dit ailleurs, et il espère qu'on s'en souvient peut-être, à *défaut de talent, il a la conscience.* Et cette conscience, il veut la porter en tout, dans les petites choses comme dans les grandes, dans la citation d'un chiffre comme dans la peinture des cœurs et des âmes, dans le dessin d'un blason comme dans l'analyse des caractères et des passions.

1. Scrupuleusement : rigoureusement.
2. Ducats : pièces d'or.
3. ***Solo Madrid es corte*** : ouvrage historique rédigé par Alonso Núñez de Castro en 1675.
4. Charles II : roi d'Espagne de 1665 à 1700.
5. Maravedi : ancienne monnaie espagnole de faible valeur.
6. Laquais : domestique.
7. Doublons : pièces d'or.
8. Philippe IV : père de Charles II et roi d'Espagne de 1621 à 1665.
9. En la imprenta real : en espagnol, « à l'imprimerie royale ».
10. Escortées : accompagnées.

Seulement, il croit devoir maintenir rigoureusement chaque chose dans sa proportion, et ne jamais souffrir que le petit détail sorte de sa place. Les petits détails d'histoire et de vie domestique doivent être scrupuleusement étudiés et reproduits par le poète, mais uniquement comme des moyens d'accroître[1] la réalité de l'ensemble, et de faire pénétrer jusque dans les coins les plus obscurs[2] de l'œuvre cette vie générale et puissante au milieu de laquelle les personnages sont plus vrais et les catastrophes, par conséquent, plus poignantes[3]. Tout doit être subordonné[4] à ce but. L'homme sur le premier plan, le reste au fond.

Pour en finir avec les observations minutieuses[5], notons encore en passant que Ruy Blas, au théâtre, dit (acte III) : Monsieur de Priego, *comme sujet du roi*, etc., et que dans le livre il dit : *comme noble du roi*[6]. Le livre donne l'expression juste. En Espagne, il y avait deux espèces de nobles, les *nobles du royaume*, c'est-à-dire tous les gentilshommes, et les *nobles du roi*, c'est-à-dire les grands d'Espagne[7]. Or, M. de Priego est grand d'Espagne, et, par conséquent, noble du roi. Mais l'expression aurait pu paraître obscure à quelques spectateurs peu lettrés ; et, comme au théâtre deux ou trois personnes qui ne comprennent pas se croient parfois le droit de troubler deux mille personnes qui comprennent, l'auteur a fait dire à Ruy Blas *sujet du roi* pour *noble du roi*, comme il avait déjà fait dire à Angelo Malipieri la

1. Accroître : améliorer.
2. Obscurs : sombres.
3. Poignantes : touchantes.
4. Subordonné : soumis.
5. Minutieuses : précises.
6. Voir p. 137, acte III, scène 5, vers 1336.
7. Grands d'Espagne : nobles les plus importants du royaume.

croix rouge au lieu de la *croix de gueules*. Il en offre ici toutes ses excuses aux spectateurs intelligents.

Maintenant, qu'on lui permette d'accomplir un devoir qui est pour lui un plaisir, c'est-à-dire d'adresser un remerciement public à cette troupe excellente qui vient de se révéler tout à coup par *Ruy Blas* au public parisien dans la belle salle Ventadour, et qui a tout à la fois l'éclat des troupes neuves et l'ensemble[1] des troupes anciennes. Il n'est pas un personnage de cette pièce, si petit qu'il soit, qui ne soit remarquablement bien représenté, et plusieurs des rôles secondaires laissent entrevoir aux connaisseurs, par des ouvertures trop étroites à la vérité, des talents fort distingués. Grâce, en grande partie, à cette troupe si intelligente et si bien faite, de hautes destinées attendent, nous n'en doutons pas, ce magnifique théâtre, déjà aussi royal qu'aucun des théâtres royaux, et plus utile aux lettres qu'aucun des théâtres subventionnés[2].

Quant à nous, pour nous borner aux rôles principaux, félicitons M. Féréol de cette science d'excellent comédien avec laquelle il a reproduit la figure chevaleresque et gravement bouffonne[3] de don Guritan. Au XVIIe siècle, il restait encore en Espagne quelques don Quichotte[4] malgré Cervantes. M. Féréol s'en est spirituellement[5] souvenu.

M. Alexandre Mauzin a supérieurement compris et composé don Salluste. Don Salluste, c'est Satan, mais c'est Satan grand d'Espagne de première classe ; c'est l'orgueil du démon sous la

1. **L'ensemble** : la cohésion, le sens du collectif.
2. **Théâtres subventionnés** : théâtre officiels, financés par l'État.
3. **Bouffonne** : comique.
4. **Don Quichotte** : héros du roman éponyme (1605-1615) de Cervantès.
5. **Spirituellement** : avec finesse.

fierté du marquis ; du bronze sous de l'or ; un personnage poli, sérieux, contenu[1], sobrement[2] railleur[3], froid, lettré, homme du monde, avec des éclairs infernaux. Il faut à l'acteur qui aborde ce rôle, et c'est ce que tous les connaisseurs ont trouvé dans M. Alexandre, une manière tranquille, sinistre[4] et grande, avec deux explosions terribles, l'une au commencement, l'autre à la fin.

Le rôle de don César a naturellement eu beaucoup d'aventures dont les journaux et les tribunaux ont entretenu le public. En somme, le résultat a été le plus heureux du monde. Don César a fort cavalièrement[5] pris au boulevard[6] et fort légitimement donné à la comédie un bien qui lui appartenait, c'est-à-dire le talent vrai, fin, souple, charmant, irrésistiblement gai et singulièrement littéraire de M. Saint-Firmin.

La reine est un ange, et la reine est une femme. Le double aspect de cette chaste[7] figure a été reproduit par Mademoiselle Louise Beaudouin avec une intelligence rare et exquise[8]. Au cinquième acte, Marie de Neubourg repousse le laquais et s'attendrit sur le mourant ; reine devant la faute, elle redevient femme devant l'expiation[9]. Aucune de ces nuances n'a échappé à Mademoiselle Beaudouin qui s'est élevée très haut dans ce rôle. Elle a eu la pureté, la dignité et le pathétique[10].

1. Contenu : qui se maîtrise.
2. Sobrement : sans excès.
3. Railleur : moqueur.
4. Sinistre : triste, lugubre.
5. Cavalièrement : avec une liberté insolente.
6. Boulevard : théâtre de boulevard.
7. Chaste : pure.
8. Exquise : délicieuse.
9. Expiation : réparation de sa faute.
10. Le pathétique : ce qui bouleverse, notamment par l'évocation de la souffrance.

Quant à M. Frédérick Lemaître, qu'en dire ? Les acclamations enthousiastes de la foule le saisissent à son entrée en scène et le suivent jusqu'après le dénouement. Rêveur et profond au premier acte, mélancolique au deuxième, grand, passionné et sublime[1] au troisième, il s'élève au cinquième acte à l'un de ces prodigieux[2] effets tragiques du haut desquels l'acteur rayonnant domine tous les souvenirs de son art. Pour les vieillards, c'est Lekain et Garrick mêlés dans un seul homme ; pour nous, contemporains, c'est l'action de Kean combinée avec l'émotion de Talma[3]. Et puis, partout, à travers les éclairs éblouissants de son jeu, M. Frédérick a des larmes, de ces vraies larmes qui font pleurer les autres, de ces larmes dont parle Horace, *Si vis me flere, dolendum est primum ipse tibi*[4]. Dans *Ruy Blas*, M. Frédérick réalise pour nous l'idéal du grand acteur. Il est certain que toute sa vie de théâtre, le passé comme l'avenir, sera illuminée par cette création radieuse[5]. Pour M. Frédérick, la soirée du 8 novembre 1838 n'a pas été une représentation, mais une transfiguration[6].

1. Sublime : qui force l'admiration.

2. Prodigieux : incroyables.

3. Lekain, Garrick, Kean, Talma : grands acteurs de l'époque.

4. *Si vis me flere, dolendum est primum ipse tibi* : en latin, « si tu veux que je pleure, il faut que tu pleures toi-même le premier » (*Art poétique* [14 av. J.-C.] d'Horace).

5. Radieuse : rayonnante.

6. Transfiguration : transformation d'une personne, qui prend soudain un éclat inhabituel.

ANTHOLOGIE
SUR LES MAÎTRES ET VALETS

La relation entre maîtres et serviteurs, très féconde sur le plan dramaturgique, témoigne de l'évolution de la conception des rapports de domination dans la société à travers l'histoire.

Sur scène, le serviteur peut jouer un rôle d'auxiliaire, mais aussi s'opposer à son maître, générant ainsi des conflits qui nourrissent l'action. Dans des buts divers, l'un ou l'autre met fréquemment au point un stratagème d'inversion des rôles le temps de quelques scènes. Ce jeu carnavalesque, où chacun prend provisoirement la place d'un autre, véritable théâtre dans le théâtre, est riche de rebondissements, comiques ou tragiques, dont le spectateur est complice.

Si dans le théâtre antique les serviteurs sont réduits à leur fonction de domestique, ils s'étoffent sous la plume de Molière qui en fait parfois le relais du spectateur sur scène. Au XVIIIe siècle, Marivaux et Beaumarchais interrogent les inégalités sociales avec subtilité. Le romantisme met ensuite l'accent sur les tourments intérieurs endurés dans la servitude. Enfin, les XXe et XXIe siècles mettent en scène des formes modernes de domination et s'interrogent sur l'ambivalence de ces relations de pouvoir.

■ **La figure de l'esclave** (théâtre antique)

Dans le cadre familial de la comédie antique, l'esclave joue un rôle dramatique majeur car c'est grâce à ses stratagèmes que le jeune maître va réussir à extorquer à son vieux père acariâtre l'argent qu'il convoite, et parfois aussi à épouser la jeune fille désirée. Auxiliaire indispensable, il n'en est pas moins réduit à un stéréotype, celui de l'esclave rusé, et sa seule liberté réside dans l'imaginaire : concevoir et mettre en œuvre un scénario trompeur pour mieux abuser le père de famille. Ressort comique essentiel du spectacle, il est très actif sur scène et réalise ses entourloupes sous l'œil complice du public.

En 424 avant Jésus-Christ, la comédie d'Aristophane *Les Cavaliers* voit l'émergence du stéréotype de l'esclave roublard, figure qui inspirera les dramaturges latins puis classiques. Sa ruse en fait un ressort comique essentiel. Trublion sans foi ni loi, il confère au spectacle un rythme haletant car ses combines et stratagèmes s'enchaînent sans répit.

Deux siècles plus tard, Plaute, dans *La Comédie du fantôme*, étoffe le personnage du domestique rusé, devenu caractéristique de la comédie familiale, le dotant d'indispensables qualités d'homme de théâtre : s'il veut berner efficacement le vieux père, Tranion, l'esclave, doit jouer la comédie avec brio. Cette nouvelle figure de domestique, complice de la jeunesse, bénéficie de toute la bienveillance du public.

L'*Héautontimoroumenos* de Térence, enfin, marque une distance nette avec les personnages d'esclaves frustes campés par les premiers dramaturges : Syrus analyse avec finesse et rationalité, à la lumière de son expérience, le fonctionnement psychologique de ses jeunes maîtres, pour les servir avec plus d'efficacité. Il semble dialoguer avec eux d'égal à égal, déterminant la mise en scène de leur futur stratagème.

Texte 1

THÉÂTRE

ARISTOPHANE, *Les Cavaliers* (424 av. J.-C.), trad. V.-H. Debidour, *Théâtre complet*, t. II © Gallimard

Aristophane (v. 445 - v. 386 av. J.-C.) a amusé toute la Grèce antique de ses comédies brillantes et incisives, qui s'attaquaient aux travers de la société, n'épargnant personne.

Ici, le Paphlagonien, domestique fourbe et manipulateur, exerce une forte influence sur son maître, Lepeuple, ce qui déplaît aux autres esclaves de la maison. Ils font appel à un marchand de boudin, chargé de le démasquer et, au final, de le remplacer. Dans cette scène, les deux hommes sont mis en concurrence directe dans une course effrénée pour proposer à Lepeuple le meilleur repas en un minimum de temps. De nombreux plats se sont déjà succédé. Le Paphlagonien va-t-il être confondu par plus malin que lui ?

LE PAPHLAGONIEN. – Prends donc cette portion de brioche : c'est moi qui te l'offre.

LE MARCHAND. – Et moi cette brioche-ci tout entière.

LE PAPHLAGONIEN *(apportant un civet ; il voit que son rival a épuisé toutes ses ressources)*. – Mais tu n'auras pas de lièvre à lui servir ! Moi j'en ai !

LE MARCHAND *(à part)*. – Malédiction ! du lièvre ! d'où m'en tombera-t-il ? Ô mon cher cœur, invente un boniment, sur l'heure !

LE PAPHLAGONIEN *(avec une commisération goguenarde)*. – Tu vois ça, malheureux ?

LE MARCHAND *(il a trouvé)*. – Je m'en moque bien : je vois là-bas des gens qui viennent me trouver ; des ambassadeurs ; ils ont des sacoches pleines d'argent.

LE PAPHLAGONIEN. – Où ? Où ? *(Il se précipite.)*

LE MARCHAND. – Est-ce que ça te regarde ? Laisse-les donc, ces étrangers. *(Offrant le civet.)* Mon petit Popoulot, tu vois ce civet que je t'apporte ?

LE PAPHLAGONIEN *(revenant)*. – Misère de moi ! C'est indigne ! Tu m'as fauché ce qui m'appartenait !

LE MARCHAND. – Ah ben, mer, alors ! et toi donc, pour les gens de Pylos[1] ?

LEPEUPLE. – Dis-moi, de grâce, d'où t'est venue l'idée de le détrousser ?

LE MARCHAND *(noble)*. – L'idée venait d'En-Haut, mais le vol est de moi. *(Vulgaire.)* C'est moi qui ai risqué le coup.

LE PAPHLAGONIEN. – Mais c'est moi qui l'avais cuit !

LEPEUPLE *(au Paphlagonien)*. – Tant pis ! Décampe ! C'est à celui qui me l'a servi que j'en sais gré.

LE PAPHLAGONIEN. – Oh ! là là ! Misère de moi ! Il m'aura donc surentourloupé !

---

1. **Les gens de Pylos** : ambassadeurs d'une ville grecque, dont on parle déjà plus haut dans le texte.

LE MARCHAND. – Eh bien, que tardes-tu, Lepeuple, à trancher ? Qui de nous deux te traite le mieux, toi et ta panse ?

LEPEUPLE. – Mais sur quoi m'appuierai-je pour un verdict qui paraisse judicieux au public ?

LE MARCHAND. – Je vais te le dire : mon couffin[1], va, saisis-le en douce et fouille son contenu ; et puis celui du Paphlagonien. N'aie crainte : ton verdict sera le bon.

LEPEUPLE. – Eh bien voyons, qu'est-ce qu'il y a dedans ? *(Il regarde la corbeille du marchand.)*

LE MARCHAND. – Tu ne vois pas qu'il est vide, pépé ? C'est que je te servais tout.

LEPEUPLE. – Voilà un couffin tout à fait bien pensant envers Lepeuple !

LE MARCHAND. – En route maintenant ; viens-t'en voir celui du Paphlagonien. Tu vois ça ?

LEPEUPLE. – Miséricorde ! Que de bonnes choses ! Il en est plein ! De la brioche, quelle grosse affaire il s'en était mis de côté ! À moi il m'en a donné une tranche pas plus grosse que ça !

LE MARCHAND. – C'est comme ça qu'il faisait avec toi jusqu'ici. Il te donnait un petit rabiot sur ce qu'il prenait, et le gros morceau, il se le servait à lui-même.

LEPEUPLE *(au Paphlagonien)*. – Salaud ! C'est comme ça que j'étais la dupe de tes vols ! Et moi qui t'ai comblé de dons et de couronnes !

Texte 2

THÉÂTRE

PLAUTE, *La Comédie du fantôme*, trad. P. Grimal, *Théâtre complet*, t. II © Gallimard ♦ acte II, scène 3

Plaute (254-184 av. J.-C.) est le premier grand auteur comique latin. Il a créé toute une galerie de personnages qui ont durablement marqué la scène romaine : le vieillard amoureux, l'esclave stratège...

1. **Couffin** : panier.

Dans cet extrait, l'annonce subite du retour de Théopropidès, vieux père austère parti depuis trois ans, sème la panique dans sa maison : il risque d'y surprendre son fils Philolachès au lendemain d'une fête très arrosée, en compagnie de courtisanes. L'esclave Tranion, pour éloigner le vieillard, va prétendre que la maison est maudite. Le voilà dans la rue, accueillant le voyageur qui frappe vigoureusement à la porte.

TRANION. – Quoi, tu as touché cette maison ?

THÉOPROPIDÈS. – Pourquoi ne la toucherais-je pas ? Et même, à force de frapper, te dis-je, j'ai presque enfoncé la porte.

TRANION. – Tu l'as touchée ?

THÉOPROPIDÈS. – Je l'ai touchée, te dis-je, et j'ai frappé.

TRANION. – Oh !

THÉOPROPIDÈS. – Qu'y a-t-il ?

TRANION. – Tu as eu tort, par Hercule.

THÉOPROPIDÈS. – Mais de quoi s'agit-il ?

TRANION. – On ne peut qualifier l'acte indigne, abominable, que tu as commis !

THÉOPROPIDÈS. – Quoi donc ?

TRANION. – Fuis, je t'en prie, éloigne-toi de cette maison ; fuis, viens ici, plus près de moi. Tu as touché la porte ?

THÉOPROPIDÈS. – Comment aurais-je pu frapper, sans y toucher ?

TRANION. – Tu as assassiné, par Hercule…

THÉOPROPIDÈS. – Qui donc, au monde ?

TRANION. – Tous les tiens.

THÉOPROPIDÈS. – Que tous les dieux et les déesses te fassent, avec ce présage…

TRANION : Je crains que tu ne puisses conjurer les effets de ce geste, sur toi et les tiens.

THÉOPROPIDÈS. – Pourquoi cela ? Quelle nouvelle extraordinaire m'apportes-tu ainsi soudain ?

TRANION. – Et, dis-moi, ordonne-leur à tous les deux[1] de se retirer.

1. Il s'agit des hommes qui accompagnent Théopropidès.

THÉOPROPIDÈS. – Allez-vous-en.

TRANION. – Ne touchez pas la maison. Touchez, vous aussi, la terre.

THÉOPROPIDÈS. – Je t'en prie, par Hercule, explique-toi donc !

TRANION. – Parce qu'il y a sept mois que personne n'a mis le pied dans cette maison, depuis que nous avons déménagé.

THÉOPROPIDÈS. – Explique-toi ; comment cela ?

TRANION. – Regarde bien tout autour de toi ; n'y a-t-il pas quelqu'un qui peut surprendre notre conversation ?

THÉOPROPIDÈS. – Pas de danger.

TRANION. – Regarde bien encore une fois.

THÉOPROPIDÈS. – Il n'y a personne ; explique-toi maintenant.

TRANION. – Il y a eu un assassinat.

THÉÂTRE

Texte 3

TÉRENCE, *Héautontimoroumenos* (163 av. J.-C.), trad. J. Marouzeau
© Les Belles Lettres ♦ acte II, scène 3

Térence (190-159 av. J.-C.), auteur de comédies subtiles, a connu les douleurs de l'esclavage puisqu'enfant il a été capturé et contraint à la domesticité. Mais ses dons artistiques et son intelligence ont convaincu son maître de l'élever en homme libre puis de l'affranchir, lui permettant ensuite de connaître une brillante carrière.

Le dévoué Syrus dévoile à Clitiphon, l'ami de son jeune maître Clinia, le scénario qu'il a mis au point pour lui permettre de fréquenter la charmante Bacchis, contre l'avis de son père.

SYRUS. – Tu veux l'aimer, tu veux la posséder, tu veux être en mesure de lui faire des cadeaux, et tu ne veux pas qu'il y ait de risques à la possession : ce n'est pas sottement raisonner, à condition qu'il soit raisonnable de vouloir ce qui ne peut arriver. Il faut ou bien prendre ceci avec cela, ou bien abandonner cela avec ceci. De ces deux partis, vois présentement celui que tu préfères. Quoi qu'il en soit, je sais que le projet que j'ai conçu est bon et sûr, car c'est le moyen d'avoir sans crainte ton amie avec toi chez ton père ; et puis, l'argent que tu lui as promis, je le trouverai par cette même voie, au lieu que jusqu'ici tu n'as fait que m'assourdir les oreilles en me suppliant de te le procurer. Que veux-tu de plus ?

Clitiphon. – Si vraiment la chose se réalise…

Syrus. – Si vraiment… ? Tu le sauras à l'épreuve.

Clitiphon. – Allons, allons, voyons ce plan : quel est-il ?

Syrus. – Nous ferons semblant que ton amie soit l'amie de celui-ci[1].

Clitiphon. – Magnifique ! Mais lui, je t'en prie, que fera-t-il de la sienne ? Dira-t-on qu'elle est à lui également, au cas où il n'y aurait pas assez de celle-ci pour son déshonneur ?

Syrus. – Non ; on l'emmènera chez ta mère.

Clitiphon. – Pourquoi là ?

Syrus. – Ce serait long, Clitiphon, de te raconter pourquoi je dois agir ainsi ; j'ai des motifs réels.

Clitiphon. – Sornettes ! Je ne vois pas de motif assez fort pour me faire trouver bon d'accueillir semblable sujet d'appréhension.

Syrus. – Attends : si tu appréhendes ce projet, j'en ai un autre, que vous avouerez tous deux être sans risques.

Clitiphon. – Je t'en conjure, trouve quelque chose dans ce genre.

Syrus. – Parfaitement. – Je vais aller à leur rencontre ; je leur dirai de retourner chez elles.

Clitiphon. – Hein ? qu'as-tu dit là ?

Syrus. – Je ferai que toute appréhension te soit enlevée, en sorte que tu dormes tranquillement sur tes deux oreilles.

Clitiphon. – Qu'est-ce que je fais présentement ?

Clinia. – Toi ? Puisque c'est une bonne affaire que…

Clitiphon. – Syrus, dis-moi au moins la vérité.

Syrus. – Décide-toi seulement : après ce jour, ce sera trop tard pour vouloir, et peine perdue. *(Il s'éloigne.)*

---

1. Celui-ci : Clinia, l'ami de Clitiphon.

Des domestiques qui s'affirment (XVIIe et XVIIIe siècles)

Tout en revendiquant l'héritage antique et les influences des valets comiques de la *commedia dell'arte* (les *zanni*), les auteurs de l'âge classique et du siècle des Lumières vont conférer à leurs personnages de serviteurs un rôle de plus en plus important. Créatifs, courageux ou subtils, les domestiques séduisent le public : c'est une manière d'interroger leur soumission à des maîtres qu'ils n'osent affronter directement, mais auxquels ils se confrontent de multiples façons.

Dans l'extrait proposé des *Fourberies de Scapin*, véritable concentré de comédie, Scapin le valet a le génie de la dissimulation d'un Tranion et l'énergie du personnage de la *commedia dell'arte* auquel il emprunte son nom. Mais Molière dote en plus son personnage d'un brillant jeu d'acteur et lui offre l'occasion d'une rébellion contre sa condition de domestique, impensable dans l'Antiquité.

Évoquant à nouveau le Tranion de Plaute ou le Syrus de Térence, Toinette, la servante du *Malade imaginaire* de Molière, se met au service de la jeunesse, défiant le vieux père. Mais, dans cette scène, point de ruse ni de stratagème complexe : la domestique tente de raisonner Argan, de l'amener à recouvrer son bon sens. Elle est un véritable relais du spectateur sur scène. Par un jeu de scène comique, elle ose s'opposer frontalement à son maître, le temps de quelques répliques, allant jusqu'à lui donner des ordres… tout en esquivant ses coups de bâton.

Un demi-siècle plus tard, Marivaux nous offre une amusante parodie du marivaudage amoureux caractéristique de son théâtre dans la scène choisie, extraite du *Jeu de l'amour et du hasard*. Arlequin, le zanni grossier, et Lisette, la suivante raffinée, forment un duo tout en contrastes. Le dramaturge souligne également l'ambiguïté du rapport maître-domestique : comprenant qu'on s'est joué d'eux, les deux jeunes gens connaissent un frémissement de révolte… vite balayé par le rire.

En 1784, quand est représenté *Le Mariage de Figaro* de Beaumarchais, la Révolution française approche, et Figaro le valet domine largement cette joute verbale brillante, au cours de laquelle il assène à son maître quantité de reproches bien sentis. Mais son éloquence ne suffira pas à le sauver des griffes de ceux qui dominent, comme en témoigne la dernière réplique d'Almaviva.

Texte 4

THÉÂTRE

MOLIÈRE, *Les Fourberies de Scapin* (1671) ♦ acte III, scène 2

Quand il crée ce spectacle, Molière (1622-1673) est un homme de théâtre accompli : auteur reconnu, acteur apprécié, chef de troupe brillant.
Scapin, le rusé domestique, a extorqué une somme colossale au vieux Géronte afin de payer la rançon de la belle Zerbinette, enlevée par des malfrats. Mais notre valet ne compte pas en rester là, car Géronte lui a fait du tort en parlant trop. Il entend bien se venger, non sans plaisir.

GÉRONTE. – Hé bien, Scapin, comment va l'affaire de mon fils ?

SCAPIN. – Votre fils, Monsieur, est en lieu de sûreté ; mais vous courez maintenant, vous, le péril le plus grand du monde, et je voudrais pour beaucoup que vous fussiez dans votre logis.

GÉRONTE. – Comment donc ?

SCAPIN. – À l'heure que je parle, on vous cherche de toutes parts pour vous tuer.

GÉRONTE. – Moi ?

SCAPIN. – Oui.

GÉRONTE. – Et qui ?

SCAPIN. – Le frère de cette personne qu'Octave a épousée. Il croit que le dessein que vous avez de mettre votre fille à la place que tient sa sœur est ce qui pousse le plus fort à faire rompre leur mariage ; et, dans cette pensée, il a résolu hautement de décharger son désespoir sur vous et vous ôter la vie pour venger son honneur.

Tous ses amis, gens d'épée comme lui, vous cherchent de tous les côtés, et demandent de vos nouvelles. J'ai vu même deçà et delà des soldats de sa compagnie qui interrogent ceux qu'ils trouvent, et occupent par pelotons toutes les avenues de votre maison. De sorte que vous ne sauriez aller chez vous, vous ne sauriez faire un pas ni à droite, ni à gauche, que vous ne tombiez dans leurs mains.

GÉRONTE. – Que ferai-je, mon pauvre Scapin ?

SCAPIN. – Je ne sais pas, Monsieur, et voici une étrange affaire. Je tremble pour vous depuis les pieds jusqu'à la tête, et... Attendez. *(Il se retourne, et fait semblant d'aller voir au bout du théâtre s'il n'y a personne.)*

GÉRONTE, *en tremblant*. – Eh ?

SCAPIN, *en revenant*. – Non, non, non, ce n'est rien.

GÉRONTE. – Ne saurais-tu trouver quelque moyen pour me tirer de peine ?

SCAPIN. – J'en imagine bien un ; mais je courrais risque, moi, de me faire assommer.

GÉRONTE. – Eh ! Scapin, montre-toi serviteur zélé : ne m'abandonne pas, je te prie.

SCAPIN. – Je le veux bien. J'ai une tendresse pour vous qui ne saurait souffrir que je vous laisse sans secours.

GÉRONTE. – Tu en seras récompensé, je t'assure ; et je te promets cet habit-ci, quand je l'aurai un peu usé.

SCAPIN. – Attendez. Voici une affaire que je me suis trouvée fort à propos pour vous sauver. Il faut que vous vous mettiez dans ce sac et que...

GÉRONTE, *croyant voir quelqu'un*. – Ah !

SCAPIN. – Non, non, non, non, ce n'est personne. Il faut, dis-je, que vous vous mettiez là-dedans, et que vous gardiez[1] de remuer en aucune façon. Je vous chargerai sur mon dos, comme un paquet de quelque chose, et je vous porterai ainsi au travers de vos

1. **Vous gardiez** : vous reteniez.

ennemis, jusque dans votre maison, où quand nous serons une fois, nous pourrons nous barricader, et envoyer quérir main-forte contre la violence.

GÉRONTE. – L'invention est bonne.

SCAPIN. – La meilleure du monde. Vous allez voir. *(À part.)* Tu me payeras l'imposture.

GÉRONTE. – Eh ?

SCAPIN. – Je dis que vos ennemis seront bien attrapés. Mettez-vous bien jusqu'au fond, et surtout prenez garde de ne vous point montrer, et de ne branler pas[1], quelque chose qui puisse arriver.

GÉRONTE. – Laisse-moi faire. Je saurai me tenir.

SCAPIN. – Cachez-vous : voici un spadassin[2] qui vous cherche. *(En contrefaisant sa voix.)* « Quoi ? Jé n'aurai pas l'abantage dé tuer cé Geronte, et quelqu'un par charité né m'enseignera pas où il est ? » *(À Géronte de sa voix ordinaire.)* Ne branlez pas. *(Reprenant son ton contrefait.)* « Cadédis[3], jé lé trouberai, sé cachât-il au centre dé la terre. » *(À Géronte avec son ton naturel.)* Ne vous montrez pas. *(Tout le langage gascon est supposé de celui qu'il contrefait, et le reste de lui.)* « Oh, l'homme au sac ! » Monsieur. « Jé té vaille un louis, et m'enseigne où put être Geronte. » Vous cherchez le seigneur Géronte ? « Oui, mordi ! Jé lé cherche. » Et pour quelle affaire, Monsieur ? « Pour quelle affaire ? » Oui. « Jé beux, cadédis, lé faire mourir sous les coups de vaton. » Oh ! Monsieur, les coups de bâton ne se donnent point à des gens comme lui, et ce n'est pas un homme à être traité de la sorte. « Qui, cé fat dé Geronte, cé maraut, cé velître ? » Le seigneur Géronte, Monsieur, n'est ni fat, ni maraud, ni belître[4], et vous devriez, s'il vous plaît, parler d'autre façon. « Comment, tu mé

1. **Ne branler pas** : ne pas bouger.
2. **Spadassin** : homme de main, tueur à gages.
3. **Cadédis** : juron (« nom de Dieu »).
4. **Bélître** : sot.

traites, à moi, avec cette hautur ? » Je défends, comme je dois, un homme d'honneur qu'on offense. « Est-ce que tu es des amis dé cé Geronte ? » Oui, Monsieur, j'en suis. « Ah ! cadédis, tu es de ses amis, à la vonne hure. » *(Il donne plusieurs coups de bâton sur le sac.)* « Tiens. Boilà cé qué jé té vaille pour lui. » Ah, ah, ah ! ah, Monsieur ! Ah, ah, Monsieur ! tout beau. Ah, doucement, ah, ah, ah ! « Va, porte-lui cela de ma part. Adiusias[1]. » Ah ! diable soit le Gascon ! Ah ! *(En se plaignant et remuant le dos, comme s'il avait reçu les coups de bâton.)*

GÉRONTE, *mettant la tête hors du sac.* – Ah ! Scapin, je n'en puis plus.

SCAPIN. – Ah ! Monsieur, je suis tout moulu, et les épaules me font un mal épouvantable.

GÉRONTE. – Comment ? c'est sur les miennes qu'il a frappé.

SCAPIN. – Nenni, Monsieur, c'était sur mon dos qu'il frappait.

GÉRONTE. – Que veux-tu dire ? J'ai bien senti les coups, et les sens bien encore.

SCAPIN. – Non, vous dis-je, ce n'est que le bout du bâton qui a été jusque sur vos épaules.

GÉRONTE. – Tu devais donc te retirer un peu plus loin, pour m'épargner…

Texte 5

THÉÂTRE

MOLIÈRE, *Le Malade imaginaire* (1673) ♦ acte I, scène 5

En 1673, Molière (1622-1673) est très malade quand il prête ses traits à Argan. Alors qu'il est à l'article de la mort, il insiste pour incarner ce faux malade et meurt peu après une représentation.
Dans cette comédie, Argan, homme d'âge mûr en pleine santé, se croit sans cesse atteint des pires maladies. Et, pour échapper à une mort certaine, quoi de mieux qu'une alliance familiale avec son médecin ?

1. **Adiusias** : adieu.

La charmante Angélique risque donc de devoir épouser le répugnant Thomas Diafoirus, fils du médecin de son père. Heureusement, la dévouée Toinette, sa servante, vole à son secours.

Toinette. – Monsieur, tout cela est bel et bon ; mais j'en reviens toujours là : je vous conseille, entre nous, de lui choisir un autre mari, et elle n'est point faite pour être Madame Diafoirus.

Argan. – Et je veux, moi, que cela soit.

Toinette. – Eh fi ! ne dites pas cela.

Argan. – Comment, que je ne dise pas cela ?

Toinette. – Hé non !

Argan. – Et pourquoi ne le dirai-je pas ?

Toinette. – On dira que vous ne songez pas à ce que vous dites.

Argan. – On dira ce qu'on voudra ; mais je vous dis que je veux qu'elle exécute la parole que j'ai donnée.

Toinette. – Non : je suis sûre qu'elle ne le fera pas.

Argan. – Je l'y forcerai bien.

Toinette. – Elle ne le fera pas, vous dis-je.

Argan. – Elle le fera, ou je la mettrai dans un convent[1].

Toinette. – Vous ?

Argan. – Moi.

Toinette. – Bon.

Argan. – Comment, « bon » ?

Toinette. – Vous ne la mettrez point dans un convent.

Argan. – Je ne la mettrai point dans un convent ?

Toinette. – Non.

Argan. – Non ?

Toinette. – Non.

Argan. – Ouais ! voici qui est plaisant : je ne mettrai pas ma fille dans un convent, si je veux ?

Toinette. – Non, vous dis-je.

Argan. – Qui m'en empêchera ?

---

1. Convent : couvent.

TOINETTE. – Vous-même.

ARGAN. – Moi ?

TOINETTE. – Oui : vous n'aurez pas ce cœur-là.

ARGAN. – Je l'aurai.

TOINETTE. – Vous vous moquez.

ARGAN. – Je ne me moque point.

TOINETTE. – La tendresse paternelle vous prendra.

ARGAN. – Elle ne me prendra point.

TOINETTE. – Une petite larme ou deux, des bras jetés au cou, un « mon petit papa mignon », prononcé tendrement, sera assez pour vous toucher.

ARGAN. – Tout cela ne fera rien.

TOINETTE. – Oui, oui.

ARGAN. – Je vous dis que je n'en démordrai point.

TOINETTE. – Bagatelles.

ARGAN. – Il ne faut point dire « bagatelles ».

TOINETTE. – Mon Dieu ! je vous connais, vous êtes bon naturellement.

ARGAN, *avec emportement*. – Je ne suis point bon, et je suis méchant quand je veux.

TOINETTE. – Doucement, Monsieur : vous ne songez pas que vous êtes malade.

ARGAN. – Je lui commande absolument de se préparer à prendre le mari que je dis.

TOINETTE. – Et moi, je lui défends absolument d'en faire rien.

ARGAN. – Où est-ce donc que nous sommes ? et quelle audace est-ce là à une coquine de servante de parler de la sorte devant son maître ?

TOINETTE. – Quand un maître ne songe pas à ce qu'il fait, une servante bien sensée est en droit de le redresser.

ARGAN *court après Toinette*. – Ah ! insolente, il faut que je t'assomme.

TOINETTE *se sauve de lui*. – Il est de mon devoir de m'opposer aux choses qui vous peuvent déshonorer.

ARGAN, *en colère, court après elle autour de sa chaise, son bâton à la main.* – Viens, viens, que je t'apprenne à parler.

TOINETTE, *courant, et se sauvant du côté de la chaise où n'est pas Argan.* – Je m'intéresse, comme je dois, à ne vous point laisser faire de folie.

ARGAN. – Chienne !

TOINETTE. – Non, je ne consentirai jamais à ce mariage.

ARGAN. – Pendarde !

TOINETTE. – Je ne veux point qu'elle épouse votre Thomas Diafoirus.

ARGAN. – Carogne !

TOINETTE. – Et elle m'obéira plutôt qu'à vous.

Texte 6

THÉÂTRE

MARIVAUX, *Le Jeu de l'amour et du hasard* (1730) ♦ acte III, scène 6

Marivaux (1688-1763), jeune aristocrate veuf et ruiné, se lance dans l'écriture du théâtre pour pouvoir élever sa fille décemment. Ses comédies raffinées, qui explorent les méandres de l'amour, connaîtront un grand succès.

Ici, deux jeunes aristocrates, Silvia et Dorante, promis l'un à l'autre, décident sans le savoir d'user du même subterfuge afin de découvrir la véritable personnalité de l'autre : ils jouent à échanger leurs rôles avec leurs domestiques, Lisette et Arlequin. Mais quand vient l'heure de faire tomber les masques, l'inégalité des conditions se révèle avec force : se muer en aristocrate quand on s'est fait passer pour valet est joyeux ; avouer sa condition méprisable quand on a revêtu les atours de la noblesse, beaucoup plus délicat. Pourtant, Lisette et Arlequin, devenus amoureux, doivent se révéler leurs identités respectives.

ARLEQUIN, *à part.* – Préparons un peu cette affaire-là… *(Haut.)* Madame, votre amour est-il d'une constitution bien robuste, soutiendra-t-il bien la fatigue que je vais lui donner, un mauvais gîte lui fait-il peur ? je vais le loger petitement.

LISETTE. – Ah, tirez-moi d'inquiétude ! en un mot qui êtes-vous ?

ARLEQUIN. – Je suis… n'avez-vous jamais vu de fausse monnaie ? savez-vous ce que c'est qu'un louis d'or faux ? Eh bien, je ressemble assez à cela.

LISETTE. – Achevez donc, quel est votre nom ?

ARLEQUIN. – Mon nom ! *(À part.)* Lui dirai-je que je m'appelle Arlequin ? non ; cela rime trop avec coquin.

LISETTE. – Eh bien ?

ARLEQUIN. – Ah dame, il y a un peu à tirer ici[1] ! Haïssez-vous la qualité de soldat ?

LISETTE. – Qu'appelez-vous un soldat ?

ARLEQUIN. – Oui, par exemple, un soldat d'antichambre.

LISETTE. – Un soldat d'antichambre ! ce n'est donc point Dorante à qui je parle enfin ?

ARLEQUIN. – C'est lui qui est mon capitaine.

LISETTE. – Faquin !

ARLEQUIN, *à part*. – Je n'ai pu éviter la rime.

LISETTE. – Mais voyez ce magot[2] ; tenez !

ARLEQUIN, *à part*. – La jolie culbute que je fais là.

LISETTE. – Il y a une heure que je lui demande grâce, et que je m'épuise en humilités pour cet animal-là !

ARLEQUIN. – Hélas, Madame, si vous préfériez l'amour à la gloire, je vous ferais bien autant de profit qu'un monsieur.

LISETTE, *riant*. – Ah, ah, ah, je ne saurais pourtant m'empêcher d'en rire ; avec sa gloire ! et il n'y a plus que ce parti-là à prendre… Va, va, ma gloire te pardonne, elle est de bonne composition.

ARLEQUIN. – Tout de bon, charitable Dame ? ah, que mon amour vous promet de reconnaissance !

LISETTE. – Touche là, Arlequin ; je suis prise pour dupe : le soldat d'antichambre de Monsieur vaut bien la coiffeuse de Madame.

ARLEQUIN. – La coiffeuse de Madame !

1. **Il y a un peu à tirer ici** : j'ai encore du travail pour me tirer d'affaire.
2. **Magot** : gros singe. Par extension, homme particulièrement laid.

Lisette. – C'est mon capitaine ou l'équivalent.

Arlequin. – Masque !

Lisette. – Prends ta revanche.

Arlequin. – Mais voyez cette magote[1], avec qui, depuis une heure, j'entre en confusion de ma misère !

Lisette. – Venons au fait : m'aimes-tu ?

Arlequin. – Pardi oui, en changeant de nom, tu n'as pas changé de visage, et tu sais bien que nous nous sommes promis fidélité en dépit de toutes les fautes d'orthographe.

Lisette. – Va, le mal n'est pas grand, consolons-nous ; ne faisons semblant de rien, et n'apprêtons point à rire[2] ; il y a apparence que ton maître est encore dans l'erreur à l'égard de ma maîtresse, ne l'avertis de rien, laissons les choses comme elles sont : je crois que le voici qui entre. Monsieur, je suis votre servante.

Arlequin. – Et moi votre valet, Madame. *(Riant.)* Ha, ha, ha !

Texte 7

THÉÂTRE

BEAUMARCHAIS, *Le Mariage de Figaro* (1784) ♦ acte III, scène 5

Beaumarchais (1732-1799), homme aux talents multiples, a connu une vie riche de péripéties et d'aventures : métiers divers (horloger, musicien, écrivain), poursuites judiciaires (pour des affaires de femmes ou suite à des querelles politiques), succès littéraire. Ouvert et progressiste, il s'inscrit dans le courant philosophique des Lumières.

Dans cette comédie, le comte Almaviva convoite Suzanne, jeune fille promise à son valet, Figaro. Pour empêcher leur union, Almaviva s'apprête à forcer son domestique à épouser la vieille Marceline. Il sonde une dernière fois Figaro : si son valet sait qu'il courtise Suzanne, le comte se vengera en mettant son plan à exécution. Ils commencent par évoquer les mésententes du comte avec son épouse.

---

1. **Magote** : grosse guenon. Arlequin renvoie son insulte à Lisette.
2. **N'apprêtons point à rire** : faisons en sorte que l'on ne rie pas de nous.

Le comte. – Quel motif avait la comtesse pour me jouer un pareil tour ?

Figaro. – Ma foi, Monseigneur, vous le savez mieux que moi.

Le comte. – Je la préviens sur tout [1] et la comble de présents.

Figaro. – Vous lui donnez, mais vous êtes infidèle. Sait-on gré du superflu à qui nous prive du nécessaire ?

Le comte. – … Autrefois tu me disais tout.

Figaro. – Et maintenant je ne vous cache rien.

Le comte. – Combien la Comtesse t'a-t-elle donné pour cette belle occasion ?

Figaro. – Combien me donnâtes-vous pour la tirer des mains du docteur ? Tenez, Monseigneur, n'humilions pas l'homme qui nous sert bien, crainte d'en faire un mauvais valet.

Le comte. – Pourquoi faut-il qu'il y ait toujours du louche en ce que tu fais ?

Figaro. – C'est qu'on en voit partout, quand on cherche des torts.

Le comte. – Une réputation détestable !

Figaro. – Et si je vaux mieux qu'elle ? Y a-t-il beaucoup de seigneurs qui puissent en dire autant ?

Le comte. – Cent fois je t'ai vu marcher à la fortune, et jamais aller droit.

Figaro. – Comment voulez-vous ? la foule est là ; chacun veut courir, on se presse, on pousse, on coudoie, on renverse, arrive qui peut ; le reste est écrasé. Aussi c'est fait ; pour moi, j'y renonce.

Le comte. – À la fortune ? *(À part.)* Voici du neuf.

Figaro, *à part*. – À mon tour maintenant. *(Haut.)* Votre Excellence m'a gratifié de la conciergerie du château ; c'est un fort joli sort : à la vérité, je ne serai pas le courrier [2] étrenné [3] des nouvelles intéressantes ; mais, en revanche, heureux avec ma femme au fond de l'Andalousie…

1. Je la préviens sur tout : je suis attentif à l'ensemble de ses besoins.

2. Courrier : personne qui transmet des informations.

3. Étrenné : qui connaît en premier, qui a la primeur.

Le comte. – Qui t'empêcherait de l'emmener à Londres ?

Figaro. – Il faudrait la quitter si souvent, que j'aurais bientôt du mariage par-dessus la tête.

Le comte. – Avec du caractère et de l'esprit, tu pourrais un jour t'avancer dans les bureaux.

Figaro. – De l'esprit pour s'avancer ? Monseigneur se rit du mien. Médiocre et rampant, et l'on arrive à tout.

Le comte. – Il ne faudrait qu'étudier un peu sous moi la politique.

Figaro. – Je la sais.

Le comte. – Comme l'anglais : le fond de la langue !

Figaro. – Oui, s'il y avait de quoi se vanter : mais feindre d'ignorer ce qu'on sait, de savoir ce qu'on ignore, d'entendre ce qu'on ne comprend pas, de ne point ouïr ce qu'on entend, surtout de pouvoir au-delà de ses forces ; avoir souvent pour grand secret de cacher qu'il n'y en a point, s'enfermer pour tailler des plumes et paraître profond quand on n'est, comme on dit, que vide et creux ; jouer bien ou mal un personnage, répandre des espions et pensionner des traîtres ; amolir des cachets[1], intercepter des lettres, et tâcher d'ennoblir la pauvreté des moyens par l'importance des objets : voilà toute la politique, ou je meurs !

Le comte. – Eh ! c'est l'intrigue que tu définis !

Figaro. – La politique, l'intrigue, volontiers ; mais, comme je les crois un peu germaines, en fasse qui voudra ! *J'aime mieux ma mie, ma mie, au gué !* comme dit la chanson du bon Roi.

Le comte, *à part*. – Il veut rester. J'entends… Suzanne m'a trahi.

Figaro, *à part*. – Je l'enfile[2] et le paye en sa monnaie.

1. Amolir des cachets : ramollir la cire pour pouvoir décacheter des lettres.
2. Je l'enfile : je le trompe, je le dupe.

Visages contrastés des maîtres et de leurs domestiques dans une société en quête d'identité (XIXe siècle)

À une époque de mutation sociale, les visages des maîtres et de leurs domestiques sont des plus variés, formant une mosaïque disparate. Les écrivains romantiques explorent les tourments de jeunes héros brillants, réduits à une domesticité humiliante. En contrepoint, la joyeuse valetaille du vaudeville s'inscrit avec humour dans la tradition scénique du valet rusé au service de maîtres sympathiques.

C'est ainsi à une vision très sombre de l'injustice sociale que nous invite Vigny dans *Chatterton* : la mort est présentée comme le seul refuge de ceux qui aspirent à la liberté et à l'égalité. Cette scène de suicide, d'une grande intensité dramatique, dénonce avec vigueur le caractère insupportable des humiliations subies en bas de l'échelle sociale. Elle fait écho à la confrontation entre Ruy Blas et Salluste (acte III, scène 5), dans laquelle les rêves de gloire et d'amour du jeune homme se brisent avec la même violence.

Quel contraste avec l'apparition plaisante dans la pièce de Feydeau de Justin, cousin de Scapin, qui n'utilise son ascendant sur Boriquet que pour s'offrir de modestes vengeances, sans conséquence ! Faire rire semble être son crédo, plutôt que chercher à changer le monde. Apprenti metteur en scène, il incarne parfaitement par ses directives la définition du rire de Bergson : « du mécanique plaqué sur du vivant ».

Texte 8

THÉÂTRE

ALFRED DE VIGNY, *Chatterton* (1835) ♦ acte III, scène 7

Alfred de Vigny (1797-1863), grand poète romantique issu d'une famille noble, a également fait une carrière dans les armes. Son œuvre est marquée par un profond pessimisme.

Tout au long de ce drame, Chatterton, jeune poète désargenté, rêve d'amour et de gloire. Épris de Kitty Bell, épouse d'un riche industriel, il espère trouver un emploi décent, être publié, et peut-être même être aimé. Mais les puissants sont bien décidés à le renvoyer à sa condition sociale inférieure.

Allez, mes bons amis ! Il est bien étonnant que ma destinée change ainsi tout à coup. J'ai peine à m'y fier ; pourtant les apparences y sont. – Je tiens là ma fortune. – Qu'a voulu dire cet homme en parlant de mes ruses ! Ah ! toujours ce qu'ils disent tous. Ils ont deviné ce que je leur avouais moi-même, que je suis l'auteur de mon livre. Finesse grossière ! je les reconnais là ! Que sera cette place ? quelque emploi de commis ? Tant mieux, cela est honorable ! Je pourrai vivre sans écrire les choses communes qui font vivre. – Le quaker[1] rentrera dans la paix de son âme que j'ai troublée, et elle ! Kitty Bell, je ne la tuerai pas, s'il est vrai que je l'eusse tuée. – Dois-je le croire ? j'en doute : ce que l'on renferme toujours ainsi est peu violent ; et, pour être si aimante, son âme est bien maternelle. N'importe, cela vaut mieux, et je ne la verrai plus. C'est convenu… autant eût valu me tuer. Un corps est aisé à cacher. – On ne le lui eût pas dit. Le quaker y eût veillé, il pense à tout. Et à présent, pourquoi vivre ? pour qui ?… – Pour qu'elle vive, c'est assez… Allons… arrêtez-vous, idées noires, ne revenez pas… Lisons ceci… *(Il lit le journal.)*

« *Chatterton n'est pas l'auteur de ses œuvres… Voilà qui est bien prouvé. – Ces poèmes admirables sont réellement d'un moine nommé Rowley, qui les avait traduits d'un autre moine du dixième siècle, nommé Turgot… Cette imposture, pardonnable à un écolier, serait criminelle plus tard… Signé… Bale…* » Bale ? Qu'est-ce que cela ? Que lui ai-je fait ? – De quel égout sort ce serpent ? Quoi ! mon nom est étouffé ! ma gloire éteinte ! mon honneur perdu !

1. **Le quaker** appartient à une communauté protestante qui prêche le bien et la morale. Il incarne la droiture dans le monde corrompu où se déroule *Chatterton*.

– Voilà le juge !… le bienfaiteur ! Voyons, qu'offre-t-il ? *(Il décachette la lettre, lit… et s'écrie avec indignation :)* Une place de premier valet de chambre dans sa maison !… Ah ! pays damné ! terre du dédain ! sois maudite à jamais ! *(Prenant la fiole d'opium.)* Ô mon âme, je t'avais vendue ! je te rachète avec ceci. *(Il boit l'opium.)* Skirner sera payé[1]. – Libre de tous ! égal à tous, à présent ! – Salut, première heure de repos que j'aie goûtée ! – Dernière heure de ma vie, aurore du jour éternel, salut ! – Adieu, humiliations, haines, sarcasmes, travaux dégradants, incertitudes, angoisses, misères, tortures du cœur, adieu ! Oh ! Quel bonheur, je vous dis adieu ! – Si l'on savait ! si l'on savait ce bonheur que j'ai… on n'hésiterait pas si longtemps ! *(Ici, après un instant de recueillement durant lequel son visage prend une expression de béatitude, il joint les mains et poursuit.)* Ô Mort, ange de délivrance, que ta paix est douce ! j'avais bien raison de t'adorer, mais je n'avais pas la force de te conquérir. – Je sais que tes pas seront lents et sûrs. Regarde-moi, ange sévère, leur ôter à tous la trace de mes pas sur la terre. *(Il jette au feu tous ses papiers.)* Allez, nobles pensées écrites pour tous ces ingrats dédaigneux, purifiez-vous dans la flamme et remontez au ciel avec moi ! *(Il lève les yeux au ciel, et déchire lentement ses poèmes, dans l'attitude grave et exaltée d'un homme qui fait un sacrifice solennel.)*

Texte 9

THÉÂTRE

GEORGES FEYDEAU, *Dormez, je le veux !* (1897) ♦ acte I, scène 2

Georges Feydeau (1862-1921) est l'auteur de nombreuses comédies à succès. Noctambule et bon vivant, il sera très apprécié du milieu artistique parisien de la fin du XIXe siècle.

Justin est le domestique de Boriquet. Il fait avec brio à son compère Éloi la démonstration de ses talents d'hypnotiseur : son maître va être à ses ordres…

---

1. Skirner est le propriétaire du logement du jeune poète, qui lui doit plusieurs mois de loyer. Chatterton a légué son corps à l'école de chirurgie et pourra ainsi s'acquitter de sa dette *post mortem*.

JUSTIN. – Attends donc… (*Allant à pas de loup derrière Boriquet et lui faisant des passes magnétiques dans le dos.*) Tiens, tu vas voir !

Justin continue ses passes… Boriquet subit peu à peu l'effet du fluide.

ÉLOI. – Mais quoi donc est-ce qu'il lui fait à lui envoyer des pichenettes ?

JUSTIN, *se mettant derrière lui.* – Chut… *(À Boriquet.)* Combien de doigts ?

BORIQUET, *endormi.* – Sept.

JUSTIN. – Ça y est !…

ÉLOI. – Ah ! mon Dieu, il est malade.

JUSTIN, *se rapprochant d'Éloi.* – Non… il est, comme on dit, sous l'influence du sommeil hypnotique.

ÉLOI. – II a l'influenza[1].

JUSTIN, *à Boriquet.* – Allons, arrive ici, toi, moule à gaufres ! *(Il dirige Boriquet jusqu'au milieu du théâtre en le guidant avec le doigt.)* Lève la jambe !… l'autre ! *(Boriquet exécute successivement tous les ordres donnés par Justin.)* Baise ma main ! Bien !

ÉLOI. – II est tout de même bien dressé, savez-vous.

JUSTIN. – Là, maintenant tu es une jolie femme… n'est-ce pas que tu es une jolie femme ?

BORIQUET. – Oui, oui, je suis une jolie femme !

Il gagne l'extrémité droite.

JUSTIN, *à Boriquet qui exécute en pantomime tous les ordres donnés, toujours en le guidant avec le doigt, devant les yeux de Boriquet, lesquels doivent être fixes.* – Là, promène-toi, ma vieille… là, bien… Ah ! un ruisseau… prends garde à ta robe !…

Boriquet fait mine de retrousser sa robe et d'enjamber le ruisseau. II enjambe la malle, Justin le fait tourner et doit se trouver au 3[2].

ÉLOI. – Ah ! il est rigolo, par exemple.

1. L'influenza : la grippe.

2. Au 3 : au fond de la scène. Feydeau utilise des chiffres pour indiquer le placement des comédiens : le 1 désigne l'avant-scène, le 2 le centre, le 3 le fond.

JUSTIN. – Voilà une fleur, tiens… une belle fleur.

Il lui tend le plumeau qu'il a été chercher sur la cheminée à droite, premier plan.

BORIQUET. – Hou ! ça sent bon…

Il respire le plumeau avec une satisfaction évidente.

JUSTIN. – Hein, n'est-ce pas ?

BORIQUET. – C'est du géranium…

JUSTIN. – Tu l'as dit… *(Il parle à Éloi devant Boriquet.)* Hein ! crois-tu qu'on lui fait prendre des vessies pour des lanternes.

ÉLOI. – Pour sûr !

JUSTIN, *à Boriquet.* – Là, rends-moi ta fleur… Allons, veux-tu… C'est qu'il ne veut pas me la rendre…

Il reprend le plumeau qu'il remet dans le coin de la cheminée.

ÉLOI, *au public.* – Fleuriste, va !…

JUSTIN, *il revient à Boriquet en tendant la main.* – Et maintenant tu as assez fait le singe ! donne-moi vingt francs ! *(Boriquet tire vingt francs du gousset de son gilet et donne la pièce à Justin, très automatiquement.)* Parfait, eh bien, pour ta peine, prends cette malle et porte-la dans la chambre bleue… quand ce sera fait, tu reviendras… Allez, ffutt… *(Il lui envoie un coup de pied au bon endroit. À Éloi, pendant que Boriquet sort en emportant la malle.)* Voilà ce qu'on appelle les sciences occultes.

ÉLOI. – C'est drôle, moi j'aurais plutôt appelé ça, les coups de pied occultes.

■ L'ambiguïté des relations de domination (XXe siècle)

La république a proclamé l'égalité entre les citoyens. Les dramaturges vont donc s'intéresser à des formes nouvelles, plus insidieuses, de domination sociale, tout aussi intéressantes à montrer et à dénoncer. Dans le sillon de Freud, ils s'interrogent sur l'ambivalence des relations de pouvoir, entre souffrance et acceptation.

Lorsque Claire et Solange, les deux domestiques des *Bonnes* de Genet, imitent leur maîtresse, l'inversion des rôles est aux antipodes du marivaudage plaisant du XVIIIe siècle ou de la noire stratégie d'un Salluste : elle est cathartique, permettant une libération des gestes et de la parole. Ce qui est refoulé, interdit d'habitude, s'y exprime. Une violence nouvelle s'y fait jour : la patronne, non contente d'avoir des servantes à ses ordres, les humilie en tant que femmes, les privant de toute liberté jusque dans leur plus stricte intimité.

Beckett quant à lui interroge profondément le spectateur, portant à la scène une vision très dérangeante des relations de domination : l'esclavage de Lucky est-il subi ou choisi ? Qui sont les vrais bourreaux ? Vladimir et Estragon, les deux clochards, qui oscillent entre lâcheté et compassion, sont un miroir peu confortable pour le spectateur.

Marie Ndiaye enfin dénonce sans concession la violence des relations de domination dans une société qui s'en croit libérée. La supériorité langagière de la patronne, Mme Lemarchand, lui permet de manipuler à son gré les deux jeunes gens d'origine modeste, Franck et Hilda, auquel elle dénie jusqu'au droit d'exister.

Texte 10

THÉÂTRE

JEAN GENET, *Les Bonnes* (1947) © Éditions Gallimard ♦ scène d'exposition

Jean Genet (1910-1986), figure de l'écrivain-voyou, est un des dramaturges majeurs du XXe siècle. Dans son théâtre, mais aussi sa poésie ou ses œuvres en prose, il ose s'attaquer à tous les tabous de l'époque.

Cet extrait est l'incipit des Bonnes. *Claire et Solange, les deux domestiques, imitent leur maîtresse, absente.*

La chambre de Madame. Meubles Louis XV. Au fond, une fenêtre ouverte sur la façade de l'immeuble en face. À droite, le lit. À gauche, une porte et une commode. Des fleurs à profusion. C'est le soir. L'actrice qui joue Solange est vêtue d'une petite robe noire de domestique. Sur une chaise, une autre petite robe noire, des bas de fil noirs, une paire de souliers noirs à talons plats.

CLAIRE *(debout, en combinaison, tournant le dos à la coiffeuse. Son geste – le bras tendu – et le ton seront d'un tragique exaspéré).* – Et ces gants ! Ces éternels gants ! Je t'ai dit souvent de les laisser à la cuisine. C'est avec ça, sans doute, que tu espères séduire le laitier. Non, non, ne mens pas, c'est inutile. Pends-les au-dessus de l'évier. Quand comprendras-tu que cette chambre ne doit pas être souillée ? Tout, mais tout ! ce qui vient de la cuisine est crachat. Sors. Et remporte tes crachats ! Mais cesse ! *(Pendant cette tirade, Solange jouait avec une paire de gants de caoutchouc, observant ses mains gantées, tantôt en bouquet, tantôt en éventail.)* Ne te gêne pas, fais ta biche. Et surtout ne te presse pas, nous avons le temps. Sors ! *(Solange change soudain d'attitude et sort humblement, tenant du bout des doigts les gants de caoutchouc. Claire s'assied à la coiffeuse. Elle respire les fleurs, caresse les objets de toilette, brosse ses cheveux, arrange son visage.)* Préparez ma robe. Vite, le temps presse. Vous n'êtes pas là ? *(Elle se retourne.)* Claire ! Claire ! *(Entre Solange.)*

SOLANGE. – Que Madame m'excuse, je préparais le tilleul *(Elle prononce* tillol.*)* de Madame.

CLAIRE. – Disposez mes toilettes. La robe blanche pailletée. L'éventail, les émeraudes.

SOLANGE. – Tous les bijoux de Madame ?

CLAIRE. – Sortez-les. Je veux choisir. *(Avec beaucoup d'hypocrisie.)* Et naturellement les souliers vernis. Ceux que vous convoitez depuis des années. *(Solange prend dans l'armoire quelques écrins qu'elle ouvre et dispose sur le lit.)* – Pour votre noce sans doute. Avouez qu'il vous a séduite ! Que vous êtes grosse[1] ! Avouez-le ! *(Solange s'accroupit sur le tapis et, crachant dessus, cire les escarpins vernis.)* – Je vous ai dit, Claire, d'éviter les crachats. Qu'ils dorment en vous, ma fille, qu'ils y croupissent. Ah ! ah ! *(Elle rit nerveusement.)* Que le promeneur égaré s'y noie. Ah ! ah ! vous êtes

1. Grosse : enceinte.

hideuse, ma belle. Penchez-vous davantage et vous regardez dans mes souliers. *(Elle tend son pied que Solange examine.)* Pensez-vous qu'il me soit agréable de me savoir le pied enveloppé par les voiles de votre salive ? Par la brume de vos marécages ?

SOLANGE *(à genoux et très humble).* – Je désire que Madame soit belle.

CLAIRE *(elle s'arrange dans la glace).* – Vous me détestez, n'est-ce pas ? Vous m'écrasez sous vos prévenances, sous votre humilité, sous les glaïeuls et le réséda[1]. *(Elle se lève et d'un ton plus bas.)* On s'encombre inutilement. Il y a trop de fleurs. C'est mortel. *(Elle se mire encore.)* Je serai belle. Plus que vous ne le serez jamais.

Texte 11

THÉÂTRE

SAMUEL BECKETT, *En attendant Godot* (1952) © éd. de Minuit ♦ acte I

Samuel Beckett (1906-1989) est l'auteur de plusieurs pièces apparentées au théâtre de l'absurde, qui interrogent la condition humaine avec gravité et dérision et lui ont valu en 1969 le prix Nobel de littérature. En attendant l'arrivée incertaine d'un nommé Godot, deux clochards, Vladimir et Estragon, échangent sur les sujets les plus disparates, des plus triviaux aux plus métaphysiques. Passent Pozzo et son serviteur Lucky, la corde au cou, moins bien traité qu'un chien. Vladimir interroge Pozzo : pourquoi Lucky, cette figure étrange, ne pose-t-il jamais complètement les lourdes valises qu'il porte ?

POZZO. – C'est pour m'impressionner, pour que je le garde.

ESTRAGON. – Comment ?

POZZO. – Je me suis peut-être mal exprimé. Il cherche à m'apitoyer, pour que je renonce à me séparer de lui. Non, ce n'est pas tout à fait ça.

VLADIMIR. – Vous voulez vous en débarrasser ?

---

1. **Réséda** : fleur blanche très parfumée. Le glaïeul et le réséda sont souvent utilisés pour confectionner les gerbes funèbres.

Pozzo. – Il veut m'avoir, mais il ne m'aura pas.

Vladimir. – Vous voulez vous en débarrasser ?

Pozzo. – Il s'imagine qu'en le voyant bon porteur je serai tenté de l'employer à l'avenir dans cette capacité.

Estragon. – Vous n'en voulez plus ?

Pozzo. – En réalité il porte comme un porc. Ce n'est pas son métier.

Vladimir. – Vous voulez vous en débarrasser ?

Pozzo. – Il se figure qu'en le voyant infatigable je vais regretter ma décision. Tel est son misérable calcul. Comme si j'étais à court d'hommes de peine ! *(Tous les trois regardent Lucky.)* Atlas[1], fils de Jupiter ! *(Silence.)* Et voilà. Je pense avoir répondu à votre question. En avez-vous d'autres ? *(Jeu du vaporisateur[2].)*

Vladimir. – Vous voulez vous en débarrasser ?

Pozzo. – Remarquez que j'aurais pu être à sa place et lui à la mienne. Si le hasard ne s'y était pas opposé. À chacun son dû.

Vladimir. – Vous voulez vous en débarrasser ?

Pozzo. – Vous dites ?

Vladimir. – Vous voulez vous en débarrasser ?

Pozzo. – En effet. Mais au lieu de le chasser, comme j'aurais pu, je veux dire au lieu de le mettre tout simplement à la porte, à coups de pied dans le cul, je l'emmène, telle est ma bonté, au marché de Saint-Sauveur, où je compte bien en tirer quelque chose. À vrai dire, chasser de tels êtres, ce n'est pas possible. Pour bien faire, il faudrait les tuer.

Lucky pleure.

Estragon. – Il pleure.

Pozzo. – Les vieux chiens ont plus de dignité. *(Il tend son mouchoir à Estragon.)* Consolez-le, puisque vous le plaignez. *(Estragon hésite.)* Prenez. *(Estragon prend le mouchoir.)* Essuyez-lui les yeux. Comme ça il se sentira moins abandonné.

---

1. Atlas : personnage de la mythologie grecque, condamné par Zeus à soutenir la voûte céleste pour s'être révolté contre les dieux de l'Olympe.

2. Pozzo pulvérise fréquemment un liquide dans sa gorge, qu'il recrache aussitôt.

Estragon hésite toujours.

Vladimir. – Donne, je le ferai, moi.

Estragon ne veut pas donner le mouchoir. Gestes d'enfant.

Pozzo. – Dépêchez-vous. Bientôt il ne pleurera plus. *(Estragon s'approche de Lucky et se met en posture de lui essuyer les yeux. Lucky lui décoche un violent coup de pied dans les tibias. Estragon lâche le mouchoir, se jette en arrière, fait le tour du plateau en boitant et en hurlant de douleur.)* Mouchoir. *(Lucky dépose valise et panier, ramasse le mouchoir, avance, le donne à Pozzo, recule, reprend valise et panier.)*

Estragon. – Le salaud ! La vache ! *(Il relève son pantalon.)* Il m'a estropié !

Texte 12

THÉÂTRE

Marie NDIAYE, *Hilda* (1999) © éd. de Minuit ♦ scène 3

Le talent d'écrivain de Marie Ndiaye (née en 1967) a été couronné du prix Goncourt pour Trois femmes puissantes *en 2009. De père sénégalais, elle accorde une place importante dans son œuvre à la question de l'altérité.*

Mme Lemarchand, bourgeoise qui se réclame progressiste de gauche, prend à son service Hilda, jeune mère de famille, et va progressivement et insidieusement faire d'elle son « objet », exigeant d'en être aimée et la privant de toute existence en dehors de sa fonction de domestique. Hilda ne parle à aucun moment de la pièce et n'existe qu'au travers des paroles de son employeur ou de son mari. L'ensemble du texte est un dialogue entre Mme Lemarchand et Franck, le mari d'Hilda, qui n'oppose que quelques mots à cette patronne qui engloutit progressivement toute la vie du jeune couple.

Dans cet extrait, Franck, blessé à son travail, veut à tout prix ramener chez lui son épouse, qui n'est pas rentrée depuis plusieurs jours.

FRANCK. – Hilda a peur. Elle a changé. Elle est triste.

MME LEMARCHAND. – Mais non ! Hilda est très gaie, exactement comme je le voulais. Ne vous en faites pas. Elle est froide également, et taciturne, mais joyeusement froide à présent. Ne vous tracassez pas, Franck. De quoi Hilda aurait-elle peur ?

FRANCK. – Hilda a peur de vous et de cette maison et de ces enfants. Elle a peur parce qu'elle est la bonne. Elle ne sait pas comment arrêter.

MME LEMARCHAND. – Ce que vous dites ne signifie rien, Franck. Hilda me trouve gentille : comment aurait-elle peur de moi ?

FRANCK. – Je ne sais pas. Mais c'est ainsi.

MME LEMARCHAND. – Tenez, Franck, prenez cet argent, trois mois d'avance sur le travail d'Hilda. Vous êtes blessé et anxieux, l'argent vous aidera.

FRANCK. – Merci, non.

MME LEMARCHAND. – Prenez-le. Ce n'est jamais qu'une avance. Qu'est-ce que cela change ? Voilà le taxi. Prenez l'argent, Franck, et rentrez maintenant. Vite.

FRANCK. – Hilda nous regarde.

MME LEMARCHAND. – Oui, et après ? Sa main est en visière pour se protéger du soleil et le bas de ma petite robe danse sur ses genoux. Et après ? Montez, Franck.

FRANCK. – Elle vient vers nous.

MME LEMARCHAND. – Hilda veut savoir ce qu'elle doit faire à présent, quelles tâches il lui reste avant ce soir. Oui, elle vient me le demander. Au revoir, Franck. Prenez garde à l'argent. Rentrez chez vous, allez au diable, vous et votre main, rentrez, rentrez !

L'émergence mouvementée du drame romantique

| REPÈRE 1 |

Au XIXe siècle apparaît un genre littéraire nouveau, le drame romantique, qui bouscule la distinction classique entre comédie et tragédie. Il s'inscrit dans un courant artistique plus large, le romantisme : une jeune génération de créateurs va à l'encontre du conservatisme, aussi bien social qu'esthétique.

QUI SONT LES ROMANTIQUES ?

1 • Une jeunesse qui se sent incomprise et sacrifiée

• La génération romantique réunit de **jeunes écrivains, musiciens ou peintres** qui ont le sentiment d'être nés quelques années trop tard. Ils vénèrent Napoléon, le petit caporal devenu empereur, mais les rêves d'ascension sociale fulgurante leur sont interdits. La restauration de la monarchie, en 1815, a en effet remis au pouvoir une société d'hommes âgés crispés sur des **privilèges liés à la naissance et non au mérite**.

• Ces nouveaux artistes se reconnaissent dans la prose exaltée de **Chateaubriand** (1768-1848) et dans la poésie élégiaque[1] de **Lamartine** (1790-1869). Ils découvrent également la littérature sensible des auteurs allemands.

2 • Le héros romantique, une nouvelle figure littéraire

• Julien Sorel, Frédéric Moreau ou Lucien de Rubempré[2] sont autant de jeunes gens déçus par des rêves avortés. Les personnages qui naissent sous la plume des écrivains romantiques **souffrent**, et leur **grande sensibilité** s'exprime par un lyrisme intense. De nouvelles formes littéraires voient le jour. Le refuge dans la contemplation d'une nature tourmentée, le libertinage ou la création artistique sont autant de dérivatifs à cette souffrance, parfois suicidaire.

1. **Poésie élégiaque** : poésie où s'expriment toute la tristesse et la mélancolie du poète.
2. **Julien Sorel, Frédéric Moreau, Lucien de Rubempré** sont respectivement les héros du *Rouge et le Noir* (1830) de Stendhal, de *L'Éducation sentimentale* (1869) de Flaubert et de *La Comédie humaine* de Balzac (principalement *Illusions perdues* et *Splendeurs et misères des courtisanes*, 1837-1847).
3. **Lyrisme** : expression exaltée de ses sentiments personnels.

LE PROJET D'UN NOUVEAU THÉÂTRE

1 • Le souhait d'une « révolution » théâtrale

• En ce début de XIXe siècle, les jeunes dramaturges considèrent la **tragédie classique** comme une forme **rigide et anachronique**. Par comparaison, les pièces de **Shakespeare**, qui développent une palette très riche d'émotions et de situations, leur paraissent beaucoup plus vivantes. Mais les écrivains néoclassiques et leur public conservateur ont la mainmise sur les théâtres parisiens. Les jeunes dramaturges vont donc élaborer un théâtre d'un nouveau genre, le drame romantique, théorisé en 1827 par Victor Hugo dans la Préface de *Cromwell*. Ils vont ensuite essayer de s'imposer sur les scènes parisiennes, scènes officielles, comme la Comédie-Française, ou théâtres de boulevard.

2 • Un texte clé : la Préface de *Cromwell*

• Ce texte de Hugo est marqué par un **refus général des interdits**, au nom de la liberté de création des artistes : l'art ne doit connaître « d'autres règles que les lois générales de la nature ». Dans un souci de réalisme, les unités de temps et plus encore de lieu sont bannies. On cherche au contraire à recréer une « **couleur locale** » qui rende la scène crédible et réaliste. Les sujets historiques, qui font écho aux problématiques des contemporains de Hugo, sont privilégiés.

• Pour représenter l'être humain dans toute sa complexité, sans occulter ses contradictions, le **sublime** (la noblesse des sentiments et la spiritualité) coexiste avec le **grotesque** (l'homme est aussi un corps). On trouvera ainsi dans le drame romantique toute la palette des sentiments humains. Dans le souci d'être au plus près du vécu, les personnages s'expriment avec une grande **diversité langagière**, y compris en utilisant le vocabulaire du quotidien, ce qui choquera les partisans du théâtre classique.

• Hugo revendique également le maintien de l'**alexandrin** (vers de 12 syllabes), dont il va assouplir les règles de construction afin qu'il s'adapte aux différentes situations d'énonciation avec plus de vraisemblance.

• Les grandes œuvres du théâtre romantique appliquent ces préceptes ; elles restent malgré tout apparentées à la tragédie classique, à laquelle elles empruntent de superbes héros, emmêlés dans les fils d'une destinée implacable.

3 • Une victoire sur le conservatisme : la « bataille » d'*Hernani*

• On a du mal à imaginer aujourd'hui que des jeunes gens de vingt ans soient prêts à prendre les armes pour défendre une pièce de théâtre. C'est pourtant un **violent combat**, symbolique et parfois physique, qui les a opposés à la vieille garde théâtrale, le 25 février 1830 et durant les mois qui ont suivi.

• Pour défendre son œuvre face au public de la Comédie-Française, Hugo recrute **600 jeunes artistes** dans différentes écoles et ateliers, véritable « armée romantique » selon Théophile Gautier. Le soir de la première à la Comédie-Française, les acteurs sont interrompus plus de 150 fois par des cris, sifflets, rires ou applaudissements. Mais la « claque » romantique a le dessus, et la pièce sera rejouée plusieurs soirs de suite. L'événement fait grand bruit à Paris, et un jeune homme perdra la vie dans un duel en défendant les couleurs de Hugo.

• À l'issue de ces semaines importantes, **le drame romantique gagne en légitimité** et a droit de cité sur les scènes françaises.

Victor Hugo, un génie engagé | REPÈRE 2

Si Victor Hugo est considéré comme l'un des écrivains majeurs de la littérature française c'est d'abord en raison de la qualité, de l'ampleur et de la diversité de son œuvre : il nous a laissé des textes essentiels dans tous les domaines. Mais son engagement en faveur des plus démunis et son courage politique expliquent aussi sa renommée.

L'ÉLAN CRÉATEUR DE LA JEUNESSE

1 • Une vocation précoce

• Victor Hugo, né en 1802, a été profondément marqué dans son enfance par la **mésentente** conjugale et politique **de ses parents**, qui ont fini par divorcer. Il a **beaucoup voyagé**, au gré des affectations de son père, général de l'armée napoléonienne. Un long séjour à Madrid notamment lui a laissé des souvenirs durables et l'Espagne sera très présente dans son œuvre théâtrale.

• À quinze ans, alors que son père le destine à l'École polytechnique, il reçoit un prix de l'Académie française, et est dès lors libre de devenir écrivain.

2 • Les débuts d'un jeune écrivain passionné

• Hugo, pourtant alors proche des royalistes, devient le **chef de file des écrivains romantiques**. Sa production littéraire est abondante : grands romans (*Notre-Dame de Paris*, 1831), poèmes lyriques (*Les Feuilles d'automne*, 1831 ; *Les Rayons et les Ombres*, 1840), drames aux succès inégaux (réussite d'*Hernani*, 1830 ; échec de *Lucrèce Borgia*, 1833).

• Il partage sa vie entre **Adèle Foucher**, l'amie d'enfance qu'il a épousée à vingt ans et avec qui il a eu cinq enfants, et **Juliette Drouet**, la maîtresse qui restera à ses côtés cinquante ans durant.

• Après la mort accidentelle, en 1843, de sa fille **Léopoldine** à l'âge de dix-neuf ans, il s'engage en politique, rejoignant après 1848 le camp des **républicains**. Son opposition au coup d'État de Napoléon III du 2 décembre 1851 le contraint à l'exil.

LA MATURITÉ : SOUFFRANCE ET SUCCÈS

1 • Un exil fécond

• Hugo passe **dix-huit ans en exil** dans les îles anglo-normandes de Jersey (1852-1855) puis de Guernesey (1855-1870). Il a toujours décliné les propositions de l'empereur qui l'invitait à regagner Paris.

• Ces années d'exil sont celles de la **publication de ses chefs-d'œuvre** : la grande fresque romanesque *Les Misérables* (1862), les recueils de poésie majeurs (*Les Contemplations*, 1856 ; *La Légende des siècles*, 1859-1883). Hugo développe une approche mystique de la création : il considère que le poète doit être un véritable « voyant », intermédiaire entre le ciel et les hommes.

2 • Une reconnaissance totale

• À son retour d'exil, en 1870, Hugo connaît un **succès littéraire** qui ne se dément pas. Il est l'idole de la **gauche républicaine**. Ses prises de position, tout au long de sa vie, contre la peine de mort ou le travail des enfants, et en faveur de l'égalité sociale, en font une grande figure de l'humanisme.

• À sa **mort en 1885**, lors de funérailles nationales, une foule immense escorte son cercueil au Panthéon.

La place de *Ruy Blas* dans la vie et l'œuvre de Hugo

| REPÈRE 3 |

Victor Hugo espérait de Ruy Blas *une pleine reconnaissance de son talent de dramaturge. Dans le contexte houleux d'hostilité au romantisme, la critique ne l'épargne pas. Mais le succès populaire, au rendez-vous dès le premier soir, ne s'est jamais démenti ensuite.*

1838 : UN HOMME JEUNE À UN TOURNANT DE SA VIE

• C'est en **homme blessé** que Victor Hugo commence à écrire *Ruy Blas*. Sainte-Beuve, critique et ami très proche, qui a soutenu les combats du jeune mouvement romantique, le rejette désormais. Il vient également de perdre son frère Eugène. Et, alors que la relation avec sa femme, Adèle, se distend, sa liaison passionnée avec l'actrice Juliette Drouet connaît des heures sombres.

• Depuis la « bataille » d'*Hernani* en 1830 → repère 1, Hugo est le chef de file des artistes romantiques. Mais le **succès théâtral**, qu'il espère tant, n'est **pas encore au rendez-vous**. En effet, le public bourgeois reste attaché aux formes néoclassiques des théâtres officiels (Comédie-Française et Odéon), alors que le public populaire se tourne plus volontiers vers le mélodrame des théâtres dits de boulevard.

LA PREMIÈRE DE *RUY BLAS* : SUCCÈS PUBLIC, ÉCHEC CRITIQUE

• *Ruy Blas* inaugure un nouveau théâtre, le **théâtre de la Renaissance**. Le succès populaire de la pièce est d'autant plus retentissant que l'acteur fétiche de l'époque **Frédérick Lemaître**, y incarne Ruy Blas.

• Du côté de la **critique** en revanche, la **condamnation** est sans appel. Certains, à l'instar de Balzac, ne feront même pas le déplacement, considérant que « *Ruy Blas* est une énorme bêtise, une infamie en vers[1] ». La plume des journalistes qui relatent la soirée est cinglante : « La séance du conseil de Castille n'est qu'une bouffonnerie digne tout au plus des tréteaux de boulevard.[2] » Emprunter à l'esthétique populaire du mélodrame a coûté cher à Hugo.

1. *Lettres à l'étrangère*, 15 décembre 1838.

2. Gustave Planche, *La Revue des Deux Mondes*, novembre 1838.

REJET ET CONSÉCRATION DE LA PIÈCE

- Éreintée par la critique, la pièce n'en est pas moins **jouée une cinquantaine de fois en six mois**. Elle sera ensuite **interdite** sous le Second Empire (1852-1870), dont Hugo est devenu l'ennemi public. Mais *Ruy Blas* est si apprécié des spectateurs qu'une pièce de Dumanoir et D'Ennery, *Don César de Bazan*, ersatz du vrai drame, sera offerte au public en attendant le retour de la fresque de Hugo sur la scène de l'Odéon en 1872.
- Le vieil Hugo assistera à l'entrée de ses personnages au répertoire de la **Comédie-Française**, le 4 avril 1879, avec **Sarah Bernhardt**, actrice la plus célèbre de l'époque, dans le rôle de la reine.
- L'Histoire a retenu peu de drames romantiques, mais *Ruy Blas*, considéré aujourd'hui comme le chef-d'œuvre dramatique de Hugo, fait partie des plus joués.

Mises en scène contemporaines d'une œuvre multiple | REPÈRE 4 |

Le théâtre de Victor Hugo est ambitieux: un spectacle long, nécessitant des moyens importants. Mais sa force et sa part de mystère continuent d'attirer aujourd'hui les plus grands metteurs en scène.

UN TEXTE FORT POUR LES METTEURS EN SCÈNE

• Jean Vilar: le retour à l'émotion

Après le succès de l'interprétation de Sarah Bernhardt à la Comédie-Française en 1879 → repère 3, *Ruy Blas* est devenu un **grand classique** des scènes françaises, mais sa mise en scène s'est un peu figée. Il a fallu attendre que Jean Vilar, le fondateur du Festival d'Avignon, qui souhaitait offrir à tous un théâtre de qualité, s'en empare, en 1954, pour que le texte soit dépoussiéré. Vilar confie la jeunesse impétueuse de Ruy Blas au brillant **Gérard Philippe**. Il exige de ses acteurs qu'ils fassent partager au public **l'intensité des émotions** que charrient les mots de Hugo: «Je demande aux ministres d'être âpres, durs, rapaces. Aux amoureux d'aimer comme des fous. Aux drôles d'être tonitruants ou vifs. Aux rôles d'autorité d'être autoritaires, vifs, nets, forts. Nous manquons encore de flamme.[1]»

1. Jean Vilar, *Note pour les comédiens*, 25 février 1954.

2 • Les interprétations contemporaines : la part du rêve

Récemment, trois mises en scène ont fait date, singulières, mais qui toutes ont mis l'accent sur la **jeunesse** des héros et la part de **rêve** incarnée par les personnages. Ainsi, la destinée de ce valet qui règne sur le royaume d'Espagne et le cœur de la reine n'est en rien invraisemblable, puisqu'elle est interprétée comme une situation aux lisières du rêve, du fantasme. Et dans cet univers empreint d'onirisme[1], Ruy Blas et la reine peuvent évoquer leur trouble amoureux sans être vus ni entendus des courtisans qui se pressent autour d'eux lorsque Ruy Blas apporte la lettre du roi (acte II, scène 3).

DES EXEMPLES DE MISES EN SCÈNE RÉCENTES

1 • L'inquiétante étrangeté (Brigitte Jacques-Wajeman)

• Brigitte Jacques-Wajeman (Comédie-Française, 2002) prend le parti de mettre l'accent sur la **dimension onirique** du texte : « La pièce m'est apparue comme un immense rêve. Un conte, un cauchemar. Où affleure l'inconscient. L'allusion constante aux couloirs, aux fonds, aux trappes, aux égouts, au puits – aussi sombre que les personnes –, et réciproquement : un univers absolument étranger. On descend comme dans les entrailles de la terre. Aussi avais-je envie d'un décor aux murs mouvants, presque organiques – des images de gens attrapés par des chauves-souris, pris dans des filets –, un monde à la Goya : une "glu hideuse", comme dit Hugo, où les gens sont saisis dans un tissu, où ils ignorent de quoi sont faits leurs songes et leurs désirs.[2] » La **reine**, interprétée par **Rachida Brakni**, est délibérément représentée comme une jeune femme **à la dérive**, en perdition.

2 • L'éclat de la jeunesse (William Mesguich)

• William Mesguich (théâtre de l'Étreinte, 2006) ancre l'histoire dans un décor résolument **contemporain**, où des **jeunes gens fougueux et impatients** se heurtent à des vieillards grimaçants qui semblent sortis tout droit de mauvais rêves. Leur énergie physique se manifeste avec une grande vigueur sur le plateau. Le caractère onirique de certaines scènes est rendu par une scénographie qui déploie des matières et lumières étranges, ainsi que par le dédoublement du jeu des acteurs par des voix off ou des écrans de projection. Une musique mystérieuse

1. **Onirisme** : ce qui est lié au rêve.

2. Programme de *Ruy Blas* à la Comédie-Française.

accentue l'étrangeté du spectacle. Mesguich voit les différents personnages comme autant de **doubles problématiques de Ruy Blas**, déclinaisons inattendues d'une personnalité complexe.

3 • L'échec du peuple (Christian Schiaretti)

- Christian Schiaretti (TNP, Villeurbane, 2012) s'inscrit dans le sillage de Vilar, insufflant à ses comédiens toute l'énergie nécessaire à la transmission d'**émotions intenses.** Une **dimension presque fantastique** est également présente dans son interprétation, évoquée notamment par l'étrangeté des jeux de lumière. Mais il choisit d'enfermer la jeunesse dans une vie de cour rigide et interroge la révolte populaire chantée par Hugo. De son point de vue, l'indignation de Ruy Blas, non suivie d'engagement, n'aboutit qu'à une **colère stérile**. Et l'assassinat de Salluste constitue les **prémices de la Terreur**.

Les éclats du drame romantique

| FICHE 1 |

Victor Hugo et les jeunes romantiques nourrissent le projet de « dépoussiérer » le théâtre néoclassique, coupé de la vraie vie et de ses émotions. Ruy Blas*, souvent considéré comme un des chefs-d'œuvre du drame romantique, incarne brillamment ces aspirations : c'est un spectacle captivant, à l'ancrage historique fort, où toute la palette des sentiments humains se déploie. En parallèle, les héros sont pris dans les engrenages d'un destin auquel ils ne peuvent échapper, ce qui rapproche* Ruy Blas *de la tragédie classique.*

LA MÉCANIQUE D'UN DESTIN IMPLACABLE

1 • Une construction rigoureuse

• L'intrigue repose sur **deux ressorts** : le **projet de vengeance de Salluste** et le **rêve d'amour de Ruy Blas**, qui ne peuvent se réaliser l'un sans l'autre. Pour mener à bien son plan machiavélique, Salluste favorise l'ascension de Ruy Blas. Il choisit ensuite l'apogée du bonheur du jeune homme (qui gouverne l'Espagne et se sait aimé de la reine, acte III, scène 5), pour venir sèchement briser ses rêves, le ramenant à son statut de valet. La **symétrie de la composition** du drame est assez stricte : ascension lors des deux premiers actes, retournement acte III, puis chute durant les deux derniers actes. Ruy Blas lutte cependant jusqu'à la fin pour tenter de déjouer la machination de Salluste.

2 • La fonction dramatique et symbolique de l'espace

• Pour accentuer l'impression d'un piège qui se referme sur les personnages, Hugo **rétrécit l'espace scénique** au fil des actes. Spacieux, ouvert et lumineux au début du spectacle, le décor se mue en une « petite chambre somptueuse et sombre » avec une fenêtre « garnie de barreaux et d'un auvent inférieur comme les croisées des prisons », qui fait écho symboliquement à l'immobilisation des personnages des héros : tous les objets y sont « vieux », « à demi effacés » (début de l'acte IV, p. 148).

3 • Une destinée écrite d'avance

• Pour accentuer le caractère implacable du destin dont les héros vont être les jouets, Hugo dissémine au fil des scènes des **indices qui annoncent les scènes clés**, auxquels le spectateur trouvera une cohérence *a posteriori*. Ainsi la métaphore du poison (v. 361, 614, 802), utilisée pour désigner les craintes et souffrances des personnages, irrigue-t-elle tout le texte, jusqu'au suicide de Ruy Blas où elle s'incarne tragiquement.

LE PLAISIR D'UN GRAND SPECTACLE : LES EMPRUNTS AU MÉLODRAME[1]

1 • Un théâtre d'action : suspense et tension dramatique

• Meurtres, rebondissements, coups de théâtre : Hugo **tient son public en haleine** d'un bout à l'autre de la pièce. Entre l'ouverture du rideau sur les menaces effrayantes de Salluste et l'éclatant suicide de Ruy Blas, les **faits d'armes** sont toujours au rendez-vous, racontés ou montrés. Hugo est un maître dans l'art du suspense et, à la manière d'un **feuilleton**[2], il interrompt brusquement l'action à des moments stratégiques (fin de l'acte I, par exemple). Pour soutenir l'attention du public et relancer son intérêt, retournements et **coups de théâtre** émaillent les scènes : ainsi Salluste surgit-il de l'ombre, au moment où on l'attend le moins (acte III, scène 5). Cette succession trépidante d'actions frôle parfois l'**invraisemblance**, trait du mélodrame reproché à Hugo : que penser, par exemple, de la ressemblance physique presque parfaite entre César et Ruy Blas ?

• Hugo joue également sur la **double énonciation** : le spectateur en sait plus que les personnages et redoute le destin funeste auquel ils sont promis, alors même qu'ils goûtent un bonheur illusoire (acte III) ou croient échapper au malheur (acte IV).

2 • Donner toute sa place à l'émotion

• Jamais dans *Ruy Blas* l'expression des sentiments des personnages n'est escamotée : colère éclatante, amour passionné ou souffrance violente trouvent leur place dans de larges tirades qui laissent le temps au public de **vibrer à l'unisson des héros**, comme lors de l'intense déclaration d'amour des héros (acte III, scène 3).

1. **Mélodrame** : genre théâtral populaire qui accorde une grande place à l'action, au risque de l'invraisemblance, et à l'émotion, avec un recours important au pathétique. Les personnages y sont bons ou mauvais, sans nuance.

2. **Feuilleton** : long récit à suspense publié par épisodes dans les journaux au XIXe siècle. Les séries télévisées en sont la forme moderne.

FAIRE MIROITER TOUTES LES FACETTES DE LA VIE

1 • Un drame historique

• Grâce à la précision des didascalies et au nombre important de personnages, Hugo convie le spectateur à un véritable voyage dans le temps, à la rencontre des splendeurs de la cour de Charles II. C'est une véritable **fresque historique**, qui se déroule sur six mois et dans différents lieux.

2 • Un kaléidoscope d'émotions : le sublime et le grotesque entremêlés

• *Ruy Blas* ne déroge pas à la règle d'une alternance entre le **sublime spirituel** et le **grotesque charnel**. Un même personnage peut être tour à tour sublime et grotesque. Hugo a aussi recours à cette opposition pour caractériser ses personnages par contraste. La lettre poétique adressée par Ruy Blas à la reine (v. 796-800) est ainsi mise en valeur par la médiocrité comique de la missive du roi chasseur : « Madame, il fait grand vent et j'ai tué six loups » (v. 816).

3 • La liberté d'une langue renouvelée

• Afin d'exprimer au plus juste les émotions des personnages, Hugo **plie l'alexandrin à ses désirs**, allant jusqu'à inclure six répliques dans un même vers (v. 972, par exemple). Rythme ternaire, rejets, contre-rejets ou enjambements se succèdent : Hugo peut ici clamer à raison qu'il a « disloqué ce grand niais d'alexandrin[1] ». Insultes ou **vocabulaire du quotidien** colorent également les récits truculents des aventures de César de Bazan.

Les personnages : anges, démons ou bouffons

| FICHE 2 |

À la noirceur de Salluste s'oppose la pureté romantique de la reine et de Ruy Blas, réunis par des aspirations communes malgré leur différence de statut social. Autour de ce trio gravitent, outre de nombreux figurants présents pour la couleur locale, des personnages rendus comiques par Hugo. Ruy Blas et Salluste sont tous les deux des créateurs démiurges puissants qui peuvent changer le cours des choses par leurs seuls mots. Mais l'un est bien né, et l'autre non.

1. *Les Contemplations* (1856).

SALLUSTE, L'INCARNATION DU MAL

1 • « L'enfer est dans cette âme » (v. 609)

• À aucun moment, Salluste ne trouve grâce aux yeux du public. Qualifié à plusieurs reprises de « serpent » (v. 260, 604, 2174) ou de « démon » (v. 612, 1312, 1512, 2037, 2210), il se délecte à faire le mal : c'est au moment où Ruy Blas accède enfin au bonheur (acte III, scène 5) qu'il choisit de briser ses rêves. Ce **sadisme** se double d'un fort mépris pour les femmes, qui s'exprime dès les premiers vers de la pièce.

2 • Un créateur satanique

• Salluste met au service de son funeste projet un talent qui l'apparente à un véritable **artiste du vice**. Il est tour à tour le marionnettiste qui tire les ficelles, le metteur en scène qui distribue les rôles et donne leurs costumes aux personnages ou l'auteur d'un « opéra » (v. 200) qui conçoit l'ensemble de l'œuvre en faisant écrire dès les premières scènes des lettres qui serviront lors du dénouement. Sa **maîtrise de la vie des autres** est totale : « il a toutes les clefs de toutes les serrures » (v. 1522).

RUY BLAS ET LA REINE, HÉROS ROMANTIQUES

1 • Ruy Blas, les multiples visages du romantisme

• Acte I, scène 3, César évoque les espoirs déçus du jeune Ruy Blas, avant sa rencontre avec Salluste : archétype du héros romantique, Ruy Blas rêvait d'amour bien sûr, mais aussi d'être reconnu pour son génie poétique, ainsi que de changer le monde. Or son intégrité et son intelligence, au sein de la conspiration de Salluste, lui permettent de réaliser ses idéaux. Sa parole est performative[1] : d'un mot, il révoque les ministres corrompus ou fait succomber la reine (« Oh ! parle ! ravis-moi ! », implore-t-elle au v. 1227). Mais son **éloquence politique ou poétique** ne sert à rien dans un monde où **seule la naissance compte**, et ses rêves sont brisés une seconde fois. Face à la cruauté du destin, il ne capitule jamais et en appelle régulièrement, avec **mysticisme**, à l'aide divine.

1. **Parole performative** : parole qui constitue en elle-même l'acte qu'elle énonce (« Je vous marie », par exemple).

2 • La reine, alter ego féminin de Ruy Blas

• Figure de la **pureté**, vêtue de blanc au milieu des duègnes sombres, la reine n'en est pas moins **active** : elle éloigne le menaçant Guritan, puis, dans l'ombre, propulse Ruy Blas sur le devant de la scène politique, l'observe, a recours aux services d'une duègne pour se protéger. Sensible à la poésie, en quête de l'amour absolu, éprise d'intégrité politique, elle est **l'âme sœur de Ruy Blas**. Elle partage également avec lui un **mysticisme** affirmé. Et bien qu'elle soit reine, elle souffre elle aussi d'un sentiment d'**enfermement**, non à cause du déterminisme social, mais du fait du carcan du protocole de la cour.

LA GALERIE BIGARRÉE DES PERSONNAGES SECONDAIRES

1 • César de Bazan et Casilda, les adjuvants

• **Casilda**, la suivante de la reine, joue le rôle traditionnel de la **domestique rusée**, complice de sa maîtresse. Elle tente de distraire la reine de son ennui, mais c'est à une duègne inconnue que la souveraine fera appel lorsqu'il s'agira de prendre contact avec Ruy Blas, tant le risque de compromission est grand.

• **César**, l'**ami de jeunesse** de Ruy Blas, est un **aventurier** haut en couleur, qui apporte à la pièce une dimension picaresque[1]. **Homme d'honneur**, il refuse d'être le complice de Salluste. Mais, par une ironie tragique[2], alors qu'il croit déjouer les plans du vieil homme, à l'acte IV, il les favorise. Noble devenu bandit, proche du peuple, il invite les spectateurs à un intermède comique sous haute tension tout au long de l'acte IV.

2 • La duchesse d'Albuquerque et don Guritan : une rigidité comique

• La **vieille duègne** veille au respect du protocole durant l'acte II. Elle refuse à la reine le moindre espace de liberté avec une constance qui en devient comique, du fait de la répétition mécanique de ses refus.

• Don Guritan, le **vieux dignitaire amoureux de la reine**, est ridiculisé : d'abord par Casilda, qui le dépeint en « héron » (v. 629), puis par la reine, qui le traite de

1. **Picaresque** : relatif aux aventures mouvementées des *picaros*, héros populaires et désargentés de romans espagnols du XVIe siècle.

2. **Ironie tragique** : situation dans laquelle une action a des conséquences inverses à celles qui étaient attendues, précipitant la chute des protagonistes.

« vieux fou » (v. 1880) dans la lettre adressée à sa famille, enfin par César de Bazan (v. 1907).

3 • Figurants et rôles mineurs

• Le peuple est présent à travers les **valets**, comme Gudiel, les Noirs muets ou le laquais de l'acte IV. Contrairement à Ruy Blas, ils se soumettent aveuglément aux ordres de leurs maîtres.

• L'escouade de **police**, alcades et alguazils en tête, intervient régulièrement dans cette histoire rocambolesque et animée.

• Enfin, grands d'Espagne et suite de la reine composent « une **cour de haine et de mensonge** » (v. 386). Les grands, incarnation de la corruption, n'ont plus de noble que leur naissance. Quant à la suite lugubre de courtisans qui entourent la reine, elle semble avoir perdu toute humanité.

Déclarations d'amour au théâtre

Les scènes de déclaration d'amour constituent toujours un moment de forte tension dramatique. Les personnages se mettent en danger, car leur amour peut ne pas être réciproque (Cyrano) ou être interdit, voire les deux (Phèdre). Pour le spectateur, ces moments d'émotions intenses, à l'enjeu dramatique capital, sont vécus d'autant plus fortement que l'identification aux personnages est évidente.
Comment dire son amour ? Parfois de grands poètes, comme Cyrano, perdent la parole sous le coup de l'émotion. À la parole maîtrisée de l'indomptable Silvia s'oppose le flot de douleur de Phèdre. Et toujours, le langage du corps accompagne les mots ou les transcende quand ils ne suffisent pas.

DOCUMENT 1

RACINE, *Phèdre* (1677) ♦ acte II, scène 5

Dans cette tragédie de Jean Racine (1639-1699), Phèdre a épousé Thésée, roi d'Athènes. Il est souvent sur les routes, et elle s'éprend violemment de son beau-fils, Hippolyte, lui-même amoureux de la jeune Aricie. Croyant Thésée mort, Phèdre, en présence de sa nourrice, Œnone, a laissé entrevoir à Hippolyte son amour par des sous-entendus. Il est choqué : elle a d'abord nié, mais passe maintenant aux aveux.

HIPPOLYTE

Madame, pardonnez. J'avoue, en rougissant,
Que j'accusais à tort un discours innocent.
Ma honte ne peut plus soutenir votre vue,
Et je vais…

PHÈDRE

Ah ! cruel, tu m'as trop entendue !
Je t'en ai dit assez pour te tirer d'erreur.
Eh bien ! connais donc Phèdre et toute sa fureur.
J'aime. Ne pense pas qu'au moment que je t'aime,
Innocente à mes yeux, je m'approuve moi-même,
Ni que du fol amour qui trouble ma raison,
Ma lâche complaisance ait nourri le poison.
Objet infortuné des vengeances célestes,

Je m'abhorre[1] encor plus que tu ne me détestes.
Les dieux m'en sont témoins, ces dieux qui dans mon flanc
Ont allumé le feu fatal à tout mon sang;
Ces dieux qui se sont fait une gloire cruelle
De séduire le cœur d'une faible mortelle.
Toi-même en ton esprit rappelle le passé.
C'est peu de t'avoir fui, cruel, je t'ai chassé:
J'ai voulu te paraître odieuse, inhumaine,
Pour mieux te résister, j'ai recherché ta haine.
De quoi m'ont profité mes inutiles soins?
Tu me haïssais plus, je ne t'aimais pas moins.
Tes malheurs te prêtaient encor de nouveaux charmes.
J'ai langui, j'ai séché, dans les feux, dans les larmes.
Il suffit de tes yeux pour t'en persuader,
Si tes yeux un moment pouvaient me regarder.
Que dis-je? Cet aveu que je te viens de faire,
Cet aveu si honteux, le crois-tu volontaire?
Tremblante pour un fils que je n'osais trahir,
Je te venais prier de ne le point haïr.
Faibles projets d'un cœur trop plein de ce qu'il aime!
Hélas! je ne t'ai pu parler que de toi-même!
Venge-toi, punis-moi d'un odieux amour;
Digne fils du héros qui t'a donné le jour,
Délivre l'univers d'un monstre qui t'irrite.
La veuve de Thésée ose aimer Hippolyte!
Crois-moi, ce monstre affreux ne doit point t'échapper.
Voilà mon cœur: c'est là que ta main doit frapper.
Impatient déjà d'expier son offense,
Au-devant de ton bras je le sens qui s'avance.
Frappe. Ou si tu le crois indigne de tes coups,
Si ta haine m'envie un supplice si doux,
Ou si d'un sang trop vil ta main serait trempée,
Au défaut de ton bras prête-moi ton épée.
Donne.

Je m'abhorre: je me déteste profondément.

DOCUMENT 2

MARIVAUX, *Le Jeu de l'amour et du hasard* (1730) ♦ acte III, scène 8

Marivaux (1688-1763) met en scène deux jeunes nobles promis l'un à l'autre, Dorante et Silvia. Chacun décide de sonder secrètement le cœur de l'autre en inversant le temps de quelques scènes les rôles avec son domestique. Dorante révèl assez rapidement à Silvia sa véritable identité et lui déclare sa flamme. Cette scène es la dernière de la comédie. La jeune fille, qui se fait encore passer pour sa domestiqu Lisette, n'a pas tout à fait fini de mettre son prétendant à l'épreuve.

SILVIA. – Laissez-moi, tenez, si vous m'aimez, ne m'interrogez point. Vou ne craignez que mon indifférence, et vous êtes trop heureux que je m taise. Que vous importent mes sentiments ?

DORANTE. – Ce qu'ils m'importent, Lisette ? peux-tu douter encore qu je ne t'adore ?

SILVIA. – Non, et vous me le répétez si souvent que je vous crois ; mai pourquoi m'en persuadez-vous, que voulez-vous que je fasse de cett pensée-là, Monsieur ? Je vais vous parler à cœur ouvert, vous m'aimez mais votre amour n'est pas une chose bien sérieuse pour vous ; que d ressources n'avez-vous pas pour vous en défaire ! La distance qu'il y a d vous à moi, mille objets que vous allez trouver sur votre chemin, l'envi qu'on aura de vous rendre sensible, les amusements d'un homme d votre condition[1], tout va vous ôter cet amour dont vous m'entretene impitoyablement, vous en rirez peut-être au sortir d'ici, et vous aure raison ; mais moi, Monsieur, si je m'en ressouviens, comme j'en ai peu s'il m'a frappée, quel secours aurai-je contre l'impression qu'il m'aur faite ? Qui est-ce qui me dédommagera de votre perte ? Qui voulez-vou que mon cœur mette à votre place ? Savez-vous bien que si je vous aima tout ce qu'il y a de plus grand dans le monde ne me toucherait plus Jugez donc de l'état où je resterais, ayez la générosité de me cacher vot amour : moi qui vous parle, je me ferais un scrupule de vous dire que j vous aime, dans les dispositions où vous êtes. L'aveu de mes sentimen pourrait exposer votre raison, et vous voyez bien aussi que je vous le cache.

DORANTE. – Ah, ma chère Lisette, que viens-je d'entendre ! Tes parol ont un feu qui me pénètre, je t'adore, je te respecte : il n'est ni rang, n naissance, ni fortune qui ne disparaisse devant une âme comme l

1. **Un homme de votre condition** : un noble.

tienne ; j'aurais honte que mon orgueil tînt encore contre toi, et mon cœur et ma main t'appartiennent.

SILVIA. – En vérité, ne mériteriez-vous pas que je les prisse, ne faut-il pas être bien généreuse pour vous dissimuler le plaisir qu'ils me font, et croyez-vous que cela puisse durer ?

DORANTE. – Vous m'aimez donc ?

SILVIA. – Non, non ; mais si vous me le demandez encore, tant pis pour vous.

DORANTE. – Vos menaces ne me font point de peur.

SILVIA. – Et Mario, vous n'y songez donc plus ?

DORANTE. – Non, Lisette ; Mario ne m'alarme plus, vous ne l'aimez point, vous ne pouvez plus me tromper, vous avez le cœur vrai, vous êtes sensible à ma tendresse : je ne saurais en douter au transport[1] qui m'a pris, j'en suis sûr, et vous ne sauriez plus m'ôter cette certitude-là.

SILVIA. – Oh, je n'y tâcherai point, gardez-la, nous verrons ce que vous en ferez.

DORANTE. – Ne consentez-vous pas d'être à moi ?

SILVIA. – Quoi, vous m'épouserez malgré ce que vous êtes, malgré la colère d'un père, malgré votre fortune ?

DORANTE. – Mon père me pardonnera dès qu'il vous aura vue, ma fortune nous suffit à tous deux, et le mérite vaut bien la naissance : ne disputons point, car je ne changerai jamais.

Silvia. – Il ne changera jamais ! Savez-vous bien que vous me charmez, Dorante ?

DORANTE. – Ne gênez donc plus votre tendresse, et laissez-la répondre...

SILVIA. – Enfin, j'en suis venue à bout ; vous... vous ne changerez jamais ?

DORANTE. – Non, ma chère Lisette.

SILVIA. – Que d'amour !

DOCUMENT 3

VICTOR HUGO, *Ruy Blas* (1838) ♦ acte III, scène 3

Ruy Blas, domestique d'un grand d'Espagne, est follement épris de la reine. La conspiration de Salluste le fait passer pour un noble, qui va accéder à des responsabilités supérieures. Les deux jeunes gens ne se sont encore jamais avoué leurs sentiments mutuels.

« Pourquoi donc étiez-vous [...] le vrai maître. » → p. 129-130, v. 1209-1245

1. **Transport** : vive émotion.

DOCUMENT 4

EDMOND ROSTAND, *Cyrano de Bergerac* (1897) ♦ acte V, scène 5

Le héros imaginé par Edmond Rostand (1868-1918), courageux soldat, est également un grand poète. Fou amoureux de la belle Roxane, il va prêter son talent au beau mais peu éloquent Christian, également épris de la jeune fille. Séduite par des déclarations et lettres en réalité inventées par Cyrano, elle croit aimer Christian et l'épouse. Quand il meurt à la guerre, elle entre au couvent, où Cyrano vient régulièrement lui rendre visite pour la distraire de sa peine. Quinze ans plus tard, Cyrano, mortellement blessé à la tête, vient lui dire adieu et lui lit la dernière lettre de Christian, dont il est l'auteur.

ROXANE, *troublée.*
Comme vous la lisez..., cette lettre !
(La nuit vient insensiblement.)

CYRANO.
« Et je crie :
« Adieu !.... »

ROXANE.
Vous la lisez...

CYRANO.
« Ma chère, ma chérie,
« Mon trésor... »

ROXANE, *rêveuse.*
D'une voix...

CYRANO.
« Mon amour !.... »

ROXANE.
D'une voix...
(Elle tressaille.)
Mais... que je n'entends pas pour la première fois !
(Elle s'approche tout doucement, sans qu'il s'en aperçoive, passe derrière le fauteuil, se penche sans bruit, regarde la lettre. – L'ombre augmente.)

CYRANO.

« Mon cœur ne vous quitte jamais une seconde,
« Et je suis et serai jusque dans l'autre monde
« Celui qui vous aima sans mesure, celui... »

ROXANE, *lui posant la main sur l'épaule.*

Comment pouvez-vous lire à présent ? Il fait nuit.

(Il tressaille, se retourne, la voit là tout près, fait un geste d'effroi, baisse la tête. Un long silence. Puis, dans l'ombre complètement venue, elle dit avec lenteur, joignant les mains :)

Et pendant quatorze ans, il a joué ce rôle
D'être le vieil ami qui vient pour être drôle !

CYRANO.

Roxane !

ROXANE.

C'était vous.

CYRANO.

Non, non, Roxane, non !

ROXANE.

J'aurais dû deviner quand il disait mon nom !

CYRANO.

Non ! ce n'était pas moi !

ROXANE.

C'était vous !

CYRANO.

Je vous jure...

Non !

ROXANE.

Les mots chers et [fous,

C'était vous...

CYRANO.
Non !

ROXANE.
La voix dans la nuit, c'était vous.

CYRANO.
Je vous jure que non !

ROXANE.
L'âme, c'était la vôtre !

CYRANO.
Je ne vous aimais pas.

ROXANE.
Vous m'aimiez !

CYRANO, *se débattant.*
C'était l'autre !

ROXANE.
Vous m'aimiez !

CYRANO, *d'une voix qui faiblit.*
Non !

ROXANE.
Déjà vous le dites plus bas !

CYRANO.
Non, non, mon cher amour, je ne vous aimais pas !

L'affrontement au théâtre | SUJET D'ÉCRIT 1 |

Objet d'étude : Le texte théâtral et sa représentation, du XVIIe siècle à nos jours.

DOCUMENTS

- **MOLIÈRE, *Le Malade imaginaire*** (1673) ♦ TEXTE 5, p. 241
- **BEAUMARCHAIS, *Le Mariage de Figaro*** (1784) ♦ TEXTE 7, p. 246
- **HUGO, *Ruy Blas*** (1838)

« Monsieur, j'obéirai [...] le châtiment ? » → p. 140-143, v. 1393-1432

QUESTIONS SUR LE CORPUS

1 Analysez la répartition de la parole entre les personnages de ces trois scènes. Que traduit-elle des relations de pouvoir entre maîtres et valets ?

2 Quelle stratégie les domestiques développent-ils pour tenter de convaincre leurs maîtres de renoncer à leurs projets ?

TRAVAUX D'ÉCRITURE

Commentaire (séries générales)

Vous ferez le commentaire du texte de Victor Hugo.

Commentaire (séries technologiques)

Vous ferez le commentaire du texte de Victor Hugo, en vous aidant des pistes de lecture suivantes.

– Salluste reprend le pouvoir sur son domestique, à qui il a laissé croire qu'il pouvait gouverner l'Espagne. Comment établit-il sa domination ?

– Montrez comment Hugo, en faisant contraster l'émotion de Ruy Blas et la froideur de Salluste, rend la scène pathétique et incite le spectateur à prendre le parti du valet.

Dissertation

Au théâtre, les conflits entre les personnages dynamisent l'action et renforcent l'intérêt du public. En vous appuyant sur les textes du corpus et sur votre culture personnelle, vous vous demanderez comment la mise en scène peut enrichir la représentation de l'affrontement entre les protagonistes.

Écriture d'invention

Deux metteurs en scène dialoguent sur leurs choix de représentation de l'extrait du *Malade imaginaire* de Molière. L'un prône une mise en scène historique, qui transporte le public à l'époque de Molière. L'autre revendique une transposition résolument contemporaine. Vous rédigerez leur dialogue. Chacun expose d'abord les arguments qui justifient son parti pris, avant de décrire ses choix de mise en scène et de scénographie en s'appuyant précisément sur le texte de Molière.

Le langage du corps au théâtre

| SUJET D'ÉCRIT 2 |

Objet d'étude : Le texte théâtral et sa représentation, du XVIIe siècle à nos jours.

DOCUMENTS

- **RACINE**, *Phèdre* (1677) ♦ DOC. 1, p. 276
- **HUGO**, *Ruy Blas* (1838) ♦ DOC. 3, p. 279
- **ROSTAND**, *Cyrano de Bergerac* (1897) ♦ DOC. 4, p. 280

QUESTIONS SUR LE CORPUS

1 Comment les didascalies et la longueur des répliques traduisent-elles l'émotion des personnages dans ces scènes d'aveu amoureux ?

2 Comparez la manière dont les souffrances endurées par les personnages sont décrites.

TRAVAUX D'ÉCRITURE

Commentaire (séries générales)

Vous ferez le commentaire du texte de Victor Hugo (doc. 3, p. 279).

Commentaire (séries technologiques)

Vous ferez le commentaire du texte de Victor Hugo (doc. 3, p. 279), en vous aidant des pistes de lecture suivantes.

– Comment l'intensité de l'amour ressenti par Ruy Blas et la reine s'exprime-t-il ?
– Analysez l'ambivalence de la parole dans cette scène : captivante ou libératrice, vitale ou dangereuse.

Dissertation

Pour Olivier Py, directeur du Festival d'Avignon, « le théâtre est une révolte contre le virtuel »[1]. Après avoir expliqué cette expression, vous vous demanderez comment l'incarnation d'un texte par des acteurs devant un public permet l'expression d'un langage non-verbal qui va au-delà du seul texte. Vous vous appuierez sur les textes du corpus et sur votre culture personnelle.

Écriture d'invention

Phèdre a compris qu'Hippolyte ne partageait pas ses sentiments. Dans un registre élégiaque, elle confie son chagrin à sa nourrice Œnone, revient sur ses rêves brisés et s'interroge sur l'avenir. Vous rédigerez cet échange sous forme de dialogue théâtral.

L'exposition de *Ruy Blas* | SUJET D'ORAL 1 |

• **HUGO**, *Ruy Blas* (1838) ♦ acte I, scène 1

« Ruy Blas [...] Tu pars avec moi. Va. » → p. 22-25, v. 1-46

QUESTION

En quoi cette scène d'exposition s'ouvre-t-elle « in medias res » (en pleine action) ?

Pour vous aider à répondre

a. Analysez comment le discours saccadé de Salluste témoigne de sa colère et de son agitation.
b. Comment Hugo introduit-il d'emblée du suspense et de l'action ?
c. En quoi le caractère de Salluste peut-il paraître effrayant ?

COMME À L'ENTRETIEN

1 Salluste annonce qu'il sera l'« architecte » de sa vengeance. Comment va-t-il préparer son plan machiavélique ?

2 Comment Salluste traite-t-il les femmes ? Quels sont les personnages de la pièce qui s'opposeront à lui ?

1. *Télérama*, 19 avril 2006, entretien avec Fabienne Pascaud.

3 En quoi le rôle symbolique et dramatique des portes et des fenêtres sera-t-il fondamental dans la pièce ?

Le dénouement de *Ruy Blas*

| SUJET D'ORAL 2 |

• **HUGO**, *Ruy Blas* (1838) ♦ acte V, scène 4

→ « Ayez pitié de moi [...] Merci ! » → p. 220-222, v. 2232 à la fin

QUESTION

En quoi ce dénouement est-il tragique ?

Pour vous aider à répondre

a Montrez que, du fait du déterminisme social, Ruy Blas ne peut échapper à son destin.
b Quels traits de caractère des personnages témoignent de leur grandeur d'âme, caractéristique du registre tragique ?
c Comment Hugo accentue-t-il la pitié du public pour les personnages ?

COMME À L'ENTRETIEN

1 Comment le recours final au poison a-t-il été préparé tout au long de la pièce ?

2 En quoi ce dénouement constitue-t-il un manifeste politique et social ? Dans quelles autres scènes de la pièce Victor Hugo a-t-il également pris position en faveur du peuple ?

3 Le caractère tragique du dénouement est quelque peu adouci par la certitude de l'amour partagé. En faisant appel à votre culture personnelle, comparez cette scène finale avec d'autres fins tragiques.

Une représentation énigmatique du pouvoir

| LECTURE 1 |

DOCUMENT

- **DIEGO VÉLASQUEZ**, *Les Ménines* (1656) → 2e de couverture

Ce portrait de la famille royale espagnole évoque l'époque de Ruy Blas. Cette grande toile est l'œuvre de Diego Vélasquez (1599-1660), peintre officiel alors au sommet de sa carrière. Le roi Philippe IV et la reine Marie-Anne, parents de l'infante Marguerite qui figure au centre du tableau, se reflètent dans le miroir du fond.

QUESTIONS

1 Comment la famille royale est-elle mise en valeur ? Quelle scène de *Ruy Blas* ce portrait évoque-t-il ?

2 Quelle est l'importance accordée à la représentation du peintre et de ses œuvres ? Dans *Ruy Blas*, comment l'art s'introduit-il à la cour ?

3 Expliquez en quoi deviner le contenu de certains des cadres du tableau nécessite un effort d'imagination. À quels moments du drame Hugo révèle-t-il au spectateur que les apparences peuvent se révéler trompeuses ?

Une scénographie contemporaine

LECTURE 2

Ce photogramme représente le moment où Salluste transforme Ruy Blas en pantin soumis à ses ordres (acte I, scène 4). La scénographie est résolument contemporaine et n'évoque pas la dimension historique chère à Hugo. Elle est pourtant fidèle à la caractérisation des personnages et à l'atmosphère onirique[1] qui se dégage de certaines scènes.

DOCUMENT

• **Photographie de la mise en scène de *Ruy Blas* par William Mesguich**, théâtre de Nogent-sur-Marne (2006) → 3e de couverture

QUESTIONS

1 Que nous apprennent les gestes et expressions des deux personnages sur leur relation ?

2 En quoi les costumes, tout en étant très modernes, sont-ils fidèles à la description de Ruy Blas et de Salluste donnée par Hugo ?

3 Comment la matière du fond du décor contribue-t-elle à créer l'atmosphère onirique souhaitée par William Mesguich ?

Achevé d'imprimer par Grafica Veneta SpA - Italie
dépôt légal n° 97829-6/06 - Juin 2019

1. **Onirique** : inspirée du rêve.